Mario Hartmann

Anna und die roten Schuhe

Eine faszinierende Reise zu fremden Welten,
neuen Freunden und sich selbst

Viel Freude beim Lesen!

M. Hart

Mit Illustrationen von Iryna Yakovlieva

schlaumach
BUCHVERLAG

Für meine liebe Lia Sofie.
Möge diese Geschichte sie und viele andere
Kinder in eine gute Zukunft geleiten.

schlaumach-buchverlag.de

 annaunddierotenschuhe.de

 sobe5.de

Anna und die roten Schuhe
© schlaumach-buchverlag

Ausgabe, 1. Auflage 2023

Alle Rechte vorbehalten. Die vollständige oder auszugsweise Speicherung, Vervielfältigung oder Übertragung dieses Werkes, ob elektronisch, mechanisch, durch Fotokopie oder Aufzeichnung, ist ohne vorherige Genehmigung des Verlags urheberrechtlich untersagt.

Text: Mario Hartmann
Illustrationen: Iryna Yakovlieva
Layout und Satz: Mike Hopf
Lektorat: Steffi Bieber-Geske
Korrektorat: Carola Jürchott
Druck: bogtryknu.dk
ISBN: 978-87-974818-0-6

Inhalt

Endlich Sommerferien 9
Die Ankunft 14
Frau Zillerman mit einem *n* *18*
Omas Dachboden 24
Der Koffer mit dem roten Griff 27
Die Reise nach Schlimmland 32
Topson, Tobi und die Briefe 35
Ungesund geht in den Schlund 38
Der Vorzeit-Doppler 41
Das Lämpchen darf mit 46
Ein merkwürdiger Traum 52
Der erste Satz 54
Lachen macht glücklich und schön 57
Die Reise nach Gutenland 61
Lillesol und der Brief 63
Das Haus der Musik 67
Sassi die Lügenbiene 74
Stolper, stolper, polter 78
Mit Freundlichkeit ist alles schöner 82
Die rennende Zeit 84
Der zweite Satz 88
Die Herausforderung 90
Gestalten im Museum 94
Der Fahrgast 103
Gefangen in Dunkelland 106
Schlawenskiwonskos Idee 113
Sammlogrim und der Gedankendrucker . . . 118
Tamusine und die Trinketinte 122

Hakomi der Mut-Meister	128
Die Schlaumach-Medizin	133
Jansons Geheimnis	139
Annas fast perfekter Plan	142
König Hausenius von Großgoldland	148
Auf nach Schlimmland	154
Der falsche Dreifachbrief und saure Gurken	160
Der Fehler im Plan	165
Rundkopf und die Post	169
Der Moment der Wahrheit	176
Rundkopf ist zurück	181
Der dritte Satz	186
Auch die Großen haben Angst	191
In Tristenland	193
Die kleine Pflanze	195
Die Schwarzhände	198
Zotto, Tröstus und das Jetzt	201
Die Überraschung	207
Der Übergangsbaum	211
In der Makasch	213
Furchtbar schöne Natur	219
Das Herz am falschen Fleck	227
Der vierte Satz	232
Die große Blumenwiese	236
Wie ist das mit dem Glück?	239
Das Zeitkatapult	243
Der Besuch	249
Das Versteck	252
Opas Reise	257
Der fünfte Satz	259
Kakao und Schokoflocken	267

„Eine der größten Fähigkeiten, die wir Menschen besitzen ist, dass wir uns jederzeit ändern können."

M. Hartmann

Endlich Sommerferien

Unsere außergewöhnliche Geschichte beginnt in einem etwas rumpeligen Kinderzimmer, an einem ganz gewöhnlichen Ort, in einer gewöhnlichen Stadt. Durch einen Spalt in der Gardine wanderte die Morgensonne mit ihrem hellen Strahl durchs Zimmer. Sie schlich sich dabei ganz langsam die Wände entlang, unaufhaltsam in Richtung Bett.

In diesem Bett lag, tief und fest schlafend, ein kleines Mädchen. Na ja, so klein war sie nun auch nicht mehr. Sie hatte schon ihren eigenen Kopf und wirkte oft ziemlich erwachsen, viel erwachsener, als es ihren Eltern lieb war. Kinder sind ja bekanntlich nicht immer ganz einfach. Sie wollen ständig etwas wissen, Neues hinzulernen und jeden Tag Fantastisches erleben. Sie stellen viele Fragen – und das auch dann, wenn die Eltern abends eigentlich schon längst viel zu müde für kluge und vor allem richtige Antworten sind. Genau so war es auch bei diesem Mädchen, das dort noch so friedlich schlief. Wie gesagt, noch, denn der Sonnenstrahl wanderte langsam immer weiter, erreichte jetzt das Bett und kitzelte in diesem Augenblick die Nase von – Anna.

Anna spürte die Wärme und das intensive Licht durch die geschlossenen Augen, drehte sich um und zog sich die Decke über den Kopf. Die Sonne störte sie, wie schon so oft, beim Weiterschlafen. An Aufstehen aber wollte Anna überhaupt nicht denken. Gerade wieder am Einschlafen, hörte sie die Stimme ihrer Mama: „Anna aufstehen, wir fahren gleich zu Oma."

Es dauerte ein paar Sekunden, bis das Gehörte in Annas Kopf angekommen war. Dann tippte ihr jemand auf die Schulter. Anna war plötzlich hellwach. Das konnte nicht sein, sie war doch allein im Zimmer. Trotzdem, sie hätte schwören können, dass ihr eben jemand auf die Schulter getippt hatte.

‚Seltsam', dachte sie, schob den Vorhang am Fenster beiseite und schaute hinaus.

Mama rief abermals, und jetzt fiel Anna etwas Wichtiges ein: Es war der erste Tag der Sommerferien, und sie würden zu Oma Otilia fahren. Bei ihr war es immer herrlich, weil sie nicht in der Stadt wohnte, sondern auf dem Land. Anna mochte Oma Otilia sehr, und sie mochte es ebenfalls, auf dem Lande zu sein.

Rasch sprang sie aus dem Bett und rannte die Treppe hinunter. Mama hatte bereits das Frühstück vorbereitet. Anna setzte sich und aß ihr Lieblingsfrühstücksessen, wie sie es immer nannte: Toast mit Butter und anderthalb Stück Salami. Zwei Stück Salami waren zu viel, und ein Stück Salami wäre für das Brot zu wenig gewesen, aber anderthalb Stück Salami waren genau richtig. Zu trinken gab es Tee mit etwas Zitrone und ein klein wenig Zucker. So mochte Anna ihn am liebsten.

„Weiß Oma, dass wir heute kommen?", fragte Anna.

„Aber natürlich", antwortete ihre Mama. „Wie sollte sie es denn nicht wissen? Du hast dich doch für die Sommerferien bei ihr angemeldet. Und heute ist der erste Ferientag. Oma freut sich schon sehr auf dich. Da du jetzt schon etwas älter bist, kannst du diesmal gern die ganzen Ferien dortbleiben. Versprich mir aber, dass du auf Oma Otilia hören wirst."

Anna antwortete nicht.

„Hörst du mich?", fragte Mama jetzt etwas eindringlicher.

„Ja", sagte Anna, „aber natürlich."

Mama nickte und schaute Anna dabei ernst an. „Hast du deine Sachen schon gepackt?"

„Oh, das habe ich komplett vergessen, habe ich denn noch Zeit?"

„Ja, aber beeil dich, wir wollen bald los."

Anna lief hastig nach oben und suchte die wichtigsten Sachen zusammen. Ihr Malzeug, ihren Kompass, ein Fernglas und natürlich ihr Lieblingsspielzeug, das Kaleidoskop. Wenn man dort hindurchschaute und es gegen das Licht hielt, sah man kleine Glassteine in verschiedenen Formen und Farben, die alle wunderschön leuchteten. Drehte man das Kaleidoskop, dann veränderten sich die Formen und Muster immer wieder aufs Neue.

Immer dann, wenn sie eine besonders schöne Form gefunden hatte, legte Anna das Kaleidoskop ganz vorsichtig zur Seite und freute sich schon darauf, beim nächsten Mal gleich diese schöne Form sehen zu können. Sie hatte deshalb jedem in der Familie die strikte Anweisung gegeben, das Kaleidoskop nicht anzufassen, falls es irgendwo herumliegen sollte. Alle hielten sich daran. Na ja, fast alle. Ihr Bruder Tomik leider nicht. Es schien ihm Spaß zu machen, das Kaleidoskop immer wieder absichtlich zu bewegen, um Anna zu ärgern.

„Wo ist denn nur mein Koffer?", dachte sie laut. Die Dinge müssen ja schließlich eingepackt werden. Sie fand den Koffer im Kleiderschrank ganz hinten auf dem Boden.

‚Komisch', dachte Anna, als sie den Koffer sah. Ihr war nie aufgefallen, dass der Koffer einen roten Griff hatte. Da die Zeit drängte, entschied sie sich, nicht weiter darüber nachzudenken und lieber schnell zu packen. Sie fasste den roten Griff, zog den kleinen Koffer aus dem Schrank und legte alle Dinge hinein.

Natürlich musste Anna sich noch anziehen. Sie entschied sich für ihre Lieblings-Abenteuerhose. Diese Latzhose war bequem, angenehm bei warmem Wetter und hatte zwei praktische Taschen, eine auf der Brust und eine an der Seite. Anna musste noch schnell die Zähne putzen, ihre Haare zurechtmachen, in die Schuhe schlüpfen und eine Jacke überziehen. Mama verstaute schließlich eine große Tasche mit Annas Kleidung im Kofferraum des Autos. Anna lief zum Hausflur, um ihren Koffer zu holen.

‚Moment! Hatte der nicht eben noch einen roten Griff? Das kann doch nicht sein', dachte sie.

Jetzt war der Griff jedenfalls braun.

„Anna", rief ihre Mama, „wo bleibst du?" Anna schnappte den Koffer, schaute noch einmal auf den Griff in ihrer Hand und sagte leise: „Braun, der Griff ist eindeutig braun."

Nachdem alles, was für Annas Aufenthalt bei Oma Otilia benötigt wurde, verstaut war, stiegen sie ins Auto und machten sich auf den Weg. Die ganze Familie war jetzt beisammen: Annas Mama, ihr älterer Bruder Tomik und Papa. Sie hatten Oma Otilia schon eine ganze Zeit nicht mehr gesehen und würden diesen Tag gemeinsam dort verbringen.

Anna freute sich sehr auf die bevorstehenden Wochen. Endlich Ferien, endlich bei Oma Otilia. Als sie in diesem Moment im Auto saß, hatte sie natürlich noch keine Idee davon, was die Vorzeit für sie bereithielt.

Die Ankunft

Als sie nach etwas über einer Stunde Fahrt endlich bei Oma Otilia ankamen, gab es wie immer erst einmal eine große Umarmungszeremonie. Oma Otilia umarmte Papa, Mama, Anna und Tomik und alle umarmten Oma Otilia. So ist das nun mal, wenn man sich lange nicht gesehen hat.

Der gemeinsame Nachmittag war eigentlich ganz schön, aber Anna freute sich schon darauf, irgendwann mit Oma Otilia allein zu sein. Sie wollte sie tausend Dinge fragen und hunderttausend Dinge mit ihr zusammen unternehmen.

Am frühen Abend fuhren die Eltern und Tomik wieder nach Hause, und Anna war endlich mit Oma Otilia allein.

Bei Oma war vieles irgendwie schöner als zu Hause. Omas Haus war zwar nicht sonderlich groß, dafür aber sehr gemütlich. Anna mochte das kleine Holzhaus, und wenn sie größer war, wollte sie ebenfalls nur ein Holzhaus haben.

Sie hatte sogar ein eigenes Zimmer bei Oma. Darin stand ein schönes Bett mit dicker Bettwäsche und echten Federn darin. Manchmal stach eine Feder durch den Stoff des Kissens, so als wolle sie sich befreien, und pikte Anna ins Gesicht. Sie zog die Feder dann meistens heraus und zeigte sie Oma. „Na, wenn du so weitermachst, dann ist das Kissen irgendwann ganz platt", sagte Oma immer und lachte dabei.

Nach der langen Reise und dem Nachmittag mit der ganzen Familie wurde Anna plötzlich müde. Das konnte Oma gut verstehen. Eine solche Fahrt kostet immer Kraft, und sie hatten ja nun einige Wochen Zeit, um sich zu sehen. Deshalb war es auch überhaupt nicht schlimm, wenn Anna schon schlafen ging.

Doch es war immer dasselbe. Kaum hatte Anna sich ihren Schlafanzug angezogen, war sie plötzlich wieder hellwach. Oma lachte, denn das kannte sie natürlich schon.

Unten im Wohnzimmer schaute Anna sich in Omas Bibliothek um. Da sie lange nicht in diesem Raum gewesen war, hatte sie schon fast vergessen, wie viele Bücher dort in den Regalen standen. Sie hatte ein paar Lieblingsbücher, auf die sie sich immer wieder freute, wenn sie Oma besuchte. Ihr Lieblingsbuch aller Lieblingsbücher war der große alte Weltatlas. Sie zog ihn aus dem Bücherregal, setzte sich auf den Holzfußboden und begann, darin zu blättern.

Das Tolle war, dass sie sich beim Umblättern der Seiten daran erinnerte, wie sie das letzte Mal darin geblättert hatte. Sie freute sich schon auf einige Seiten, die sie ganz besonders schön fand. Da war eine Weltkarte, viele Landkarten und ein paar Seiten weiter Teile von Landkarten, aber in Großformat. Weiter hinten im Buch kamen dann die Sterne und Planeten. Anna blätterte Seite für Seite durch, bis sie zu ihrer absoluten Lieblingsseite kam. Das war die, auf der man den Mond sehen konnte.

Der Mond sah aus wie eine große leuchtende Kugel mit kleinen Beulen, und er strahlte so schön auf dem schwarzen Hintergrund der Seite. Man sah die vielen Krater, so nannte Oma die Einbuchtungen auf dem Mond, und Anna fand dieses Bild einfach toll. Sie strich mit der Hand darüber und war dabei immer etwas enttäuscht, weil sie die Krater nicht spüren konnte.

Natürlich hatte sie schon oft den echten Mond gesehen, aber der war immer so weit weg. Dieser hier war ganz nah und leuchtete fast genauso schön wie der richtige Mond in der Nacht.

Nachdem sie den halben Weltatlas durchgeschaut hatte, war Anna wirklich müde. Zum Glück hatte sie ihren Pyjama schon an, und so konnte sie einfach nach oben gehen, sich in ihr Bett legen und nach Oma Otilia rufen. Auf dem Weg in ihr Zimmer schaute sie auf die Bilder, die an der Treppenwand hingen. Dort waren Bilder von Oma und Opa, als sie wahrscheinlich irgendwo im Urlaub waren, und auf einem anderen Foto sah sie Opa auf einem Rennrad sitzen.

Dort hingen auch gezeichnete Bilder von Heilpflanzen. Auf dem ersten Bild las sie das Wort „Eisenkraut" und auf dem nächsten Bild war eine „Ringelblume" zu sehen. Anna wusste zwar nicht, wozu diese Pflanzen gut waren, Oma Otilia hingegen kannte sehr viele Heilpflanzen und hatte sogar einige davon in ihrem Garten. Anna fand die gezeichneten Bilder so schön, dass sie manchmal auf der Treppe stehenblieb, um sie sich dann in Ruhe anschauen zu können.

Oben angekommen, legte sie sich ins Bett und rief laut: „Oma, ich bin fertig!" Oma Otilia schmunzelte, als sie Anna in die Bettwäsche eingekuschelt liegen sah. Sie gab ihr einen Kuss auf die Stirn und sagte: „Schlaf gut, mein Schatz. Morgen machen wir etwas Schönes zusammen."

Oma Otilia verließ das Zimmer, und alles war genauso, wie Anna es mochte. Es war nicht zu hell im Zimmer und auch nicht zu dunkel. Das Zimmer war nicht zu groß und nicht zu klein. Es fühlte sich gemütlich an, und sie konnte vom Bett aus sowohl das Fenster mit den bunten Gardinen sehen als auch den Kleiderschrank, den Tisch und die kleine Lampe, die darauf stand.

Anna genoss es, sich so rundum wohlzufühlen. ‚Ach, ist das schön', dachte sie zufrieden und schloss langsam die Augen.

Kurz, aber wirklich nur ganz kurz kam ihr noch einmal die merkwürdige Geschichte mit dem Koffer in den Sinn: ‚War der Griff nun rot oder braun?'

Auf der Suche nach der richtigen Antwort schlief sie innerhalb weniger Augenblicke glücklich ein.

Frau Zillerman mit einem n

Als Anna am nächsten Morgen aufwachte, hörte sie es draußen regnen. „Oh nein", rief sie, „das ist doch nicht möglich!"

Es waren schließlich Ferien, und in den Sommerferien durfte es einfach nicht regnen.

Sie schaute zum Fenster hinaus und sah, wie der Regen auf die Pflastersteine des Hofs prasselte. ‚Zumindest bin ich bei Oma', dachte sie zufrieden, und ihre Enttäuschung verflog.

Dann schaute sie noch einmal auf den Hof. Dort stand ein Koffer mit einem roten Griff mitten im Regen.

„Das kann doch nicht sein", sagte Anna erstaunt. Sie drehte sich um und sah ihren eigenen Koffer neben dem Bett stehen, und dieser hatte eindeutig einen braunen Griff. Sie blickte wieder nach draußen. Der Koffer dort war nicht mehr da. Weg, wie vom Erdboden verschluckt. „Ein Koffer verschwindet doch nicht einfach innerhalb einer Sekunde", sagte Anna zu sich selbst.

Sie lief die Treppe hinunter in die Küche. Dort saß Oma Otilia am Küchentisch und las ein Buch.

„Na, meine kleine Maus, hast du gut geschlafen?", fragte Oma.

„Ja, super", antwortete Anna, rannte an ihrer Oma vorbei und schaute zum Fenster hinaus.

„Du, Oma", fragte Anna, „stand da eben ein Koffer vor dem Haus?"

„Ein Koffer?", fragte Oma Otilia. „Wer sollte denn bei so einem Wetter einen Koffer in den Hof stellen?"

„Das weiß ich auch nicht", antwortete Anna mit einem erneuten Blick aus dem Fenster. „Da ist wirklich nichts. Ich dachte, ich hätte einen Koffer mit einem roten Griff gesehen. Aber da habe ich mich wohl geirrt. Was ist das eigentlich für ein Sommerwetter? Es regnet ja draußen. Das finde ich doof."

„Ach", erwiderte ihre Oma, „das macht nichts. Das Wetter können wir nicht ändern. Deswegen macht es auch gar keinen Sinn, sich nur eine einzige Sekunde darüber zu ärgern. Denn wenn man sich über etwas ärgert, das man nicht ändern kann, macht man es nur schlimmer."

Da hatte Oma recht, und Anna wusste das natürlich längst. Trotzdem ärgerte sie sich ein wenig über den Regen. Mit Ärger umzugehen, war für Anna sowieso oft schwierig. Sie konnte ihn manchmal nicht so richtig kontrollieren und auch nicht einfach verschwinden lassen. Wenn sie dem Ärger sagte, er solle abhauen, tat er das meistens nicht. Und weil er das nicht tat, wurde sie noch ärgerlicher. Es war wirklich ein Ärger mit dem Ärger.

Da sie aber mit Oma zusammen war, war der Regen schnell vergessen, und sie fragte: „Du Oma, was machen wir denn heute?" Oma Otilia hatte einige Vorschläge und sagte, sie könnten zusammen einen leckeren Kuchen backen oder etwas Tolles basteln.

Anna hatte nun aber erst einmal riesigen Hunger und stürzte sich auf ihr Frühstück. Danach würde ihr schon etwas einfallen, das sie gern mit Oma machen würde. Sie schaute noch einmal nach draußen zu der Stelle, wo der Koffer mit dem roten Griff gestanden hatte. Oder doch nicht? „So ein Koffer verschwindet nicht so einfach", wiederholte sie leise.

Nach dem Frühstück, der Regen hatte inzwischen nachgelassen, fuhren Oma Otilia und Anna ins Dorf. Das mochte Anna sehr, denn es war ein kleines Dorf, in dem die Zeit stehen geblieben zu sein schien. Viele der kleinen Häuser dort waren etwas schief geraten. Eines mochte Anna ganz besonders: Wenn man an ihnen vorbeiging, konnte man durch die Fenster schauen und sehen, wie die Menschen es sich drinnen gemütlich gemacht hatten. Es waren oft kleine Räume. Irgendwo brannte ein Licht, und es sah immer so heimelig aus, wenn die Leute dort saßen und frühstückten oder zu Mittag aßen. Anna liebte es, an den Häusern vorbeizulaufen und in jedes Fenster zu sehen.

Oma war das immer ein wenig unangenehm, weil man ja eigentlich nicht in fremde Fenster schaut. Aber es war eben ein großer Unterschied, ob eine erwachsene Frau durch das Fenster schaute oder ein Kind. Wenn Anna durchs Fenster schaute und die Menschen drinnen sie sahen, winkten sie ihr meistens zu und freuten sich darüber, dass sie so fröhlich zu ihnen hereinschaute.

Weil Anna das den ganzen Weg tat, benötigten die beiden eine Weile, bis sie im Dorfzentrum angekommen waren. Sie gingen in den kleinen Krämerladen, den es dort tatsächlich noch gab und in dem man fast alles kaufen konnte. Anna und Oma Otilia brauchten zum Einkaufen nicht durch viele große Läden zu gehen, sondern kauften alles, was sie benötigten, in dem kleinen Laden bei Frau Zillerman. „Frau Zillerman, mit einem n", sagte Oma Otilia immer. Bei Frau Zillerman mit einem n gab es Brötchen, Eier, Schinken, Butter, Kaffee und Kakao, den Anna besonders gern mochte. Gelegentlich verkaufte Frau Zillerman sogar Kuchen. Natürlich gab es auch Dinge wie Waschpulver, Seifen, Creme und Toilettenpapier.

Der Korb von Oma Otilia füllte sich schnell mit leckeren Dingen, einschließlich zweier Stückchen Kuchen. Oma Otilia und Frau Zillerman kannten sich schon lange. Und so war es natürlich unumgänglich, dass die beiden noch ein wenig schwatzten.

Anna sah sich in der Zwischenzeit um, ging an den gefüllten Regalen vorbei und schaute sich alte Bilder an, die an der Wand hingen. Sie alle waren schwarz-weiß, wodurch sie sehr alt aussahen. ‚Alt, aber schön', dachte Anna. Auf einem Bild stand ein Mann in einer Gruppe, die sich anscheinend für das Foto vor einem Haus aufgestellt hatte. Neben ihm stand ein kleiner Koffer. Anna traute ihren Augen nicht. Der Koffer hatte einen roten Griff! Alles auf dem Bild war nur schwarz-weiß, dieser Griff aber war trotzdem rot.

„Oma!", rief Anna aufgeregt. „Oma, komm mal schnell her!"

Oma Otilia und Frau Zillerman kamen angelaufen. „Was ist denn?", fragte Oma Otilia.

„Oma, schau mal, dieser Mann hier hat einen Koffer, und der hat einen roten Griff."

Oma und Frau Zillerman schauten sich kurz etwas geheimnisvoll an, und Frau Zillerman nickte ganz leicht mit einem Blick zu Oma Otilia. Anna war jedoch viel zu aufgeregt, um diesen Blick zu bemerken. „Immer dieser Koffer, das ist doch irgendwie komisch", sagte sie. Jetzt schauten alle auf das Bild. Da stand tatsächlich ein Mann mit einem Koffer in der Menschengruppe, der Griff des Koffers aber war schwarz.

„Deine Anna hat aber viel Fantasie", sagte Frau Zillerman lachend zu Oma Otilia.

Diese schmunzelte und sagte: „Einen roten Griff sehe ich nicht, was meinst du denn?"

„Der war eben noch da", erwiderte Anna. „Das kann doch nicht sein."

Um Anna zu beruhigen, sagte ihre Oma: „Bestimmt war es nur eine Spiegelung von dieser roten Ketchupflasche hier." Dabei zeigte sie auf eine Ketchupflasche, die im Regal gegenüber stand.

Anna schaute noch einmal auf das Bild: Kein roter Griff! „Hm, wahrscheinlich hast du recht", antwortete sie. Wirklich überzeugt klang sie aber nicht, und langsam kam ihr die Sache mit dem Koffer seltsam vor. Erst zu Hause, dann der Koffer im Regen und jetzt hier auf dem Bild. Was hatte das nur zu bedeuten?

Frau Zillerman mit einem n und Oma Otilia gingen zurück zur Kasse. Oma bezahlte, dann verließen sie das Geschäft.

Auf dem Rückweg durchs Dorf ging Anna nun, in Gedanken immer noch ein wenig bei dem Bild und dem Koffer, auf der anderen Straßenseite entlang. Auch dort standen kleine Häuser, und Anna schaute wieder hinein zu den Leuten.

Zu Hause angekommen, packten Anna und Oma Otilia die Einkäufe aus. Einiges kam in den Kühlschrank, anderes in die Abstellkammer neben der Küche. Die beiden Stückchen Kuchen, die sie gekauft hatten, aßen sie gleich auf.

‚Herrlich, so ein zweites Kuchen-Frühstück', dachte Anna. Zu Hause gab es in den Ferien nie ein zweites Frühstück, denn da war alles immer viel zu stressig. Entweder musste Anna mit ihrer Mutter irgendwohin, oder die Mutter war weg, und dann stritt sie sich meistens mit ihrem Bruder Tomik. An ein zweites Frühstück war da überhaupt nicht zu denken.

Wenn keine Ferien waren, war Anna natürlich in der Schule und da gab es ebenfalls kein gemütliches zweites Frühstück.

Sowieso war die Schule nicht gerade Annas Lieblingsort. Das hatte viele Gründe. Dort lernte man nur Dinge, die man überhaupt nicht brauchte, sagte Anna immer zu ihrer Mutter. Viel zu langes Stillsitzen und viel zu wenig Spaß, fand Anna.

„Die wirklich wichtigen Dinge lernt man nicht in der Schule, sondern nur im wahren Leben", sagte Oma Otilia stets.

Und bis jetzt hatte Oma Otilia immer recht behalten. Aber sie sagte auch: „Wenn du eine Schule findest, in der dir das Lernen Spaß macht, dann hast du etwas ganz Besonderes gefunden. Dort lerne dann unbedingt so viel, wie du kannst."

Nach dem Essen machten die beiden gemeinsam Schokoflocken. Anna liebte Schokoflocken ganz besonders. Beim Herumkleckern mit Mandeln, Schokolade und Cornflakes hörten sie schöne Musik, die Anna zwar nicht kannte, die ihre Oma aber schon sehr oft gehört hatte. Das sei alte Musik, hatte Oma ihr erzählt, in welcher Geigen, Celli und viele andere tolle Instrumente gemeinsam in einem Orchester spielten.

Anna kannte zwar nicht alle Orchesterinstrumente, einige, wie die Geige und das Cello, aber schon. Oma erklärte: „Das ist Musik von Johann Sebastian Bach." Anna kannte Herrn Bach nicht, seine Musik aber gefiel ihr. Sie plätscherte dahin wie ein Bach im Frühling und passte deswegen zum Herrn Bach.

Nach dem Mittagessen sagte Oma Otilia, dass sie an diesem Nachmittag noch Büroarbeit erledigen müsse und deshalb nicht so viel Zeit für Anna hätte. Es schien Anna fast ein wenig so, als ob Oma an diesem Nachmittag keine Zeit mit ihr verbringen wollte.

„Du kannst dich heute ja mal auf die Suche nach etwas Interessantem machen." Anna wusste zuerst nicht, was Oma damit meinte. „Schau doch mal auf dem Dachboden. Da liegen viele Dinge herum. Ich selbst war schon einige Jahre nicht mehr dort oben. Vielleicht findest du ja etwas Schönes", fuhr ihre Oma fort.

Das hielt Anna für eine fantastische Idee. Sie mochte Dachböden. Auf Dachböden lagen manchmal Sachen, die die Menschen schon lange komplett vergessen hatten. Manchmal fand man dort Dinge, die Hunderte Jahre alt waren und von denen niemand mehr wusste, woher sie kamen. Vielleicht lag dort sogar ein echter Schatz.

Doch erst einmal würde sie lieber mit Oma Otilia auf dem Dachboden gehen, denn so ganz allein fühlte sie sich da oben bestimmt nicht wohl. Das verstand Oma Otilianatürlich, und sie versprach, gemeinsam mit Anna auf den Dachboden zu gehen, dort das Licht anzuschalten und ihr danach ein paar Schokoflocken und auch eine Tasse leckeren Kakao hochzubringen. Dann könne Anna sich erst einmal hinsetzen und in Ruhe ein wenig umschauen.

Anna freute sich schon auf die Schokoflocken, den Kakao und den Schatz.

Omas Dachboden

Im ersten Stock, direkt neben Annas Zimmer, gab es eine Tür. Wenn man diese öffnete, konnte man über eine weitere Treppe zum Dachboden hinaufgehen. Oma Otilia schaltete am unteren Ende der Treppe das Licht an, und beide stiegen hinauf.

Anna staunte: „Oh, das ist aber groß hier oben. Bestimmt dreimal so groß wie mein Kinderzimmer." All die Dinge, die Anna sah, machten sie neugierig. Einiges war in Kartons verpackt, vieles lag lose herum, und es gab Koffer, die in einer Ecke des Dachbodens standen. Es würde ihr sicherlich Spaß machen, sich alles einmal ganz genau anzuschauen, und sie konnte es gar nicht erwarten, mit dem Stöbern anzufangen.

Oma Otilia und Anna stellten gemeinsam einen kleinen Tisch und einen alten Stuhl in die Mitte des Zimmers. Über dem Tisch hing eine Lampe, die zwar nicht besonders hell war, aber doch den ganzen Dachboden ausleuchtete.

„Ich gehe jetzt kurz nach unten, hole dir ein paar Schokoflocken und einen Kakao, in Ordnung?"

„Das ist prima, Oma, ich habe keine Angst hier oben. Du kannst ruhig runtergehen."

Als Oma Otilia gegangen war, sah Anna sich um. Der Dachboden hatte ein kleines Fenster und eine Dachluke. Überall standen Kartons, alte Koffer, Lampen, Tische, Sessel und Stühle, ein großer Spiegel, ein paar alte Schlittschuhe, ein Besen und viele Bücher. Das meiste davon war ziemlich eingestaubt.

‚Vielleicht', dachte Anna, ‚räume ich hier oben einmal so richtig auf. Ich hab ja ein paar Wochen Zeit.'

Sie stellte sich alles genau vor: Wo sie die Bücher in die Ecke stellen würde, die Stühle entweder alle zusammen – oder sollte sie vielleicht doch lieber zwei verschiedene kleine Zimmer einrichten, eine Bibliothek und ein Koffergeschäft? Sie hatte plötzlich viele Ideen, was sie mit all den Dingen, die hier oben herumstanden, tun könnte. Auf alle Fälle, und darauf freute sie sich schon ungemein, würde sie in jeden Karton und jeden Koffer einmal hineinschauen. Das wäre die erste Aufgabe, die man hier zu erledigen hätte: einfach überall einmal hineinschauen, um so erst mal eine Art Inventur zu machen. Dieses Wort hatte sie von Oma Otilia gelernt. Inventur machen heißt: Alles aufschreiben, was da ist, damit man einen Überblick darüber bekommt, was man noch hat oder nicht mehr hat.

‚Vielleicht', dachte Anna, ‚kann man ja die eine oder andere Sache verkaufen und dann für dieses Geld wieder etwas Schönes kaufen oder jemandem ein Geschenk machen oder das Geld armen Kindern geben oder Menschen, die auf der Straße leben.' Irgendwas Tolles würde ihr schon einfallen.

So fing Anna an, die Kartons zu öffnen. Bei den ersten drei stellte sie schnell fest, dass es sich um Weihnachtskisten handelte. Es gab Lichterketten, bunte Kugeln, Weihnachtsmänner aus Holz, weitere Kugeln, eine Spitze für den Weihnachtsbaum, den Weihnachtsbaumständer, Mehrfachsteckdosen und vieles mehr.

Dann lagen da noch ein Vorderrad von einem Fahrrad und ein alter Sattel. Es wunderte Anna ein wenig, dass Oma diese Dinge auf den Dachboden gebracht hatte. ‚Eigentlich gehört so etwas doch in den Schuppen', dachte Anna.

Da kam Oma auch schon zurück, wie versprochen mit Kakao und Schokoflocken. Anna fragte: „Du, Oma, wie kommt denn dieses Vorderrad hierher? Und der Fahrradsattel? Was macht das hier oben auf dem Dachboden?"

„Das weiß ich auch nicht. Vielleicht hat Opa das einfach nach oben gebracht, damit es aus dem Weg war."

Anna konnte sich kaum noch an Opa erinnern. Auf den Bildern, die sie von ihm kannte, sah er immer sehr nett aus. Sie fand es schade, dass sie keine Zeit mehr mit Opa hatte verbringen können. Aber dafür hatte sie jetzt noch ganz viel Zeit mit Oma Otilia.

„Oma, ich hab schon die Weihnachtskisten gefunden."

„Ach ja, die wollte ich schon immer beschriften, damit ich sie zur Weihnachtszeit schneller finde, aber irgendwie habe ich es nie geschafft", erwiderte Oma Otilia.

Anna versprach, dass sie alle Kisten beschriften würde, sobald sie wüsste, was drin sei. Hierzu müsste sie natürlich erst einmal alle öffnen.

Oma lachte: „Da hast du recht, das musst du unbedingt."

Sie ging wieder nach unten, und Anna setzte sich in ihren Stuhl, nahm eine Schokoflocke in die Hand und biss hinein. Sie spürte die Schokolade in ihrem Mund schmelzen. Einen solchen Moment musste man unbedingt genießen. Dann sah sie wieder die Kartons: ‚Genug Pause gemacht. Jetzt geht's los mit dem Aufräumen', dachte sie, nachdem sie einen kleinen Schluck Kakao getrunken hatte.

Sie öffnete einen weiteren Karton. Es befand sich allerdings nur Gerümpel darin: ein alter Kerzenständer, ein paar Putzlappen, eine alte Glühbirne, ein Lineal, ein paar Kugelschreiber, ein Notizblock. Gut aber war, dass sich in dem Karton auch ein dicker Filzstift befand. Anna klappte den Karton wieder zu und schrieb darauf: „Gerümpel". Sie wusste nicht genau, wie man das schrieb, aber sie schrieb es so, dass Oma es bestimmt irgendwie lesen können würde.

Der Koffer mit dem roten Griff

Nach einiger Zeit hatte Anna alle Stühle zusammengestellt und alle Bücher in eine Ecke gelegt. Jetzt blieben noch die ganzen Koffer, die dort standen und lagen. ‚Was hat Oma bloß immer mit so vielen Koffern gemacht?', dachte sie.

Die Koffer waren kariert, grün, braun, aus Leder, Stoff oder Kunststoff. Anna öffnete den Ersten und fand nur alte Bettwäsche, die Oma anscheinend nicht wegwerfen wollte. Im zweiten Koffer befanden sich Kleidungsstücke. Auf dem Boden kniend, holte Anna ein Kleid, Hosen, Oberteile und Mützen aus dem Bauch des Koffers. Im nächsten befanden sich viele Wintersachen wie Mützen, Schals, Handschuhe, Ohrenwärmer und zwei dicke Wollpullover. Einiges davon probierte sie natürlich sofort an und betrachtete sich im Spiegel.

Anna wühlte sich von Koffer zu Koffer, bis sie an einen kleinen Koffer kam, der ziemlich weit hinten im Halbdunkel auf dem Boden lag. Dieser hatte wirklich und wahrhaftig einen roten Griff.

Anna erschrak und konnte sich einen kurzen Moment nicht bewegen. Da war er wieder, der Koffer mit dem roten Griff. Würde er auch hier gleich wieder verschwinden? Sie drehte bewusst den Kopf, schaute zum Tisch mit dem Teller und der Tasse Kakao darauf und dann wieder zurück. Der Koffer war immer noch da.

Jetzt wurde sie mutiger, packte den roten Griff und zog den Koffer aus der Dunkelheit ins Licht. Sie sah die beiden metallenen Schnallen am Kofferdeckel und öffnete diese. Dann klappte sie den Deckel hoch und blickte erstaunt auf das, was sie in dem Koffer sah: fünf rote Schuhe und ein Buch, das ebenfalls rot war.

Anna holte die Schuhe heraus, schaute sie an und stellte fest, dass es nur einzelne Schuhe waren und es keinen Schuh gab, der zu einem anderen passte. Mal war es ein linker und mal ein rechter Schuh. Warum aber lagen diese Schuhe hier im Koffer? Und was hatte es mit dem Buch auf sich?

Anna nahm das rote Buch in die Hand und öffnete es. Was sie sah, war wirklich seltsam. Alle Seiten waren leer. Vielleicht sollte das ein Notizbuch sein? Sie

blätterte das Buch von vorn bis hinten durch. Erst auf der allerletzten Seite des Buchs stand in der Mitte etwas in schwarzer Schrift geschrieben.

Anna las laut: „Hab Mut und zieh den Schuh dir an, entdecke tausend Dinge dann."

Jetzt wurde das Ganze wirklich seltsam. Woher wusste das Buch denn über die Schuhe Bescheid? Denn wenn es wollte, dass sie in diese Schuhe schlüpfte, dann müsste es ja wissen, dass diese Schuhe in diesem Koffer lagen. Das alles fand Anna sehr merkwürdig.

„Oma fragen. Oma zu fragen, ist immer eine gute Idee", dachte sie. Also legte Anna alles zurück in den Koffer, schloss den Deckel und rannte ganz aufgeregt die Treppe hinunter, vorbei an den Bildern direkt in Omas Büro. „Du, Oma, oben auf dem Dachboden, was ist denn das für ein komischer kleiner Koffer? Der mit dem roten Griff dran?"

Oma sagte: „Ein Koffer mit einem roten Griff? Davon weiß ich nichts. Ich war auch schon viele Jahre nicht mehr oben auf dem Dachboden. Wieso, was ist denn drin in dem Koffer?", fragte Oma Otilia.

„Rote...ach gar nichts", unterbrach Anna sich selbst, „nichts Besonderes. Ich hab nur so gefragt."

Anna nahm sich schnell eine Schokoflocke aus der Küche und flitzte wieder hoch, auf den Dachboden. Oben angekommen, kniete sie sich wieder vor den Koffer, öffnete diesen und nahm die Schuhe heraus.

Es gab einen flachen Schuh, einen Halbschuh, einen Stiefel, einen, der ein wenig aussah wie ein Turnschuh und eine Art Sandale. Alle waren rot, es waren zwei linke und drei rechte Schuhe. Anna stellte sie in einer Reihe nebeneinander auf. Wie es aussah, hatten alle Schuhe genau ihre Größe.

Jetzt nahm sie noch einmal das rote Buch heraus. Anna blätterte zur letzten Seite und las abermals, was dort stand: „Hab Mut und zieh den Schuh dir an, entdecke tausend Dinge dann."

Mutig war Anna ohne Zweifel. Einmal war sie im Schwimmbad vom Ein-Meter-Brett ins tiefe Wasser gesprungen, und ihre Mutter war ziemlich weit weg gewesen.

Ein anderes Mal hatte sie es geschafft, ganz allein eine riesige Sprossenwand hinauf- und auf der anderen Seite wieder herunterzuklettern.

Nur bei Hunden war Anna noch nicht ganz so mutig, denn einmal hatte ein Hund sie in die Hand gebissen. Ein wenig gezwickt jedenfalls. Aber erschrocken hatte sie sich schon, und deswegen war sie nun mit Hunden etwas vorsichtiger. Eigentlich mochte Anna Hunde gern, und sie hatte sich auch fest vorgenommen, immer weniger Angst vor ihnen zu haben. ‚Was bringt es denn, vor etwas Angst zu haben?‘, dachte Anna.

Wenn man immer ängstlich ist, dann traut man sich nicht mehr, etwas zu tun. Und weil man sich nicht traut, etwas zu tun, tut man halt auch nichts. Und wenn man nichts mehr tut, kann man nichts mehr dazulernen. Denn nur, wenn man etwas tut, kann man Dinge lernen, auch wenn es nicht gleich klappt. Schließlich lernt man aus Fehlern am meisten, hatte Oma Otilia ihr erklärt.

Kurzentschlossen zog Anna ihren rechten Schuh aus und einen der roten Schuhe an. Er passte ganz ausgezeichnet. Und was geschah? Gar nichts.

Sie machte ein paar Schritte und ging zu dem Spiegel, der hinten an einer Wand stand. Dann schaute sie sich an.

‚Na ja, so richtig schön sieht er nicht aus. Und was hat das jetzt mit dem Mut zu tun und damit, neue Dinge zu entdecken?‘, dachte Anna. Sie war etwas enttäuscht.

„Vielleicht will der Schuh ja, dass ich etwas mache", sagte Anna. Sie stampfte mit dem Fuß auf, nichts geschah. Sie tippte mit der Fußspitze auf den Holzboden. Doch wieder geschah nichts.

Dann tat Anna etwas, was sie sonst eigentlich nicht tat. Sie ging etwas in die Knie und sprang dann hoch in die Luft. In diesem Moment begann sich alles um sie herum zu drehen. Anna dachte: ‚Hätte ich das mal lieber nicht getan.‘ Aber dann fiel ihr ein, dass sie ja mutig sein wollte, und aus irgendeinem Grund vertraute sie darauf, dass der Schuh sie auf den richtigen Weg führen würde.

Wenn man hochspringt, landet man auch wieder, und genau das tat Anna.

Die Reise nach Schlimmland

Anna sah sofort, dass dort, wo sie sich plötzlich befand, alles seltsam aussah. Aber bevor sie überhaupt weiterdenken konnte, merkte sie, dass jemand ihr auf die Schulter tippte. Sie drehte sich um und sah hinter sich ein ungewöhnlich aussehendes, grünblaues Wesen sitzen.

„Äh, äh, ich bin Anna", stammelte Anna verwirrt. „Wo bin ich?"

„Hallo Anna. Ich bin Schlawenskiwonsko, und du bist in Schlimmland", antwortete der Fremde und stand auf.

„Schlawenskiwonsko?", fragte Anna. „Was ist das denn für ein Name?"

„Das ist mein Name", sagte Schlawenskiwonsko etwas beleidigt und ging an Anna vorbei. Nach ein paar kurzen Schritten drehte er sich um, schaute Anna an, drehte sich zurück und murmelte kopfschüttelnd: „Anna, was ist das denn für ein Name?" Dann ging er weiter.

„Mir hat heute Morgen schon mal jemand auf die Schulter getippt", rief Anna ihm hinterher.

„Das war ich, weil ich wollte, dass du endlich aufstehst", antwortete Schlawenskiwonsko.

Anna ging weiter über einen Rasen, der nicht grün, sondern rot war. Es gab Blumen, die viel größer als Anna waren. Als sie an ihnen vorbeiging, drehten sie sich zu ihr um und nickten, als würden sie sie begrüßen.

Dann gab es Bäume, die seltsam aussahen und merkwürdige Dinge taten: Sie warfen erst all ihre Äste ab, sodass diese auf den Boden fielen. Danach sprangen die Äste wieder an die Bäume zurück, und es wuchsen Blätter, die blau statt grün waren. Danach fielen die Äste wieder ab, sprangen zurück an die Bäume und die Blätter, die dann kamen, waren knallgelb. Anna hatte noch nie etwas so Merkwürdiges gesehen.

Schlawenskiwonsko war inzwischen weitergelaufen, und Anna hatte das Gefühl, dass er immer noch ein wenig beleidigt war. „Hier sieht aber alles ein wenig komisch aus, oder, Schlawenskiwonsko?" Nun hatte Anna seinen Namen besonders schön ausgesprochen, um Schlawenskiwonsko sanfter zu stimmen.

„Wieso komisch?", fragte er überrascht, aber schon etwas freundlicher. „Hier bei uns ist das immer so. Wir in Schlimmland müssen das wieder richtig machen, was ihr bei euch nicht hinbekommt", brummelte er.

„Wie meinst du das?", fragte Anna verwundert.

Schlawenskiwonsko blieb stehen und sagte: „Komm, ich führe dich etwas herum. Mach dich auf etwas gefasst, und wundere dich ruhig. Nur wer bereit ist, sich zu wundern, ist bereit zu lernen."

Anna verstand: Wer sich wundert, also überrascht ist, der will auch meistens herausfinden, was hinter dem Wundern oder dem Überraschtsein steckt. Und wenn man etwas herausfinden möchte, dann ist man meistens dabei, etwas zu lernen. „Nur wer bereit ist, sich zu wundern, ist bereit zu lernen", wiederholte sie leise.

Plötzlich machte Anna sich Sorgen um Oma Otilia. „Ich glaube, ich muss zurück. Ich habe Oma nicht gesagt, dass ich weg bin."

„Mach dir keine Sorgen", sagte Schlawenskiwonsko, „niemand wird dich vermissen. Solange du hier bist, bleibt die Zeit für deine Oma stehen. Das ist normal. Das hat jeder, der hier war, schon mal mitgemacht."

Anna verstand nicht wirklich, was er meinte, aber aus irgendeinem Grund vertraute sie Schlawenskiwonsko. Außerdem war hier alles ziemlich spannend, sodass sie ohnehin eigentlich nicht zurückwollte. In diesem Moment jedenfalls noch nicht.

> **Nur wer bereit ist, sich zu wundern, ist bereit zu lernen.**

Topson, Tobi und die Briefe

Sie kamen zu einem Haus, öffneten die Tür und gingen hinein. Drinnen saß ein Mann, etwas rundlich, mit einer Brille und einem freundlichen Gesicht, ganz allein auf einem Hocker und öffnete Briefe. Hatte er einen Brief geöffnet, warf er den geöffneten Brief in einen großen Trichter im Fußboden und brabbelte dabei unentwegt vor sich hin. War er mit einem Brief fertig, nahm er den nächsten und öffnete diesen ebenfalls. Im ganzen Haus befanden sich Briefe, an allen Wänden, bis zur Decke gestapelt, dicht aneinandergereiht. „Wer ist denn das?", fragte Anna. „Und warum öffnet er all diese Briefe?"

„Das ist Topson. Er muss die Briefe hier für diejenigen öffnen, die sie nicht geöffnet haben."

Gerade wollte Anna die nächste Frage stellen, als ein Junge, ungefähr in Annas Alter, mit einem Arm voller Briefe kam und diese auf einen Tisch neben Topson legte.

„Das ist Tobi", sagte Schlawenskiwonsko. „Tobi, das ist Anna", und er zeigt mit einer Handbewegung auf Anna.

„Hi", sagte Tobi. „Ich helfe hier mit den Briefen und allem anderen."

„Hi", antwortete Anna dem Jungen mit der Brille und der kleinen Fliege.

„Aber warum haben die Menschen denn ihre Briefe nicht geöffnet?", fragte Anna weiter.

„Viele Menschen öffnen ihre Briefe einfach nicht. Sie lassen sie liegen und fügen sich selbst damit großen Schaden zu. Denn öffnet man die Briefe nicht, dann weiß man ja nicht, was drinsteht, und wenn man nicht weiß, was drinsteht, dann kann

man auch nicht darauf reagieren. Und oft ist es, wenn man auf Dinge einfach nicht reagiert, schlecht für einen selbst. In einem Brief wollen Menschen meist etwas von einem. Heutzutage bekommt man in einem Brief ja selten etwas Nettes geschickt, sondern eigentlich hauptsächlich Rechnungen und Mahnungen. Deswegen, habe ich auch schon vor einiger Zeit beantragt, dass ein Briefkasten nicht mehr Briefkasten, sondern Rechnungskasten heißen sollte. Aber bis jetzt ist die Genehmigung noch nicht durch."

Anna fragte, was passieren würde, wenn Topson die Briefe nicht öffnen würde.

„Dann würden diese auch niemals in der eurer Welt geöffnet. Die Menschen ließen sie weiterhin liegen, und es entstünden für sie immer weitere Probleme", antwortete Schlawenskiwonsko. „Deswegen versucht Topson jeden Tag so viele Briefe wie möglich zu öffnen."

„Muss er sie auch alle lesen?", fragte Anna.

„Nein", sagte Schlawenskiwonsko, „dafür hat er keine Zeit. Es geht nur darum, die Briefe zu öffnen."

„Der arme Topson", sagte Anna. „Das ist doch schlimm, wenn man den ganzen Tag nichts anderes zu tun hat, als Briefe zu öffnen."

„Tja", sagte Schlawenskiwonsko, „das ist schlimm, sehr schlimm deswegen – Schlimmland."

Topson hielt plötzlich mit dem Brieföffnen inne und schaute zu Anna auf. Er sah sie eindringlich an und zeigte mit dem Finger in ihre Richtung: „Immer alle Briefe aufmachen und nicht schlecht reden über andere." Die Betonung lag auf den Wörtern schlecht reden, die ja eigentlich in diesem Zusammenhang so nicht ganz richtig waren.

Anna fand das aber irgendwie witzig, und deshalb wiederholte sie es genauso, wie Topson es gesagt hatte: „Immer alle Briefe aufmachen und nicht schlecht reden über andere."

„Ja, genau", sagte Topson und öffnete dann unbeirrt weiter Briefe.

„Hab's verstanden", antwortete Anna und zeigte dabei ebenfalls mit dem Finger in Richtung Topson.

Ungesund geht in den Schlund

Anna und ihr Begleiter verließen das Haus und gingen ein Stückchen weiter. Plötzlich sah Anna etwas entfernt mehrere lustig gekleidete Menschen. Sie waren dabei, Coca-Cola, Fanta und andere süße Getränke in einen großen Trichter zu gießen. Die Getränke liefen dann durch eine große Konstruktion aus vielen Schläuchen und Rohren in einen dicken Behälter aus Metall.

Dort wurde die Flüssigkeit anscheinend wieder in ihre Bestandteile zerlegt, denn nach kurzer Zeit fielen Hunderte Stücke Zucker durch ein Rohr in einen darunter stehenden Behälter. An der anderen Seite des großen Behälters gab es einen Schlauch, von dem eine übel aussehende, dicke und klebrige Flüssigkeit mit blubberndem Geräusch langsam in einen großen Kochtopf lief. Der Inhalt des Kochtopfes wurde auf einen Tisch geschüttet, und dann formte eine Maschine daraus einen braunen Klotz.

Jetzt erst fiel Anna auf, dass neben der merkwürdigen Konstruktion ein riesiges Wesen saß, das aussah wie die Mischung aus einem Frosch und einem gigantischen Stein. „Wer ist denn das da, neben der Maschine?", fragte Anna.

„Das ist Rülps-Eins", antwortete Schlawenskiwonsko.

Anna sollte auch sofort verstehen, warum dieses Wesen so hieß. Der eben geformte braune Klotz wurde von einem Maschinenarm hochgehoben und direkt in den Schlund von Rülps-Eins geworfen. Dieser schluckte den Klotz und rülpste dann einmal so laut, dass Anna sich die Ohren zuhalten musste. „Oh Mann, das war ja ekelig", sagte Anna zu Schlawenskiwonsko.

„Das war noch gar nichts, warte mal ab, bis du seinen Furz hörst", antwortete Schlawenskiwonsko.

„Können wir bitte weitergehen?", fragte Anna. Schlawenskiwonsko lachte, und sie gingen zu einer anderen Maschine.

Dort stopfte ein Arbeiter Hamburger, Toastbrote, Pommes, Marshmallows und Gummibärchen durch eine Luke in eine große Maschine. Einiges von dem, was in der Luke verschwand, fand Anna normalerweise eigentlich lecker. Wenn sie jetzt aber sah, was davon unten an der Maschine wieder herauskam, war sie sich nicht mehr sicher. Auch aus den in die Luke geworfenen Dingen entstand eine braune, eklige Masse.

„Was machen die denn da?", fragte Anna.

Schlawenskiwonsko erklärte: „Tja, die müssen all das zurückentwickeln und entsorgen, womit sich die Menschen selber Schaden zufügen, wenn sie es essen oder trinken. All diese Dinge sind äußerst ungesund, machen Menschen dick und krank und manchmal sogar süchtig. Süchtig heißt…"

„Ich weiß, was süchtig heißt", unterbrach Anna ihn. „Das ist, wenn man nicht mehr aufhören kann, diese Dinge zu essen oder zu trinken."

„Nicht mehr aufhören und nicht mehr kontrollieren", fuhr Schlawenskiwonsko fort, „und das ist wirklich schlimm."

Jetzt klang Schlawenskiwonsko ein wenig wie Oma Otilia. Die sagte immer so etwas Ähnliches. „Kind, du musst dich anständig ernähren. Keine Süßigkeiten und keine Hamburger essen und auch keine Coca-Cola trinken. Das ist ungesund, verdirbt deine Zähne, und damit schadest du dir selbst."

Jetzt aber, wo Anna sah, wie eklig die Sachen hier aussehen, verstand sie Oma Otilia zumindest ein wenig besser.

Anna wurde ein wenig komisch im Bauch, als sie sah, woraus diese ganzen Lebensmittel zusammengesetzt waren. Dann saß neben der Maschine auch noch Rülps-Zwei, der noch lauter rülpste als Rülps-Eins nebenan.

Als Schlawenskiwonsko sah, dass Anna ein wenig blass wurde, sagte er: „Komm, lass uns lieber weitergehen."

‚Keine Hamburger mehr, keine Pommes und kein Toastbrot zum Frühstück', dachte Anna und wurde dabei etwas traurig. „Doch, doch, du kannst ruhig ab und zu einen Hamburger und Pommes essen. Und eine Scheibe Toastbrot gelegentlich ist auch nicht dramatisch. Aber nicht zu oft. So kann dein Körper gut damit umgehen, und du schadest dir nicht selbst."

Das beruhigte Anna etwas. Heute Abend aber würde sie Oma Otilia auf keinen Fall nach einem Hamburger fragen.

Dann fiel ihr etwas auf: Sie hatte doch nur gedacht, dass sie keinen Hamburger mehr essen würde, woher wusste Schlawenskiwonsko, was sie gedacht hatte?

„Ja", sagte Schlawenskiwonsko, „ich kann deine Gedanken lesen. Das kann hier jeder in Schlimmland."

Jetzt war Anna wirklich überrascht.

„Wir müssen die Gedanken lesen können, denn sonst können wir die Wahrheit nicht sehen. Das, was die Menschen sagen, ist nämlich nicht immer die Wahrheit. Aber das, was sie in ihren Köpfen heimlich still und leise und nur für sich denken, ist oft die Wahrheit. Also?", fragte Schlawenskiwonsko Anna, „hast du schon verstanden, was es bedeutet, sich selbst zu schaden? Und hast du auch verstanden, warum man das auf keinen Fall tun sollte?"

„Ja, ich weiß: Ich muss richtig essen, ich soll nichts Falsches trinken, und ich muss immer meine Briefe aufmachen. Das habe ich schon verstanden", erwiderte Anna ein wenig abweisend.

Der Art und Weise nach, wie Anna die Frage beantwortet hatte, war Schlawenskiwonsko absolut *nicht* davon überzeugt, dass Anna verstanden hatte. Er musste sie anscheinend noch etwas weiter durch Schlimmland führen.

„Komm", sagte er. „Ich werde dir etwas ganz Besonderes zeigen. Es ist sozusagen ein kleines Geschenk für dich."

Der Vorzeit-Doppler

Anna folgte Schlawenskiwonsko. Sie kamen auf ihrem Weg an einer Holzbank vorbei, die ungefähr so lang war wie ein Fußballfeld. Auf der Bank saßen ganz viele Kinder, junge, ältere und ganz alte Menschen und weinten. Sie weinten, mit und ohne Taschentuch, mit und ohne Tränen, laut und leise, und zwar so sehr, dass Anna sofort einen dicken Kloß im Hals bekam. „Was ist denen denn passiert?", fragte sie Schlawenskiwonsko leise.

„Die sind traurig, weil jemand über sie schlecht geredet hat, meistens etwas, das überhaupt nicht stimmt. Das macht die Menschen dann sehr, sehr traurig, und oft sitzen sie hier jahrelang. Erst wenn es ihnen auf unserer Bank besser geht, wird das auch in der realen Welt so sein. Dann verschwinden sie einfach von hier", schloss er seinen Satz.

„Nicht über andere schlecht reden", wiederholte Anna leise.

„Genau", sagte Schlawenskiwonsko, „nicht über andere schlecht reden."

„Da, hast du gesehen, gerade ist einer verschwunden. Ihm scheint es jetzt wieder besser zu gehen", sagte Anna erfreut und zeigte auf den leeren Platz auf der Bank.

„Ja, aber das Mädchen da ist neu hinzugekommen", antwortete Schlawenskiwonsko und deutete auf ein Mädchen, das ungefähr so alt wie Anna war. „Wie traurig und unnötig. Jeder Mensch, der hier sitzt, ist einer zu viel", fuhr er fort und sagte dann: „Komm, wir müssen weiter."

Das Schluchzen wurde nur langsam leiser, als die beiden weiterliefen. Anna war immer noch bedrückt. Noch nie hatte sie darüber nachgedacht, dass man andere auch mit Worten verletzen konnte. In der Schule hatte sie schon oft gehört, wie hässlich manche Kinder zu anderen waren. Das würde sie in Zukunft nie wieder zulassen, versprach sie sich in diesem Moment.

„Das ist eine gute Entscheidung", rief Schlawenskiwonsko, der schon etwas vorausgegangen war und – Anna hatte es schon wieder vergessen – ihre Gedanken lesen konnte.

Nachdem sie eine Zeit gelaufen waren, kamen sie zu einem weißen Haus, das von außen mit dicken roten Holzbalken durchzogen war. „In diesem Haus hängt unser Vorzeit-Doppler."

Wie immer wiederholte Anna: „Vorzeit-Doppler, was soll das denn sein?"

Schlawenskiwonsko sagte nichts, ging erst durch die Tür des Hauses und danach weiter in ein Zimmer. Anna folgte ihm. In dem Zimmer sah Anna einen großen Spiegel an der Wand. Anna schaute in den Spiegel und sah sich selbst. „Warum Vorzeit-Doppler?", fragte sie Schlawenskiwonsko.

„Na, die Vorzeit ist die Zeit, die du noch vor dir hast", sagte Schlawenskiwonsko. „Und Doppler, weil er aus einer Anna zwei macht", fuhr er fort.

Anna lachte. „Die Vorzeit ist also die Zukunft, so nennen wir sie bei uns. Und den Doppler nennen wir Spiegel", sagte sie etwas schmunzelnd.

„Zukunft, was ist denn das für ein Wort? Spiegel? Nie gehört", sagte Schlawenskiwonsko. „Vorzeit ist viel besser, viel besser", murmelte er weiter.

Nach kurzem Überlegen sagte Anna: „Wenn ich es mit so recht überlege, hast du eigentlich recht. Vorzeit, die Zeit, die man noch vor sich hat, und Doppler passt eigentlich auch viel besser als Spiegel", sagte sie. „Wie heißt denn die Vergangenheit, also die Zeit, die ich schon hinter mir habe?", fragte Anna neugierig.

„Hinterzeit natürlich", antwortete Schlawenskiwonsko.

„Na klar, Hinterzeit. Was sonst", sagte Anna etwas flapsig. „Aber was macht der Vorzeit-Doppler denn? Ich sehe nichts, ich sehe aus wie immer."

„Er zeigt dich in der Vorzeit, und das hilft oft, Dinge besser zu verstehen."

„Ich sehe aber nichts aus meiner Vorzeit", sagte Anna etwas verwundert.

„Das geht nur mit meiner Hilfe", sagte Schlawenskiwonsko.

„Wie denn?", fragte Anna.

„Möchtest du zum Beispiel sehen, wie du aussehen wirst, wenn du ständig

Hamburger, Pommes und Süßigkeiten isst?", fragte Schlawenskiwonsko.

„Na, von mir aus", sagte Anna etwas genervt und schaute in den Doppler.

„Bist du dir wirklich sicher?", hakte Schlawenskiwonsko noch einmal nach.

„Ja, los, mach schon!", antwortete Anna.

Schlawenskiwonsko nickte, und dann zeigte er mit einer Hand auf den Vorzeit-Doppler: „Das bist du in 15 Jahren Vorzeit."

Anna erschrak. Sie sah eine kränklich aussehende junge Frau mit schlechten Zähnen im Vorzeit-Doppler.

Anna erschrak. „Schon gut, schon gut", schrie sie, „aufhören, bitte aufhören!"

Schlawenskiwonsko zeigte wieder auf den Spiegel, und Anna sah sich so, wie sie jetzt aussah.

„Das ist nicht schön", sagte Schlawenskiwonsko, „aber die Wahrheit ist die Wahrheit."

„Ich habe es verstanden", sagte Anna, nachdem sie ein paar Mal tief Luft geholt hatte.

„Gut, dann lass uns weitergehen", sagte Schlawenskiwonsko, drehte sich um und wollte das Zimmer verlassen.

„Kannst du mir auch zeigen, wie ich aussehen werde, wenn ich richtig esse, immer brav bin und alles so mache, wie die anderen es von mir verlangen?" Schlawenskiwonsko schaute etwas nachdenklich, drehte sich um, ging zum Spiegel und zeigte darauf.

Jetzt entstand das Bild einer jungen Frau, die zwar nett und erheblich gesünder aussah, irgendetwas schien ihr aber zu fehlen.

„Warum sieht sie so unglücklich aus?", fragte Anna.

„Weil sie nicht ihr eigenes Leben gefunden hat. Denn sie hat immer nur das getan, was andere ihr gesagt haben, und niemals das, was ihr Herz fühlte, oder das, was sie selbst für richtig hielt. Wenn du nicht lernst, selbst zu denken und entsprechend zu handeln, wenn du immer darauf wartest, dass andere dir sagen, was du tun und denken sollst, dann wirst du nicht dein eigenes Leben, sondern das Leben der anderen leben und letztlich unglücklich sein", sagte Schlawenskiwonsko.

„Du meinst also, ich muss klug werden und immer genau das tun, was ich, und zwar nur ich, für richtig halte?", fragte Anna. „Genau, auch wenn das oft nicht der leichteste Weg ist", sagte Schlawenskiwonsko.

„Okay, kannst du mir auch zeigen, wie ich aussehen werde, wenn ich richtig esse, so, wie Oma Otilia es mir immer sagt, wenn ich selbstständig denke und klug handle?"

Schlawenskiwonsko lächelte, denn er hatte diese Frage erwartet. Als er erneut auf den Vorzeit-Doppler zeigte, entstand das Bild einer wunderschönen jungen Frau, die der jetzigen Anna nur noch wenig ähnelte. Und doch wusste Anna, dass sie es war, die sie dort im Vorzeit-Doppler sah.

„Das bist du in 20 Jahren", sagte Schlawenskiwonsko. „Gefällt dir, was du siehst?"

Etwas gerührt sagte Anna: „Sie ist wunderschön."

„Das ist sie", antwortete Schlawenskiwonsko und lächelte Anna an. Dann verschwand das Bild wieder.

„Weißt du, Anna, warum du hier bist?", fragte Schlawenskiwonsko.

„Ja, natürlich", sagte Anna immer noch berührt von dem ,was sie gesehen hatte, „weil ich den Schuh angezogen habe."

„Nein", sagte Schlawenskiwonsko, „die Schuhe hat jemand vor langer Zeit bereitgelegt, und sie warten schon viele Jahre auf dich." Anna runzelte die Stirn.

„Es ist ganz wichtig, dass du hier bist, Anna. Hast du eine Idee, warum das so sein könnte?" Anna hatte keine Antwort auf diese Frage und schüttelte den Kopf.

„Nun gut", sagte Schlawenskiwonsko, „das macht nichts. Du wirst es auf deiner Reise bestimmt herausfinden."

„Reise?", fragte Anna. Sie wusste nicht, was Schlawenskiwonsko damit meinte. Da sie langsam etwas müde wurde, fragte sie aber nicht weiter nach. Anna drehte ihren Kopf etwas und sah hinten, am Ende der Straße, einen Berg von Fahrrädern.

An diesem Berg arbeiteten zwei Männer, die die Fahrräder auseinanderzerrten, denn die Räder waren alle ineinander verhakt. Anna lief dorthin. Sie sah rote, grüne, blaue, gelbe und sogar rosafarbene Fahrräder in dem großen Fahrradhaufen, und zwar in allen Größen und Formen.

Anna fragte, was es mit den Fahrrädern hier auf sich hätte.

„Das sind alles gestohlene Fahrräder", sagte Schlawenskiwonsko. „Die wurden Kindern oder Erwachsenen gestohlen, also von anderen Menschen weggenommen."

„Das ist aber nicht nett", sagte Anna. „Davon habe ich auch schon gehört. Zum Glück ist mir das selbst aber noch nie passiert."

„Ja", sagte Schlawenskiwonsko, „es gibt viele Menschen, die anderen schaden, indem sie ihnen etwas wegnehmen, oder auch, indem sie sie schlecht behandeln."

Das Lämpchen darf mit

Gerade zog einer der beiden Männer ein rotes Fahrrad aus dem Haufen. Er drehte die Lampe nach vorn, den Sattel wieder in die richtige Position, putzte das Fahrrad ein wenig, probierte, ob das Licht und die Klingel noch funktionierten. Dann stellte er es in eine Reihe mit den anderen Fahrrädern. Das Vorderlicht allerdings funktionierte nicht mehr. Die kleine Glühlampe war kaputt, deshalb landete sie in einem Korb und wurde gegen eine andere ausgetauscht.

„Nur wenn wir diese Fahrräder wieder in Ordnung bringen, werden die Menschen bei euch ein neues Fahrrad bekommen", sagte Schlawenskiwonsko. „Du siehst aber den großen Berg, und wir schaffen jeden Tag leider nur ein paar Fahrräder. Das heißt, dass nicht jeder ein neues Fahrrad bekommen wird. Einige gestohlene Räder bleiben also für immer verschwunden."

Anna nickte etwas traurig. Sie ging zum Korb und nahm die kleine kaputte Glühlampe heraus. In ihrer Hand betrachtete sie das Lämpchen ganz genau und putzte es ein wenig an ihrer Hose. Da sah sie, dass der winzige Draht in dem Lämpchen durchgeschmort war. Das hatte sie gemeinsam mit Papa auch schon zu Hause bei einer großen Glühbirne gesehen. Die kleine Lampe in ihrer Hand war definitiv kaputt und nicht zu retten. Trotzdem fand Anna sie schön.

„Du kannst sie behalten", sagte Schlawenskiwonsko.

„Wirklich?", fragte Anna.

„Ja", antwortete Schlawenskiwonsko. Sie steckte die Glühlampe in ihre Tasche und nahm sich vor, sie als Erinnerung mitzunehmen. Zu Hause würde sie das Lämpchen in ein kleines Kästchen aus Holz legen, in das nur ganz geheime Dinge kamen. Das Kästchen hatte sie so gut versteckt, dass niemand außer Anna wusste, wo es sich befand.

„Dass Menschen Fahrräder stehlen, ist traurig und gemein. Ich liebe mein

Fahrrad und möchte nicht, dass jemand mir mein Fahrrad wegnimmt", sagte Anna.

„Das ist gut, dass du so denkst", sagte Schlawenskiwonsko. „Man produziert auf der anderen Seite, also auf der Seite, wo das Rad gestohlen wurde, nämlich etwas, das sich Leid nennt. Und das ist eine schlimme Sache, eine ganz schlimme Sache."

‚Leid', dachte Anna. Das Wort hatte sie schon gehört, und deshalb wusste sie ungefähr, was es zu bedeuten hatte. Auch sie hatte schon traurige Menschen gesehen. Sie wusste nicht immer genau, warum diese Menschen traurig waren, aber sie hatte auch schon von Mama gehört, dass viele Menschen leiden würden. Und das bedeutete, dass sie sehr unglücklich waren. Für das Leid konnte es viele Ursachen geben.

„Ja, da hast du recht", sagte Schlawenskiwonsko, der wieder Annas Gedanken gelesen hatte.

„Und das meiste Leid, das auf dieser Welt produziert wird, wird bedauerlicherweise von anderen Menschen verursacht. Deshalb sollte sich jeder Mensch immer überlegen, ob er mit seinen Handlungen, also mit dem, was er gerade tut, einem anderen Schaden zufügt", erklärte Schlawenskiwonsko.

„Ja, aber", hakte Anna nach, „wenn ich immer darüber nachdenke, ob ich jetzt etwas trinken darf und dann kein anderer mehr was trinken kann, weil ich es ja schon getrunken habe, füge ich dem anderen dann Schaden zu? Oder wenn ich einen Apfel vom Baum pflücke, dann bekommt der andere den Apfel ja nicht. Füge ich dann auch damit Menschen einen Schaden zu?"

„Nein", lachte Schlawenskiwonsko, „so ist das nicht gemeint. Es geht nur darum, dass man sich bewusst wird, wann man Schaden verursachen könnte und wann man einfach nur etwas trinkt oder einen Apfel ist. Jeder Mensch muss essen, schlafen, trinken, leben und sein Leben sicher machen. Das ist normal, und das muss so sein. Doch einige tun das und richten mit ihrer Art zu leben ständig Schaden bei anderen Menschen an. Und das gilt es unbedingt zu vermeiden." Anna begann langsam zu verstehen.

„Es gibt übrigens noch einen ganz wichtigen Grund, warum man niemandem Schaden zufügen sollte", sagte Schlawenskiwonsko.

„Und welchen?", fragte Anna.

„Weil immer, wenn man jemand anderem Schaden zufügt, man auch sich selbst einen Schaden zufügt. Denn das, was man Schlechtes getan hat, kommt auf die eine oder andere Art immer wieder zu einem zurück."

„Wie meinst du das?", fragte Anna etwas nachdrücklicher.

„Stell dir vor, du tust etwas, das schlecht für jemand anderen ist. Wie wird sich dieser danach dir gegenüber verhalten? Was denkst du?", fragte Schlawenskiwonsko.

„Ah, ich verstehe: Die Person wird sich mir gegenüber wahrscheinlich nicht mehr gut verhalten. So kommt das, was ich nicht richtig gemacht habe, wieder zu mir zurück", antwortete Anna.

„Genau", sagte Schlawenskiwonsko. „Schlechtes Verhalten wird nie mit einer guten Tat belohnt."

Sie gingen weiter und kamen an einem großen Geschäft vorbei, in dem viele leckere Kuchen, Kekse und Schokoladen im Schaufenster lagen. Über dem Laden stand ein Schild mit dem Wort „Bekerei" darauf. Dieses Wort war komplett falsch geschrieben, das sah Anna sofort. Überhaupt war ihr aufgefallen, dass fast alle Wörter, die sie hier in Schlimmland gelesen hatte, falsch geschrieben waren.

Sie fragte Schlawenskiwonsko: „Du, Schlawenskiwonsko, weißt du übrigens, dass hier fast alle Wörter falsch geschrieben sind?"

„Wirklich? Wir haben es nicht so mit Buchstaben. Und wir wissen auch nicht genau, wie viele es gibt. Wir haben irgendwann einmal einen Karton mit Buchstaben gefunden, und dann haben wir uns gedacht, wir machen daraus einfach Wörter. Deswegen sind unsere Wörter vielleicht nicht so ganz richtig."

> Schlechtes Verhalten wird nie mit einer guten Tat belohnt.

„Na", lachte Anna, „da ist es aber gut, dass wir in der Schule alle Buchstaben zur Verfügung haben und dass wir überhaupt in die Schule gehen können. Denn dort lernen wir, wie die Wörter richtig geschrieben werden."

„Siehst du", sagte Schlawenskiwonsko, „es ist gut, dass du diese Einstellung hast, denn somit weißt du, wenn du nicht in die Schule gehen würdest, würdest du dir selbst …"

„… einen großen Schaden zufügen", sagten Anna und Schlawenskiwonsko jetzt gleichzeitig.

„Genau", sagte Schlawenskiwonsko lächelnd.

Langsam fing Anna an, Schlawenskiwonsko zu mögen. Er war etwas kleiner als sie und hatte die aufrecht stehenden Haare in der Mitte in grüne und blaue unterteilt. Seine kleine Stupsnase trug ein paar Sommersprossen. Er wackelte ein wenig beim Laufen und hatte am ganzen Körper grünblaues, ganz feines Fell, das wunderbar glänzte. Außerdem trug er ein Medaillon um den Hals. Darin befand sich ein großer, flacher, perlmuttartiger Stein. Schlawenskiwonsko sah sowohl etwas ernst als auch nett aus, und genau das war er auch: ernst, aber nett.

Plötzlich spürte Anna, dass sie müde wurde. Sie dachte wieder an Oma Otilia und sagte: „Du, Schlawenskiwonsko, ich finde es ja recht schön hier bei euch, aber ich möchte jetzt wieder zurück zu Oma Otilia. Außerdem bin ich schon ein wenig müde."

„Das kann ich verstehen, du kannst dich da drüben ein wenig hinsetzen. Falls wir uns nicht mehr sehen, alles Gute. Schön, dass du da warst", sagte Schlawenskiwonsko.

Anna verstand nicht richtig, was er meinte, und wollte eigentlich fragen, ob sie sich wiedersehen würden. Erst einmal setzte sie sich aber jetzt in den großen, gelben, sehr bequem aussehenden Sessel. Dieser war nicht mit Stoff bezogen, sondern hatte kurzes Fell. Als Anna sich hineinsetzte, merkte sie, dass der Sessel sich ein wenig bewegte, warm und tatsächlich sehr bequem war. Eigentlich wollte sie sich den Sessel noch etwas genauer anschauen, aber sie schlief sofort tief und fest ein.

Sie träumte von den großen Blumen, den seltsamen Bäumen, dem roten Rasen und von anderen Dingen, die sie in Schlimmland gesehen hatte.

Dann wachte sie in ihrem Stuhl auf dem Dachboden wieder auf.

Ein merkwürdiger Traum

Das war der merkwürdigste Traum, den Anna jemals gehabt hatte. Draußen war es immer noch hell. „Sonst schlafe ich doch tagsüber gar nicht. Was ist denn heute los mit mir?", fragte Anna sich.

Alles Geträumte hatte sich so echt angefühlt. Na ja, so etwas sollte es aber geben. Davon hatte Anna schon einmal gehört.

Anna würde noch etwas Zeit benötigen, um richtig wach zu werden. Jetzt wollte sie aber erst einmal hinunter zu Oma Otilia und ihr von dem außergewöhnlichen Traum erzählen.

Oma hatte ihre Büroarbeit beendet. Anna erzählte ihr jetzt aufgeregt von ihrem Traum. Oma lachte. So etwas Spannendes hatte sie noch nie gehört. Und Oma fragte sich außerdem, wie man einen solch merkwürdigen Namen wie Schlawenskiwonsko überhaupt in einem Traum erfinden könne. Anna hatte darauf natürlich keine Antwort, denn das alles kam ihr immer noch sehr real vor.

Oma sagte, dass Anna eine sehr große Fantasie hätte, wenn sie sich solche Dinge im Traum ausdenken würde. „Das ist gut. Man benötigt Fantasie im Leben. Fantasie führt zu Kreativität, Kreativität zu Entwicklung und schließlich zu neuen Dingen. Und genau das brauchen die Menschen immer. Neue Dinge und Ideen, die das Leben für alle etwas besser machen", sagte Oma Otilia und freute sich für Anna.

Oma und Anna waren inzwischen hungrig geworden und bereiteten sich wenig später ein leckeres Abendessen zu. Es gab Rührei mit Schinken und Brot. Herrlich. Davon konnte Anna nie genug bekommen, und sie aß, bis ihr Bauch so voll war, dass sie sich kaum noch bewegen konnte.

Nach dem Abendessen sagte Oma Otilia: „So, Anna, jetzt wird es langsam Zeit zum Schlafengehen."

„Aber Oma", erwiderte Anna, „es ist doch noch früh."

„Na gut", willigte Oma ein, „dann geh noch einen Moment spielen. Ich rufe dich dann irgendwann. Oder möchtest du jetzt noch etwas mit mir gemeinsam machen?"

„Nein, ich gehe noch ein wenig auf den Dachboden", sagte Anna. „Ich muss noch etwas weiter aufräumen. Es sieht noch immer sehr schlimm aus, dort oben." Schlimm – Schlimmland. Da war es wieder. ‚Ach was', dachte Anna, ‚das alles habe ich nur geträumt.'

Anna ging wieder auf den Dachboden und setzte sich in den Stuhl, in dem sie erst kurz zuvor aufgewacht war.

Schlawenskiwonsko, Topson, habe ich das alles wirklich nur geträumt? Jetzt erinnerte sie sich an das Glühlämpchen, das sie aus dem Korb genommen hatte. War das Lämpchen vielleicht doch in ihrer Tasche? Ganz langsam, beinahe etwas ängstlich, fasste ihre Hand in die Tasche.

Als sie den kleinen Gegenstand in ihrer Hand spürte, ging ein kurzer Schauer durch ihren ganzen Körper. Da war das Lämpchen. Das war der Beweis, dass sie nicht geträumt, sondern alles wirklich erlebt hatte. Im ersten Moment wollte sie sofort zu Oma Otilia laufen und ihr das Lämpchen zeigen. So konnte sie ja beweisen, dass sie wirklich in Schlimmland gewesen war.

Sie stand auf, doch stoppte dann. Niemand, selbst Oma Otilia nicht, würde ihr glauben, was sie in Schlimmland erlebt hatte oder dass sie überhaupt dort gewesen war. Auch das Lämpchen als Beweis würde nichts daran ändern.

Der erste Satz

Anna schaute nach unten in Richtung Fußboden und sah, dass sie immer noch den roten Schuh anhatte. Nun zog sie ihn aus und legte ihn wieder in den Koffer. Sie nahm das rote Buch in die Hand und blätterte zur letzten Seite.

Auf der letzten Seite stand aber gar nichts mehr. Sie konnte nicht glauben, dass jetzt auch noch der einzige Satz verschwunden war, der zuvor in diesem Buch gestanden hatte. Dann klappte sie das Buch zu, schlug es noch einmal auf, blätterte zur ersten Seite und fing aus irgendeinem Grund an, laut mit sich selbst zu reden.

Anna sprach: „Schaden zufügen", und sobald sie die beiden Worte gesagt hatte, erschien auf der ersten Seite das Wort Schade am Anfang der Zeile. Sie war überrascht, das konnte doch eigentlich nicht sein.

„Also weiter", sagte sie jetzt laut. „Man soll sich selbst keinen Schaden zufügen oder dumme Dinge tun. Man soll auch keinem anderen Schaden zufügen, indem man schlechte Dinge tut, wie Fahrräder stehlen, oder über jemanden schlecht reden zum Beispiel."

Als Anna all das ausgesprochen hatte, erschien vor ihren Augen langsam ein Satz auf der Seite. Dort stand:

Schade weder dir selbst noch anderen.

Anna konnte es nicht fassen. Plötzlich stand dort ein Satz in dem Buch, der vorher nicht da gewesen war. Das war pure Magie! Jetzt wusste sie, diese Schuhe waren wirklich besonders, und dieser Koffer stand nicht zufällig hier oben auf dem Dachboden. Das hatte Schlawenskiwonsko auch schon gesagt.

Anna war aufgeregt. Was würde Oma sagen, wenn sie ihr jetzt auch noch von dem Buch erzählen würde und dass der Satz hier einfach von ganz allein erschienen war? ‚Das würde Oma erst recht nicht glauben', dachte Anna und verwarf die

Idee, Oma davon zu erzählen, endgültig.

Wenig später rief Oma Otilia auch schon von der Treppe: „Anna, komm runter."

Anna ging die Treppe hinunter in ihr Zimmer. Sie zog sich den Pyjama an, putzte ihre Zähne und war immer noch ganz aufgeregt. Draußen war es mittlerweile schon fast dunkel geworden, und Oma Otilia fragte, ob sie noch eine Geschichte vorlesen solle.

Schade weder dir selbst noch anderen.

„Nein", sagte Anna sehr zur Verwunderung von Oma Otilia. Denn sie hatte für heute genug Geschichten in ihrem Kopf. Sie wollte jetzt mit ihrem Schlimmland-Erlebnis noch einen Moment allein sein und darüber nachdenken, was geschehen war. Oma gab ihr einen Gutenachtkuss und verließ das Zimmer.

Noch eine ganze Zeit lang lag Anna hellwach im Bett und dachte: ‚Schlimmland, Schlawenskiwonsko, Topson, Vorzeit-Doppler.'

Lachen macht glücklich und schön

Am nächsten Morgen war Anna gut ausgeschlafen und nicht mehr ganz so aufgeregt, was Schlimmland betraf. Noch immer aber kam ihr alles seltsam und unwirklich vor. Später würde sie sich das rote Buch bestimmt noch einmal anschauen. Doch jetzt wollte sie erst einmal gemeinsam mit Oma Otilia frühstücken.

Nach dem Frühstück rief Mama an, und Anna erzählte ihr, dass alles gut war und dass sie viel Spaß bei Oma Otilia hatte. Mama und Papa machten sich immer ein wenig Sorgen, wenn Anna woanders als zu Hause war.

Aber natürlich freute Anna sich immer, wenn Mama anrief.

„Mama", fragte Anna, „weißt du etwas über einen Koffer mit roten Schuhen?"

Sie antwortete: „Ein Koffer mit roten Schuhen?"

„Ja", sagte Anna, „weißt du etwas darüber?"

„Nein", sagte Mama, „darüber weiß ich nichts. Hast du einen gefunden?"

„Ja, aber ist schon gut, nichts Besonderes. Nur ein Koffer mit roten Schuhen", antwortete Anna.

Mama stutzte ein wenig, fragte aber nicht weiter nach. Dann erzählte sie noch, dass Tomik fast den ganzen Tag mit seinen Freunden draußen spielte. Anna kannte die Kollegen, wie sie sie nannte. Das waren fast alles ziemliche Rabauken. Bis auf Noah, der war eigentlich ganz nett.

Anna und ihre Mama sprachen noch einen Moment. Dann verabschiedete Anna sich und legte auf.

Nach dem Telefonat fragte Oma Otilia Anna, was sie denn heute Morgen machen wollte.

„Eigentlich möchte ich noch ein wenig oben auf dem Dachboden weitermachen, denn da bin ich ja noch gar nicht fertig mit dem Aufräumen", erklärte Anna.

Oma Otilia bestand aber darauf, gemeinsam mit Anna nach draußen in den

Garten zu gehen, um dort zusammen ein wenig Unkraut zu jäten. Außerdem waren auch wieder ein paar Erdbeeren reif.

Erdbeeren waren Annas Lieblingsfrüchte. Da konnte sie einfach nicht widerstehen, da konnte kommen, was wolle. Erdbeeren ließen sie alles andere vergessen. Sofort stimmte Anna der Gartenarbeit zu und rannte mit Oma hinaus.

„Du, Oma", fragte Anna, „weißt du, wenn ich jetzt alle Erdbeeren auf einmal essen würde, dann würde ich Bauchschmerzen bekommen, und damit würde ich mir selbst Schaden zufügen."

Oma schmunzelte und sagte: „Ja, das stimmt, woher hast du denn das?"

„Von Schlawens…" Anna wollte gerade Schlawenskiwonsko sagen, aber das hätte nichts genützt, denn Oma kannte Schlawenskiwonsko ja gar nicht.

„Ach", sagte Anna, „das ist mir ganz allein eingefallen."

„Ich habe schon immer gewusst, dass du ein schlaues Mädchen bist", sagte Oma. „Und wie man sich noch Schaden zufügen?"

„Na ja, man kann falsch essen, zum Beispiel eine ganze Torte auf einmal. Man kann ohne Helm Fahrrad fahren, zuviel Fernsehen schauen oder zu oft mit dem Computer spielen. Man kann ins Wasser springen, ohne zu wissen, wie tief es dort ist. Oder man kann ins Wasser springen, obwohl man weiß, dass man nicht gut schwimmen kann. Man kann auch Briefe, die man bekommt, einfach nicht aufmachen und so große Probleme bekommen. Auch fügt man sich selbst großen Schaden zu, wenn man nicht in die Schule geht."

Jetzt war Oma überrascht. Sie hatte nicht erwartet, dass Anna so viele Dinge einfallen würden.

„Und weißt du", sagte Anna, „man darf auch anderen Menschen keinen Schaden zufügen."

„Ahaaa, und warum nicht?", fragte Oma Otilia ganz interessiert.

„Weil immer, wenn man jemandem anderen einen Schaden zufügt, man auch sich selbst einen Schaden zufügt. Denn das, was man Schlechtes getan hat, kommt auf die eine oder andere Art immer wieder zu einem zurück."

Oma nickte. „Und was genau meinst du damit, jemandem anderem einen Schaden zuzufügen?", fragte sie weiter.

„Na ja, zum Beispiel ein Fahrrad stehlen oder einem anderen Menschen in einer wichtigen Sache nicht die Wahrheit sagen. Menschen Geld wegnehmen. Oder schlecht über andere reden", antwortete Anna.

Oma Otilia war wieder überrascht und sagte: „Sehr gut, Anna, was bist du doch für ein kluges Kind."

In dem Moment, als Oma das sagte, sah Anna draußen im Garten ein kleines Blumenbeet, das ihr vorher noch niemals aufgefallen war. Dort standen wunderbare Blumen in allen Farben. Sie waren so schön und so anders als all die Blumen, die sie je gesehen hatte, dass sie sofort darauf zulief. Doch plötzlich waren die Blumen weg.

„Oma", sagte Anna, „hast du eben auch die schönen Blumen hier gesehen?"

„Welche Blumen?", sagte Oma, „ich sehe dort nur Rasen."

„Hm", sagte Anna, „da habe ich mich wohl geirrt."

‚Im Moment passieren aber auch wirklich seltsame Dinge', dachte sie. Und plötzlich wusste sie tief in ihrem Inneren, dass da bald noch mehr kommen würde, das sie merkwürdig fände.

Nachdem die beiden ein paar Stunden später alle Arbeiten im Garten erledigt hatten, setzten sie sich zusammen, um Mittag zu essen. Es gab Nudeln mit Tomatensoße. Beim Essen spritzten Anna und Oma so mit den Nudeln und der Tomatensoße umher, dass sie beinahe die Wand in der Küche neu hätten streichen müssen.

„Man sollte die Nudeln besser nicht einsaugen, sondern doch lieber abbeißen", stellte Oma Otilia fest, als sie sich die Wand ansah. Zum Glück ließen sich die Tomatenflecken aber einfach abwischen. Anna und ihre Oma schauten sich an und lachten, sie hatten nämlich auch die Gesichter voller Tomatensoßen-Sommersprossen.

„Lachen hält jung, macht glücklich und schöööön", sagte Oma Otilia.

„Schööööön", wiederholte Anna mit ganz spitzem Mund. Das fand Oma komisch, und deshalb konnte sie gar nicht mehr aufhören zu lachen.

Lachen ist übrigens auch ansteckend, und genau deshalb konnte Anna nicht anders als mitzulachen.

Nach der großen Lachrunde, die fast Bauchschmerzen verursacht hatte, gab es die leckeren, frisch geernteten Erdbeeren. Natürlich mit Schlagsahne.

Etwas später dachte Anna wieder an den Dachboden. Würden die anderen Schuhe vielleicht auch in eine andere Welt führen?

Die Reise nach Gutenland

An diesem Nachmittag ging Anna wieder auf den Dachboden und setzte sich vor den Koffer. Sie öffnete ihn und nahm das rote Buch in die Hand. Auf der ersten Seite stand immer noch:

Schade weder dir selbst noch anderen.

Der Satz war also noch da, Anna hat nicht geträumt. Und auch das Lämpchen lag noch da, wo Anna es hingelegt hatte.

Jetzt befanden sich aber nur noch vier Schuhe im Koffer. Der Schuh, den sie beim letzten Mal angezogen hatte, war verschwunden. Ohne weiter darüber nachzudenken, wollte Anna gerade einen weiteren Schuh anziehen. Doch plötzlich war sie sich nicht mehr sicher, ob sie das tun sollte.

Sie hatte ein wenig Angst. Eigentlich war bei ihrer Reise nach Schlimmland gar nichts Schlimmes passiert, aber trotzdem: Menschen fürchten sich bekanntlich oft vor unbekannten Dingen. Deswegen überlegte sie, ob sie nun wirklich einen anderen Schuh anziehen sollte oder ob sie den Koffer einfach schließen und vergessen sollte.

Dann erinnerte sie sich noch einmal an den Spruch, der zwar nicht mehr im Buch stand, den Anna sich aber gut eingeprägt hatte. Dort hatte gestanden: „Hab Mut und zieh den Schuh dir an, entdecke tausend Dinge dann."

Dort stand also, dass man Mut haben sollte. Wenn man zu ängstlich war, würde man sich den Schuh wahrscheinlich nicht anziehen. Dann würde man aber auch keine neuen Dinge entdecken. Und Neues macht einen meistens klüger. Und klüger werden wollte Anna auf alle Fälle.

„Man muss seine Ängste überwinden", sagte ihr Vater immer. Und da hatte er recht. Denn immer dann, wenn Anna etwas getan hatte, wovor sie sich eigentlich geängstigt hatte, fühlte sie sich hinterher stolz. Dann spürte sie ein tolles Gefühl im

Bauch, da sie wusste, dass sie etwas Neues hinzugelernt hatte und etwas stärker geworden war. Auch das wollte Anna sein: stark. Und dieses Starksein hatte nichts mit Muskeln zu tun, sondern dieses Starksein fand im Kopf statt. Und das war noch viel stärker als alle Muskeln zusammen.

Nachdem Anna über all diese Dinge nachgedacht hatte, war ihr völlig klar, was sie nun zu tun hatte. Sie musste auch die anderen Schuhe anziehen. Denn nur wenn sie die Schuhe anzöge, würde sie erfahren, was es mit diesen auf sich hatte. Die Schuhe nicht anzuziehen, würde bedeuten: an tollen Erlebnissen und Erfahrungen vorbeizugehen. Nein, das wollte sie nicht, und das würde sie auf keinen Fall tun.

Anna nahm einen weiteren Schuh aus dem Koffer. Diesmal war es ein linker, eine Art Sandale, die Anna ganz schön fand. Sie setzte sich in den Sessel, zog sich ihren linken Schuh aus und holte einmal tief Luft. Dann zog sie die rote Sandale an.

Lillesol und der Brief

Eine Sekunde später saß Anna plötzlich auf einem hölzernen Stuhl. Vor sich sah sie eine riesige Blumenwiese mit Bäumen dahinter. Sie befand sich auf einem kleinen Berg, denn von ihrem Stuhl aus konnte sie ins Tal schauen.

Hinter ihr stand ein kleines Holzhaus. Die Vögel zwitscherten, sie sah viele Schmetterlinge, schöne Bäume, und alles duftete ganz wunderbar. Es war angenehm warm, und an diesem Ort schien ein ganz besonderes, warmes Licht vom Himmel. Vor dem Haus verlief ein kleiner Sandweg. Es gab keine Straßen, und Autos waren weder zu hören noch zu sehen. Natürlich wusste Anna, dass sie nicht mehr bei Oma Otilia war, sondern an einem anderen Ort. Aber wo? „Vielleicht in Andersland?", sagte sie zu sich selbst und musste dabei etwas schmunzeln. Sie hätte gern jemanden gefragt, aber hier war niemand zu sehen.

Moment, was war das für ein Geräusch, das sie da hörte? Ein Quietschen, das in regelmäßigen Abständen weiter und weiter auf sie zukam. Es hörte sich an wie ein Rad, das etwas Öl brauchte. Weiter unten, am Ende des Weges, sah sie etwas auf sich zukommen. Dort fuhr jemand mit einer witzigen Mütze auf dem Kopf in ihre Richtung. Langsam konnte Anna eine Frau erkennen. Sie fuhr ein gelbes Rad mit lilafarbenen Reifen und trug eine große, braune Ledertasche über ihrer Schulter. Als sie näher kam, sah Anna, dass die Frau ganz besonders freundliche und strahlende Augen hatte.

Die Frau bremste, stieg vom Rad und sagte: „Hallo. Bist du Anna?"

„Ja", antwortete Anna, „das bin ich."

„Das freut mich aber, dich kennenzulernen", sagte die Frau. „Herzlich willkommen hier. Schön, dich zu sehen. Hast du einen schönen Tag?"

„Ja", sagte Anna etwas überrascht. „Danke schön."

„Dann habe ich hier für dich einen Brief", sagte die Frau. „Ich hoffe, es stehen

schöne Dinge darin, und du wirst dich darüber freuen. Möchtest du, dass ich auch noch einen Brief von dir wieder mit zurücknehme und an jemanden weiterschicke, der sich dann sicher darüber freuen wird?"

Anna sagte nur: „Nein, danke." In diesem Moment fiel ihr auf, dass sie tatsächlich lange keinen Brief an jemanden geschrieben hatte.

„In Ordnung. Auf Wiedersehen, und hab noch einen wunderschönen Tag, liebe Anna. Bis dann. Ich freue mich darauf, dich bald wiederzusehen. Alles Gute bis dahin, bleib gesund und genieße den Tag."

„Ja, danke, ebenfalls", sagte Anna etwas überwältigt von der Freundlichkeit der Frau.

‚Das war aber eine nette Dame', dachte Anna und schaute neugierig auf den Brief. Sie öffnete ihn und fand einen kleinen Zettel in dem Umschlag. Darauf stand: „Ich bin hinter dem Haus." Anna hatte schnell eine Vermutung, wer dort auf sie warten würde. Und richtig. Dort saß auf einem großen Stein Schlawenskiwonsko.

„Irgendwie habe ich dich hier vermutet", sagte Anna.

„Und ich habe vermutet, dass du vermutet hast, dass ich hier sein würde", antwortete Schlawenskiwonsko mit einem Lächeln.

„Wo sind wir denn hier?", fragte Anna natürlich als Allererstes.

Schlawenskiwonsko sagte: „In Gutenland."

„Gutenland?", fragte Anna. „Wo ist das denn nun wieder?"

„Weit weg von zu Hause", sagte Schlawenskiwonsko. „Willst du mit mir kommen?", fragte er Anna.

Anna nickte: „Na ja, wenn ich schon mal hier bin, will ich natürlich auch sehen, was es hier gibt."

„Hier gibt?", wiederholte Schlawenskiwonsko fragend.

„Wo sind denn eigentlich alle?", fragte Anna.

„Alle?", wiederholte Schlawenskiwonsko.

„Ach übrigens: Wer war denn die nette Frau auf dem Fahrrad?", fragte Anna.

„Das ist Lillesol."

„Lillesol?", fragte Anna.

Schlawenskiwonsko sagte: „Ja, Lillesol. Das bedeutet kleine Sonne. Sag mal, musst du eigentlich immer alles wiederholen, was man dir sagt?" Schlawenskiwonsko hatte natürlich recht. Irgendwie hatte sich Anna angewöhnt, das zu wiederholen, was andere gesagt haben. Besonders bei Namen tat sie das fast immer. Sie konnte es sich einfach nicht abgewöhnen. Auch Mama hatte ihr das schon ein paar Mal gesagt.

„Man könnte ja meinen, dass du schlecht hörst", fuhr Schlawenskiwonsko fort.

„Was hast du gerade gesagt?", schrie Anna jetzt absichtlich. Dabei hielt sie sich die Hand ans Ohr und tat so, als wäre sie wirklich schwerhörig.

Schlawenskiwonsko schüttelte den Kopf und sagte leise zu sich selbst: „Das bedeutet viel Arbeit, ganz viel Arbeit."

„Lillesol bringt hier allen die Post", sagte Schlawenskiwonsko. „Vielleicht wirst du sie ja noch einmal brauchen."

„Brauchen, ich?", fragte Anna. „Ich bekomme eigentlich selten Post, und Briefe schreibe ich auch nicht. Außer von dir und Oma Otilia habe ich eigentlich noch nie einen Brief bekommen."

„Was hast du gesagt?", fragte Schlawenskiwonsko ganz laut und hielt sich dabei die Hand ans linke Ohr.

Anna verstand, Schlawenskiwonsko hatte ihr den Scherz mit der Schwerhörigkeit heimgezahlt.

„Wirklich sehr witzig!", sagte Anna.

„Aber natürlich, alle in meiner Familie haben Humor", sagte Schlawenskiwonsko. Nach einer kurzen Pause und einem Moment des Überlegens blieb er kurz stehen und sprach leise zu sich selbst: „Bis auf Onkel Kiskowasko, der versteht keinen Spaß, wirklich gar keinen." Dann ging er kopfschüttelnd weiter.

Das Haus der Musik

„Wo gehen wir denn hin?", fragte Anna.

„Dorthin, wo es schön ist", antwortete Schlawenskiwonsko. Und sie gingen gemeinsam über eine große Wiese zu einem Haus, das ein Stück entfernt stand. Von dort hörte Anna leise etwas, das ihr bekannt vorkam. Musik. Musik hätte sie jetzt hier als Allerletztes erwartet.

Auch wusste sie genau, von wem diese Musik war, also wer sie geschrieben hatte. Musik selbst zu schreiben heißt komponieren, hatte Oma ihr einmal erklärt. Das hatte Anna sich gemerkt. Ja, das war Musik von Herrn Bach, wie Oma Otiliasie immer hörte. Dass sie diese Musik nun hier in Gutenland hörte, fand sie natürlich etwas seltsam. Andererseits war Anna Seltsames inzwischen gewohnt, wenn sie mit Schlawenskiwonsko zusammen war.

Als sie endlich angekommen waren und vor einem wirklich kleinen Haus standen, das so klein war, dass Anna nicht einmal erwartete, dass sie und Schlawenskiwonsko dort hineinpassen würden, sagte sie: „Das ist ja winzig."

Schlawenskiwonsko sagte nichts. Sie betraten das Haus, und Anna konnte ihren Augen kaum trauen. Drinnen war das Haus riesig groß, und was Anna dort sah, überraschte sie noch mehr. Ganz viele Kinder und auch Erwachsene spielten zusammen diese wunderbare Musik auf vielen Instrumenten, die Anna leider noch nicht so genau kannte, irgendwo aber schon einmal auf Bildern gesehen hatte. Als die beiden den Raum betraten, hielten alle in ihrem Spiel inne.

Anna konnte es nicht fassen. Sie rannte wieder hinaus und schaute abermals auf das Haus. ‚Wenn es von außen so klein ist, wie kann es dann drinnen nur so groß sein?', fragte sie sich. Völlig erstaunt ging sie wieder hinein. Schlawenskiwonsko schaute sie an und sagte: „Denke immer daran: Vieles ist nicht so, wie es auf den ersten Blick zu sein scheint."

Dann sagte er laut zu den Musikern: „Das hier ist Anna." Mehr als ein schüchternes „Hallo" brachte Anna zunächst nicht heraus. Nach einem kurzen Moment sagte sie aber: „Ihr macht Musik, das finde ich schön."

Einer der Musiker sagte: „Ja, Musik gibt Hoffnung."

Der Nächste sprach: „Musik macht uns stark und motiviert uns."

Ein Mädchen rief laut: „Und Musik erschafft Träume."

„Ja, das stimmt", sagten jetzt einige gemeinsam.

Auch wenn Anna generell lieber etwas andere Musik als Oma Otilia hörte, hatte sie doch manchmal das Gefühl, dass die Musik von Herrn Bach sehr schön und irgendwie im Fluss war. Da konnte sie mit den Gedanken schön abschweifen und an etwas ganz anderes denken. Und auch anfangen zu träumen.

Plötzlich stand eines der Kinder auf und sagte: „Anna, kannst du uns helfen?"

„Helfen?", fragte Anna. „Wobei denn?"

Da sagte der Junge, der am Dirigentenpult stand: „Wir brauchen jemanden, der das Cello spielt. Unsere Cellistin ist heute ausgefallen, weil sie gestern Abend zu viel Schnuckzucka gegessen und deswegen heute furchtbare Bauchschmerzen hat."

Alle schüttelten den Kopf, und Anna konnte hören, wie einige sagten: „Schnuckzucka ist so schön süß und klebrig, eine echte Spezialität in Gutenland. Aber das weiß doch jedes Kind: Wer zu viel Schnuckzucka isst, der bekommt eben Bauchschmerzen."

Anna wurde plötzlich sehr nervös. Wie sollte sie denn Cello spielen? Das hatte sie doch noch nie gemacht.

„Nein", sagte Anna deshalb, „leider kann ich euch dabei nicht helfen, ich kann nämlich gar kein Cello spielen."

„Doch, doch, das kriegst du schon hin", sagt der Junge vom Dirigentenpult zu Anna. „Bitte hilf uns."

Anna schaute Schlawenskiwonsko an, aber dieser zuckte nur mit den Achseln und sagte: „Versuch's doch. Helfen ist nicht immer einfach. Und manchmal muss man beim Helfen Dinge tun, die man eigentlich nicht kann."

Natürlich hatte Schlawenskiwonsko recht. Aber wenn man nicht Cello spielen kann, dann kann man eben nicht Cello spielen. Basta. Trotzdem, Anna wollte nicht unhöflich sein und würde ihnen schon zeigen, dass sie nicht Cello spielen konnte. Dann würden sie bestimmt verlangen, dass sie lieber aufhören solle mit dem Spielen. Und so ging Anna etwas trotzig zum Cello und setzte sich auf den Stuhl.

Der Junge überreichte ihr das Cello und den dazugehörigen Bogen. Als Anna den mit Pferdehaaren bespannten Bogen aus Holz in ihrer Hand spürte, kam ihr alles plötzlich ganz selbstverständlich vor. Das Gefühl des Bogens zwischen ihren Fingern kam ihr vertraut vor, und mit der linken Hand umfasste sie den Hals des Cellos.

> Helfen ist nicht immer einfach. Und manchmal muss man beim Helfen Dinge tun, die man eigentlich nicht kann.

Auch das fühlte sich überhaupt nicht neu für sie an. Sie war sowohl überrascht als auch glücklich. Der Junge ging zum Dirigentenpult, stellte sich hinauf, hob seine Hände, und als er sie senkte, begannen alle zu spielen.

Die Musik von Herrn Bach erklang im ganzen Saal. Und Anna spielte so selbstverständlich und mit großer Freude, als hätte sie ihr Leben lang nichts anderes getan. Sie dachte an nichts. Nicht an Schlawenskiwonsko, nicht an Oma Otilia, sondern sie hörte nur die Musik, nein, sie war die Musik. Ihre Finger bewegten sich von ganz allein. Sie konnte die richtigen Töne in sich hören, und ihre Hände fanden automatisch die dazu passende Position auf dem langen Hals des Cellos. Ihre Finger drücken die Saiten, rutschen auf diesen hin und her, mal nach unten mal nach oben, und der Bogen in der anderen Hand strich mit Freude darüber.

Als das Stück zu Ende war, blieb es einen Moment still, bis die letzten Noten verklungen waren. Dann standen alle Musiker auf und klatschten für Anna. Der Applaus war ihr ein wenig unangenehm. Sie hatte doch eigentlich gar nichts Besonderes getan.

„Danke, dass du uns geholfen hast", sagte der Junge und kam von seinem Dirigentenpult herunter.

„Kein Problem, gern geschehen", sagte Anna etwas verdutzt. Sie konnte sich nicht genau erklären, was passiert war, aber sie konnte genau beschreiben, was sie gefühlt hatte. Sie hatte sich nämlich überglücklich gefühlt, während sie Cello gespielt hatte. Und wenn man so etwas Schönes wie Glück mit Musik erzeugen konnte, würde sie die Musik von nun an noch mehr mögen, ganz besonders die Musik von Herrn Bach.

Jetzt begannen auch die anderen, sich bei Anna zu bedanken.

„Danke, Anna."

„Das war sehr freundlich, Anna, danke."

„Ohne dich hätten wir heute nicht spielen können."

„Komm bald wieder Anna, danke schön."

„Herzlichen Dank, das war wunderbar. Du hast wirklich sehr schön gespielt, Anna."

Noch nie hatten sich so viele Menschen auf einmal bei Anna für irgendetwas bedankt. Mal nickte sie, ein anderes Mal sagte sie: „Gern geschehen." Nachdem sich alle bedankt hatten, drehte sie sich in Richtung Schlawenskiwonsko und sagte zu ihm: „Sind die immer so freundlich?"

„Zu viel freundlich sein kann man nicht", sagte Schlawenskiwonsko.

Der Junge vom Dirigentenpult kam zu Anna und sagte: „Oh, das war wunderschön, Anna, kommst du morgen wieder?"

„Ich weiß nicht, ob ich morgen hier sein werde, und außerdem wird diejenige, die sonst immer Cello spielt, morgen bestimmt wieder gesund sein. Aber wir werden sehen."

„In Ordnung", sagte der Junge, „herzlichen Dank noch einmal, und ich wünsche dir noch einen schönen Tag, eine gute Heimreise und dass du immer so schön Cello spielen mögest, wie du es heute getan hast."

„Danke", sagt Anna. „Und dir auch alles Gute."

Wieder sah sie Schlawenskiwonsko an, der ein wenig überrascht schaute. Anna wiederholte leise: „Zu viel freundlich sein kann man nicht." Schlawenskiwonsko nickte.

> Zu viel freundlich sein kann man nicht.

Dann machten sich die beiden auf den Weg. Sie verließen das Haus und setzten sich draußen auf eine Bank. „Das war sehr nett", sagte Anna. „Und sehr besonders. Ich weiß doch, dass ich eigentlich gar kein Cello spielen kann."

„Na ja", sagte Schlawenskiwonsko, „noch nicht. Aber ich weiß, dass du es eines Tages können wirst. Wir haben diesen Tag einfach nur ein wenig vorgezogen."

„Wie?", fragte Anna, „ich werde eines Tages Cello spielen? Woher weißt du das?"

„Ich weiß so einiges von dir. Aber lassen wir es jetzt erst einmal gut sein. Zu viele Informationen würden dich nur durcheinanderbringen."

„Aber…", sagte Anna noch, und eigentlich wollte sie weiterreden.

Doch da sagte Schlawenskiwonsko plötzlich: „Komm, wir suchen dir jetzt eine Biene."

„Eine Biene?", fragte Anna. Schlawenskiwonsko antwortete nicht auf diese Frage.

Sassi die Lügenbiene

Sie gingen ein Stück und kamen an einen großen blauen Busch. Dieser sah wunderbar aus, und je näher sie an den Busch kam, desto mehr hörte sie es summen und brummen. Erst wusste Anna überhaupt gar nicht, was das sein konnte. Sie bekam ein bisschen Angst. Aber Schlawenskiwonsko ging ja schließlich auch dorthin, und Anna vertraute ihm auch in dieser Sache.

Dann standen sie vor dem Busch, und Anna sah, woher das Brummen kam.

In dem blauen, nach Honig duftenden Busch saßen bestimmt hundert Bienen. Diese flogen hin und her und schienen sehr beschäftigt. Anna glaubte, die Bienen reden zu hören.

„Hmmm, lecker, heute ein guter Tag." Und: „Hmmm hier, hier, hmmm mehr, mehr."

Schlawenskiwonsko sagte: „Such dir eine aus."

„Ich soll mir eine Biene aussuchen. Warum denn das?"

„Frag nicht so viel", sagte Schlawenskiwonsko. „Nun such dir schon eine aus. Zeig mir, welche Biene du möchtest."

Die Bienen schienen kein Interesse daran zu haben, Anna zu stechen. Deswegen konnte sie ruhig ein wenig dichter herangehen und sich Biene für Biene anschauen. Da fiel ihr eine besonders auf. Es war die einzige Biene, die eine große, runde, schwarze Brille aufhatte. Anna ging mit ihrer Nase ganz dicht an die Biene heran, und die beiden schauten sich in die Augen. Anna fand, dass die Biene einen freundlichen Eindruck machte, und so sagte sie: „Die hier."

„Ahh", sagte Schlawenskiwonsko, „das ist Sassi. Da hast du eine gute Wahl getroffen. Dann soll Sassi ab heute deine Lügenbiene sein."

„Lügenbiene?", fragte Anna, und Schlawenskiwonsko sagte: „Da ist es schon wieder, du wiederholst schon wieder und wiederholst schon wieder und

wiederholst schon wieder." Dabei schaute er Anna schräg von der Seite an.

„Na gut, aber so ein Wort wie Lügenbiene gibt's bei uns nicht. Woher soll ich wissen, was eine Lügenbiene macht und überhaupt, ich lüge nie."

Plötzlich machte Sassi ganz laut: „Bssss" in der Luft und schüttelte sich kräftig dabei.

„Siehst du", sagte Schlawenskiwonsko, „gerade hast du den ersten Lügentest gemacht. Deine Lügenbiene Sassi hat dir und mir gezeigt, dass du gelogen hast."

Jetzt war Anna natürlich überrascht und peinlich berührt. Noch nie war sie so schnell einer Lüge überführt worden. Aber Anna war klug und drehte das Spiel schnell um.

„Na gut", sagte sie, „dann wollen wir mal ausprobieren, wie gut die Lügenbiene Sassi wirklich ist."

„Ich bin 15 Jahre alt", und da machte Sassi wieder dieses laute Bsssss-Geräusch. „Meine Oma heißt Frau Pilia", wieder machte Sassi dieses laute Geräusch. „Schlawenskiwonsko kann Gedanken lesen", und wieder brummte Sassi.

„Aha, siehst du, sie funktioniert nicht", sagte Anna laut zu Schlawenskiwonsko.

Aber dieser sagte: „Doch, Sassi hat recht. Hier in Gutenland kann ich keine Gedanken lesen. Das kann ich nur in Schlimmland."

Jetzt war Anna doch ein wenig beruhigt. Irgendwie war es ihr nämlich etwas unheimlich vorgekommen, wenn sie daran dachte, dass jemand neben ihr stand, der all ihre Gedanken lesen konnte. Nun aber, mit Sassi an ihrer Seite, war es wieder schwierig, irgendetwas zu sagen, das nicht der Wahrheit entsprach. Auch Oma Otilia sagte immer: „Du sollst stets die Wahrheit sagen, denn anders bringst du dich immer nur in Schwierigkeiten." Anna beherzigte diesen Rat, so gut sie konnte.

„Und wobei soll Sassi mir helfen?", fragte Anna jetzt.

„Na ja", sagte Schlawenskiwonsko, „das Schöne ist, dass ich immer weiß, wann du nicht die Wahrheit sagst. Und dass du weißt, wenn du nicht die Wahrheit sagst. Und dass wir von anderen wissen, wenn sie nicht die Wahrheit sagen. Das können wir bestimmt noch gebrauchen."

„Aber manchmal", sagte Anna, „manchmal muss man eben doch die Unwahrheit sagen. Das ist einfach besser, um andere Menschen nicht zu verletzen."

„Ja, da hast du recht", sagte Schlawenskiwonsko. „Manchmal ist es besser, eine kleine Notlüge zu verwenden, um andere Menschen nicht zu kränken. Leider merkt Sassi auch das. Hierfür gebe ich dir jetzt eine kleine Bienenschachtel. Dort sperrst du Sassi ein, falls du mal ein ganz kleines bisschen die Unwahrheit sagen musst. Nur lass dir gleich gesagt sein, Sassi will nicht gerne in die Schachtel. Du musst dir also immer etwas einfallen lassen, um sie dort hineinzubekommen. Hast du mich verstanden?"

„Ja, danke", sagte Anna. Sassi wurde ganz nervös in der Luft, als sie die Schachtel sah. Anna schaute sich die Biene jetzt ein wenig genauer an und sagte: „Hallo."

Sassi sagte ebenfalls: „Hallo."

Das gefiel Anna und fühlte sich sofort nach Freundschaft an.

Sie fing an zu laufen, Sassi flog neben ihr her. Anna lief im Kreis und Sassi flog ebenfalls im Kreis.

Stolper, stolper, polter

Das war fantastisch, Sassi war immer genau da, wo Anna war. Dann lief Anna etwas schneller geradeaus, und die Biene war immer noch neben ihr.

Schlawenskiwonsko rief laut: „Hallo, nicht so schnell. Wartet auf mich. Vorsicht!"

Doch Anna hörte nicht auf ihn, rannte immer schneller und schaute beim Laufen nur auf Sassi, die über ihrem Kopf, am Kopf oder auch manchmal kurz vor ihr schwebte. Das fand Anna lustig. Sie bemerkte gar nicht, dass sie einen Abhang hinunterlief und dass sie dabei immer schneller wurde.

Dann stolperte sie das erste Mal. Kurz darauf stolperte sie abermals und rannte trotzdem weiter. Dann stolperte sie wieder, konnte aber nicht mehr stoppen, da es ja bergab ging und sie schneller und schneller geworden war. Dann geschah das, was nicht mehr zu verhindern gewesen war: Anna stürzte.

Sie überschlug sich, machte eine Rolle vorwärts und rollte den Abhang hinunter. Dann flog sie durch die Luft und landete in einem schmalen Graben, in dem sich noch ein bisschen Wasser befand. Sie hatte sich etwas am Knie verletzt, einen nassen Po und saß jetzt mitten im Graben.

Sassi flog dicht über ihr und summte aufgeregt: „Nicht gut, nicht gut, gar nicht gut."

Nachdem Anna sich von dem ersten Schreck erholt hatte, schaute sie auf ihr Knie. Es war ein wenig aufgeschlagen und tat weh. Dann blickte sie nach oben und sah, dass sie etwas mehr als einen Meter tief gefallen war und in einer Art Graben zwischen zwei großen Felsen lag.

Jetzt hörte sie Schlawenskiwonsko, der nach ihr rief: „Anna! Anna!"

„Ich bin hier", rief sie, dann sah sie Schlawenskiwonsko auch schon zu ihr herunterschauen.

„Auweia, das sieht nicht gut aus", sagte Schlawenskiwonsko. „Ich gehe Hilfe holen."

„Nein, bleib bitte bei mir", sagte Anna. „Ich möchte nicht allein hier liegen bleiben. Können wir nicht Sassi schicken?"

Sassi war völlig aufgeregt, brummte und summte über Anna herum und konnte sich nicht beruhigen.

‚Vielleicht wäre es doch besser, wenn Schlawenskiwonsko Hilfe holen würde', dachte Anna, als sie Sassi so sah.

„Okay", rief Anna, „lauf los und hole Hilfe, ich kann eine Zeit lang hier aushalten. Aber lass mich nicht so lange allein, es wird bestimmt bald dunkel."

„Kein Problem", sagte Schlawenskiwonsko. „Ich komme gleich zurück. Ich habe schon eine Idee, wo ich hinlaufen werde." Gleich darauf war er verschwunden.

Anna schaute sich ihr Knie an. Das sah zwar nicht so gut aus, aber die Knie waren bei ihr nicht das erste Mal kaputt. Daran hatten sich alle, die sie kannten, schon lange gewöhnt. ‚Oma Otilia wird sich aber ganz bestimmt erschrecken, wenn sie das sieht. Wie erkläre ich das nur? Ja, Oma, weißt du, das war so: Ich bin in einen Graben gefallen in Gutenland', dachte Anna. So könnte sie das sicherlich nicht sagen. Aber gut, darüber würde sie sich später Gedanken machen.

Ein paar Minuten später kam Schlawenskiwonsko mit einigen Kindern und Erwachsenen zurück, mit denen Anna vorher Musik gemacht hatte. Sie banden einem besonders kräftig aussehenden Jungen ein Seil um den Bauch und ließen ihn zu Anna hinunter. Unten angekommen, sagte er zu Anna: „Okay, halt dich ganz doll an mir fest, die anderen werden uns wieder hochziehen."

„Meinst du, ihr schafft das?", rief Anna nach oben zu Schlawenskiwonsko. „Wir sind doch zusammen ganz schön schwer."

„Ja", rief Schlawenskiwonsko zurück, „aber wir sind zusammen ganz schön stark."

Und so zog die ganze Gruppe Anna und den Jungen nach oben. Als die beiden oben angekommen war, setzten sie Anna in einen kleinen hölzernen Anhänger und brachten sie zurück zum kleinen Musikhaus. Dort angekommen, schaute sich eine Frau Annas Knie an. Sie machte es etwas sauber und legte dann zwei Blätter auf das Knie. Dann band sie diese einfach mit einem Bindfaden fest.

„Wie, das soll schon reichen?", fragte Anna etwas enttäuscht.

„Ja", sagte die Frau. „Es gibt gegen jede Art von Verletzung ein Kraut. Was hast du denn erwartet?"

„Einen Verband oder einen Gips oder einen schweren chirurgischen Eingriff." Jetzt übertrieb Anna absichtlich etwas.

> Aber wir sind zusammen ganz schön stark.

„Nein", sagte die Frau. „Das brauchst du bei dieser Verletzung nicht und überhaupt: Was ist ein schurigischer Beingriff?"

Alle Umherstehenden lachten: Schurigischer Beingriff, was sollte das denn sein?

„Chirurgischer Eingriff", sagte Anna noch einmal und schüttelte dabei den Kopf. „Ihr könnt hier alles heilen, einfach mit Pflanzen, Tees und Blumen?"

„Ja", sagte die Frau, „alles. Könnt ihr das bei euch etwa nicht?"

„Ich glaube, nicht", sagte Anna, war sich aber eigentlich nicht sicher. Oma Otilia hatte ja diese Bilder mit Heilpflanzen im Flur hängen und auch viele Heilpflanzen im Garten. Außerdem hatte sie einmal zu Anna gesagt, dass sie der Meinung wäre, dass es für jede Krankheit in der Natur eine Medizin geben würde. Nur die Menschen seien noch nicht so weit, um immer zu wissen, welche Pflanze genau wogegen helfen würde.

Überhaupt war Anna aber froh, dass in ihrer Welt ein Krankenhaus in der Nähe war, wo man hinkonnte, wenn man sich den Arm gebrochen hatte. Dort bekam man dann einen Gips um den Arm, und auf dem konnten dann später alle Freunde unterschreiben. So etwas hatte Anna jedenfalls irgendwo gesehen. Sie selbst hatte sich glücklicherweise noch nie etwas gebrochen. Obwohl, heute, bei ihrem Sturz, war sie sicherlich dicht daran vorbeigeschlittert.

Kurze Zeit, nachdem die Frau die Blätter auf das Knie gelegt hatte, spürte Anna überhaupt keine Schmerzen mehr. Die Frau nahm die Blätter wieder ab, und das Knie war wieder heil, wirklich ganz heil. Anna war verwundert, so etwas hatte sie noch nie gesehen.

„Oh, danke", sagte Anna. „Das sieht ja sehr gut aus. Herzlichen Dank dafür, dass Sie mir geholfen haben."

„Bitte, bitte", sagte die Frau, „gern geschehen, liebe Anna. Ich freue mich, dass es dir wieder besser geht."

Mit Freundlichkeit ist alles schöner

Die Leute hier waren wirklich freundlich. Das gefiel Anna sehr. Wie schön fühlte es sich an, wenn die Menschen zueinander nett, hilfsbereit und gut waren. Anna wusste nicht genau, wie sie das noch hätte beschreiben können. Freundlichkeit war einfach schön und fühlte sich toll an. In Zukunft, dachte sie, wollte sie mehr darauf achten, dass auch in ihrer Welt nur nette Menschen um sie herum wären.

„Die Leute hier sind sehr nett", sagte Anna zu Schlawenskiwonsko.

„Ja, das sind sie, und deswegen sind wir auch nett zu ihnen. Es ist ganz einfach", sagte Schlawenskiwonsko. „Bist du nett, fällt es den anderen ebenso leicht, nett zu dir zu sein."

„Aha, verstehe", sagte Anna, „aber warum gibt es so viele Menschen, die überhaupt nicht nett sind?"

„Dafür habe ich auch keine Erklärung", sagte Schlawenskiwonsko. „Wir denken aber, dass diese Menschen nicht nett sind, weil andere zu ihnen viel zu häufig nicht nett waren oder sie in einer Umgebung aufgewachsen sind, die nicht nett war. Und wie kann man diese Menschen so verändern, dass sie wieder nett werden? Was denkst du?", fragte Schlawenskiwonsko.

Anna überlegte kurz und sagte: „Ich glaube, wenn ich immer freundlich bin, können sie irgendwann nicht anders, als auch freundlich zu mir zu sein."

„Genau", sagte Schlawenskiwonsko. „Zumindest ist das die einzige Möglichkeit, diese Menschen freundlich zu machen. Ihnen nur zu sagen, dass sie freundlicher sein sollen, hilft fast nie. Sie müssen Freundlichkeit und Hilfsbereitschaft erfahren, also bei anderen und durch andere erleben, spüren. Nur so können wir Menschen verändern. Freundlichkeit ist ein großes Geschenk, das nichts kostet, aber doch sehr kostbar ist."

„Soll ich auch nett zu denen sein, die mich schubsen oder hauen wollen?"

„Nein", sagte Schlawenskiwonsko, „das musst du nicht. Erinnerst du dich an den ersten Satz in dem roten Buch?", fragte er weiter.

„Ja", antwortete Anna. „Schade weder dir selbst noch anderen."

„Genau: Wenn du zulässt, dass andere dich verletzen, dann würdest du dir selbst schaden. Eine Verletzung deines Körpers durch Schubsen oder Schläge musst du unbedingt vermeiden oder ihr sogar entgegenwirken, also etwas tun. Vielleicht, indem du einfach deine Arme nach vorn schleuderst, sobald du bemerkst, dass jemand dich hauen will."

„Das klingt gut", sagte Anna etwas erstaunt.

„Prima", sagte Schlawenskiwonsko. „Zurück zum Thema Freundlichkeit. Probiere Folgendes aus, wenn dir das nächste Mal ein Mensch begegnet, der nicht freundlich ist: Sei stark und bleibe freundlich! Egal, was dein Gegenüber tut. Das ist nicht immer einfach, aber der einzige Weg, um die Person zu verändern. Alles, was du tust, sollte immer mit Liebe und Freundlichkeit erfüllt sein. Wenn jeder das beherzigt, wird sich die Welt in eine bessere verwandeln."

„Das klingt logisch und eigentlich auch einfach", antwortete Anna. „Apropos Welt, ich glaube, ich muss so langsam wieder zurück in meine Welt, zu Oma Otilia."

„Deine Oma hat dich nicht vermisst", sagte Schlawenskiwonsko. „Wie gesagt, die Zeit bleibt bei ihr stehen, wenn du hier bei uns bist. In Wirklichkeit ist das aber nicht so ganz richtig, weil die Zeit, in der du jetzt gerade bist, sich unheimlich schnell bewegt."

„Wie meinst du das?", fragte Anna neugierig.

> Alles, was du tust, sollte immer mit Liebe und Freundlichkeit erfüllt sein.

Die rennende Zeit

„Es ist so", erklärte Schlawenskiwonsko, „dass die Zeit der anderen, also in deiner Welt, sich ganz normal weiter bewegt. Aber deine Zeit hier bewegt sich tausendfach schneller. Das bedeutet, wenn du hier in dieser Welt ganz viele Dinge erlebst, ist draußen in der realen Welt noch nicht einmal eine Minute vergangen. Die Zeit bleibt also nicht wirklich stehen für deine Oma, sondern du bewegst dich einfach nur viele tausendmal schneller. So richtig kontrollieren können wir das aber nicht. Manchmal bist du für deine Oma etwas länger weg, meistens aber nur sehr kurz."

„Oh", sagte Anna schmunzelnd, „ich wusste gar nicht, dass ich mich so schnell bewegen kann."

„Ja", sagte Schlawenskiwonsko, „die Schuhe machen es möglich. So, jetzt machen wir uns aber auf dem Weg, damit du gleich wieder nach Hause kommst." Anna bedankte sich noch einmal ganz freundlich bei allen, die ihr geholfen hatten, und wünschte ihnen eine schöne Zeit.

Dann verließen Anna und Schlawenskiwonsko das kleine und gleichzeitig große Haus der Musik.

Als sie über die Straße gingen, hörte Anna wieder dieses Quietschen. Da kam Lillesol auf ihrem Fahrrad und winkte. Im selben Moment riss der Tragegurt ihrer Tasche. Die Tasche fiel auf den Boden und alle Briefe auf die Straße.

„Oh", sagte Anna zu Schlawenskiwonsko, „da will ich aber schnell helfen."

Sie rannte zu Lillesol, die schon dabei war, die Briefe wieder aufzusammeln. Anna half ihr, die Briefe wieder in die Tasche zu legen und gleichzeitig ein wenig zu sortieren.

Lillesol bedankte sich und sagte: „Herzlichen Dank, Anna. Das ist wirklich sehr freundlich von dir, dass du mir geholfen hast. Aber genau so habe ich dich auch eingeschätzt."

„Kein Problem, Lillesol. Das mache ich gerne, ist doch selbstverständlich. Denn nur wer hilft, dem wird auch wieder geholfen. Gleichzeitig macht es die ganze Welt freundlicher und liebenswerter", antwortete ihr Anna.

„Ja", sagte Lillesol, „das ist sehr gut, dass du das in deinem Alter schon verstanden hast. So wirst du es weit bringen. Denn alle Menschen haben immer lieber freundliche Menschen um sich herum."

Nun wollte Anna aber wirklich zurück zu Oma Otilia, und sie schaute Schlawenskiwonsko an. Der verstand sofort. „Ja, ich weiß, du möchtest jetzt zurück zu deiner Oma."

„Genau", sagte Anna. „Aber wie komme ich denn jetzt zurück?"

„Diesmal machen wir es auf die einfache Art und Weise. Ich gebe dir ein paar von meinen Springkernen", sagte Schlawenskiwonsko.

„Springkerne?", fragte Anna, und Schlawenskiwonsko sagte natürlich sofort: „Du wiederholst ja schon wieder, Anna."

„Oh", sagte Anna, „ist mir gar nicht aufgefallen."

Schlawenskiwonsko griff in seine Tasche und holte fünf Kerne heraus.

„Die sehen ja aus wie Sonnenblumenkerne, die kenne ich", sagte Anna.

„Sonnenblumenkerne?"

„Haha", sagte Anna, „jetzt hast du gerade wiederholt."

Schlawenskiwonsko schmunzelte ein wenig: „Das sind keine Sonnenblumenkerne, sondern Springkerne. Immer wenn du einen Springkern hochkant zwischen deine Zähne nimmst und dann daraufbeißt, kannst du in eine andere Welt springen. Aber du kannst nur in eine Welt springen, in der du vorher schon einmal gewesen bist."

„Okay", sagte Anna, „jetzt wird es interessant. Ich beiße also auf diesen Kern und springe dann in eine andere Welt. Aber wie genau muss ich das machen?"

„Du denkst einfach an die Welt, in die du springen möchtest. Wenn du noch jemanden anderes mitnehmen möchtest, dann kannst du das nur tun, indem du ihn beim Springen berührst. Das war's eigentlich schon. Du kannst es jetzt direkt ausprobieren und zurück zu Oma Otilia springen."

„Klingt ganz einfach", sagte Anna. „Dann werde ich es jetzt gleich versuchen. Sehen wir uns wieder?"

„Das kommt darauf an", antwortete Schlawenskiwonsko.

„Worauf?", fragte Anna.

„Ob du den nächsten Schuh anziehen wirst oder nicht."

Anna lachte, denn sie kannte die Antwort schon. „Gut", sagte sie, „ich springe dann jetzt mal zurück."

Sie schaute auf Schlawenskiwonsko und auf Sassi, die neben ihr auf Kopfhöhe schwebte. Sassi lächelte, zwinkerte ihr einmal zu und Schlawenskiwonsko hob seinen Arm, um zu winken. Anna nahm den ersten Kern zwischen ihre Vorderzähne, dachte an Oma Otilia und biss auf den Kern.

Es knackte einmal, und dann befand sie sich wieder auf dem Dachboden von Oma Otilia.

Sie konnte es kaum glauben: Das mit dem Springkern hatte tatsächlich funktioniert. Jetzt zog sie den roten Schuh aus und legte ihn wieder in den Koffer. Gerne hätte sie Oma jetzt alles erzählt, aber Anna war ja zu dem Schluss gekommen, dass sie ihr sowieso nicht glauben würde.

Dennoch wollte sie Oma Otilia kurz sehen und ging die Treppe hinunter. Oma Otilia saß in ihrem Lieblingssessel und las. Als sie Anna sah, fragte sie: „Na, hast du oben alles aufgeräumt?"

Anna sagte: „Ja, fast alles. Es sieht eigentlich schon ganz gut aus."

„Möchtest du noch etwas mit mir zusammen machen, oder gehst du wieder auf den Dachboden?"

„Ich gehe noch ein wenig nach oben und schaue mir noch ein paar Dinge an. Es ist nämlich sehr interessant dort oben."

„Gut", sagte Oma, „aber morgen machen wir etwas zusammen, versprochen?"

„Na klar, Oma, das machen wir. Bis später", sagte Anna, dann rannte sie schon wieder die Treppe hinauf zum Dachboden.

Der zweite Satz

Oben angekommen, öffnete sie den Koffer. Und siehe da: Der Schuh, den sie gerade hineingelegt hatte, war verschwunden. Es war also genau wie beim ersten Mal. Jetzt befanden sich noch drei Schuhe im Koffer. Sie nahm das rote Buch in die Hand. Dort stand immer noch der erste Satz:

Schade weder dir selbst noch anderen.

Dann fing Anna an, laut zu denken: „Was habe ich gelernt? Freundlich zu sein ist wichtig. Menschen zu helfen ist wichtig und sich immer gut zu verhalten auch. Als Anna das ausgesprochen hatte, erschien genau unter dem ersten Satz ein Zweiter. Dort stand jetzt:

Sei immer hilfsbereit und gut.

„Ja", sagte Anna, „das passt: Sei immer hilfsbereit und gut."

Als der Satz erschienen war, war Anna diesmal nicht mehr so ganz überrascht wie beim ersten Mal. Trotzdem erschien es ihr auch diesmal wie ein kleines Wunder, denn das war es ja auch. Sie freute sich über den neuen Satz und las beide Sätze noch einmal vor:

„*Schade weder dir selbst noch anderen.*

Sei immer hilfsbereit und gut."

Sie griff in ihre Tasche und holte die Springkerne heraus, die sie noch in der Tasche hatte. Jetzt waren es noch vier. Am nächsten Tag würde sie wieder einen Schuh anziehen. Für diesmal aber war es genug, denn Anna war wirklich schon ein wenig müde, und sie wusste, wenn man neue Herausforderungen annehmen oder neuen Welten begegnen wollte, dann sollte man am besten ausgeschlafen und nicht müde dort ankommen.

So entschloss sich Anna, das Buch für diesen Tag zur Seite zu legen, nach unten zu gehen und noch ein wenig Zeit mit Oma zu verbringen.

Die Herausforderung

Oma Otilia legte ihr Buch beiseite und fragte Anna: „Na, Langeweile?"

„Ach nö", sagte Anna, „eigentlich nicht. Aber du, Oma, sag mal, wie ist das mit dem Freundlichsein, mit dem Hilfsbereitsein und mit dem Gutsein?"

„Was meinst du?", fragte Oma Otilia.

„Ist es wichtig, immer gut, freundlich und hilfsbereit zu sein? Ich weiß nicht, ob ich das schaffen werde."

Oma Otilia fragte erstaunt: „Wie kommst du denn jetzt auf solch ein schwieriges Thema?"

„Ach, nur so. Ich denke manchmal über Dinge nach und weiß nicht genau, woher die kommen", sagte Anna.

„Das ist schön", sagte Oma Otilia. „Es ist immer gut, über Dinge nachzudenken, denn nur so wird man …?", und Oma zeigte in diesem Moment auf Anna.

„Klug", sagte Anna.

„Genau, Anna, so ist es. Gut, dann lass uns kurz gemeinsam nachdenken", meinte Oma Otilia.

„Also, mit der Freundlichkeit ist es so: Ich habe in meinem Leben festgestellt, dass es grundsätzlich viel besser ist, freundlich als unfreundlich zu sein. Wenn man unfreundlich ist, wird man von den Menschen gemieden, und das bedeutet, dass man oft allein ist. Wenn man jung ist, dann scheint es nicht schlimm zu sein, ab und zu eine Freundschaft zu verlieren. Wenn man aber älter wird, dann merkt man, dass es nicht schön ist, allein zu sein. Deshalb denke ich, dass es sich auf alle Fälle lohnt, immer freundlich zu seinen Mitmenschen zu sein."

„Ja, aber was ist denn mit den Menschen, die nicht freundlich zu mir sind? Wie gehe ich denn damit um?", fragte Anna.

„Das ist in der Tat schwierig und eine Herausforderung. Aber diese Art

Herausforderungen gehören natürlich zum Leben dazu, weil sie dich selbst stärker und selbstbewusster machen. Mein Vorschlag in Hinsicht auf unfreundliche Menschen ist folgender: Du bleibst immer freundlich, auch dann, wenn die Menschen zu dir unfreundlich sind."

„Das finde ich aber schwer", sagte Anna. „Ich denke, ich sollte auch unfreundlich zu den Menschen sein, die zu mir unfreundlich sind."

„Das kannst du für dich selbst entscheiden, aber denke doch einmal auf eine andere Weise darüber nach: Warum sind diese Menschen unfreundlich?"

„Aber Oma", sagte Anna, „das kann man doch gar nicht wissen."

„Genau", sagte Oma Otilia. „Vielleicht ist ihnen ja tatsächlich irgendetwas in ihrem Leben begegnet oder passiert, das sie unfreundlicher macht als andere Menschen. Und wie kann man diesen Menschen dann helfen? Indem man selbst freundlicher bleibt. Denn irgendwann, und das habe ich am eigenen Leibe erlebt, werden die vorher unfreundlichen Leute immer freundlicher. Es kann sein, dass sie sich fragen: ‚Warum ist Otilia immer so freundlich zu mir, wo ich doch immer so unfreundlich bin?' Und dann verändert sich etwas in diesen Menschen. Das ist die heimliche Macht der Freundlichkeit: Freundlichkeit kann man auf Dauer nur mit Freundlichkeit begegnen."

„Du meinst also", fragte Anna, „ich muss immer freundlich sein, auch wenn andere ganz unfreundlich zu mir sind?"

„Du musst gar nichts, Anna", sagte Oma Otilia, „und ich weiß, dass das auch sehr schwer ist. Aber ich würde es dir dennoch empfehlen. Denn in einer Welt, in der alle Menschen freundlich miteinander umgehen, ließe es sich viel leichter leben. In einer Welt, in der alle nur das Gute des anderen Menschen im Sinn hätten, wäre es doch sicherlich schön zu leben, oder?"

„Ja Oma, da hast du recht." Anna dachte daran, wie gut sie sich in Gutenland gefühlt hatte. „Ich habe

> **Freundlichkeit kann man auf Dauer nur mit Freundlichkeit begegnen.**

auch schon einige Dinge gesehen, die ich nicht schön fand. Wie Eltern mit ihren Kinder geschimpft, wo Kinder andere Kinder geschubst oder gehauen haben. Wie sich Menschen auf der Straße gestritten oder Jugendliche etwas auf der Straße kaputt gemacht haben. Das fand ich gar nicht freundlich."

„Da hast du recht", sagte Oma Otilia, „und genau das gäbe es nicht, wenn alle Menschen netter miteinander umgehen würden."

„Danke, Oma, jetzt habe ich das ein wenig mehr verstanden. Ich werde mich also bemühen, immer freundlich zu bleiben", sagte Anna.

„Ein guter Plan", sagte Oma. „Das bedeutet auch, dass man lernen muss, seine Gefühle zu kontrollieren."

„Ach ja", sagte Anna, „also alles, was mit Freude, Traurigkeit und Wut zu tun hat."

„Ja, genau", sagte Oma Otilia. „Es ist schwierig seine Gefühle zu kontrollieren, denn sie kommen oft so schnell und heftig, dass man keine Zeit hat, darüber nachzudenken", sagte Oma. „Und genau dann, wenn jemand unfreundlich zu dir ist, wird es dir noch schwerer fallen als sonst. Du kannst es aber auch als eine Art Herausforderung sehen, an der du wachsen, also stärker werden kannst. Wenn du lernst, mit unfreundlichen Menschen umzugehen, wirst du stärker. Du wirst mit deiner Freundlichkeit am Ende viel mehr bei diesen unfreundlichen Menschen erreichen, als du dir jemals erträumt hast. Hierzu musst du allerdings merken, wann du wütend wirst, und dann musst du dir eine Methode suchen, um die aufsteigende Wut zu kontrollieren. Ich für meinen Teil schließe immer kurz die Augen, hole einmal tief Luft und lasse den Ärger rein und wieder raus aus meinem Kopf. Dann schaue ich mir mein Gegenüber noch einmal an und hoffe, dass ich es schaffe, etwas Freundliches zu dieser Person zu sagen."

„Ich bin mir nicht sicher, ob ich das auch so hinbekomme", sagte Anna.

„Vielleicht jetzt noch nicht. Sicher aber dann, wenn du etwas älter bist", antwortete Oma.

Nach diesem Gespräch hatte Anna riesigen Hunger bekommen. Oma lachte, als sie sah, dass Anna ihre Hand auf den scheinbar leeren Bauch legte. „Du hast recht, wir haben ja noch gar kein Abendbrot gegessen."

Die beiden bereiten den Abendbrottisch vor, und während des Essens sprachen sie noch über das Freundlichsein, über das Gutsein, das Nettsein, darüber, Menschen zu helfen, und über Begegnungen mit unfreundlichen Menschen.

Später erzählte Oma Otilia ein wenig von Opa. Es war immer schön, Geschichten von ihm zu hören. So saßen sie eine Zeit beisammen, und Anna spürte, wie schön es doch bei Oma war.

Irgendwann lag Anna müde und glücklich in ihrem Bett. An diesem Tag hatte sie wirklich wieder sehr viel erlebt. Sie kuschelte sich in ihre Decke und träumte von großen bunten Blumen, summenden Bienen und Hunderten roten Schuhen.

Gestalten im Museum

Als Anna am nächsten Morgen wach wurde, dachte sie sofort an ihre Erlebnisse vom Tag zuvor. An die schöne Musik, die sie gespielt hatte, und, nanu, was war denn das? Sie hörte dieselbe Musik nun im Haus, unten bei Oma Otilia. Sofort sprang sie aus dem Bett und rannte die Treppe hinunter.

„Na, du kleine Schlafmütze", sagte Oma Otilia, „bist du endlich wach geworden?"

„Oh", sagte Anna, „habe ich etwa lange geschlafen?"

„Na, das kannst du wohl sagen. Es ist gleich zehn Uhr. Du hast schon den halben Vormittag verpasst. Jetzt wird aber schnell gefrühstückt."

Anna ließ es sich schmecken und merkte erst jetzt, dass sie einen riesigen Appetit hatte.

„Oma", fragte Anna, „glaubst du, dass ich irgendwann einmal Cello spielen können werde? Ich finde die Musik von Herrn Bach schön."

„Das freut mich", sagte Oma und dann sagte sie: „Anna, du kannst alles lernen, was du möchtest, und du wirst alles schaffen, was du wirklich willst. Wie kommst du denn aber gerade auf das Cello?", fragte Oma weiter.

„Ich weiß nicht", sagte Anna. „Irgendwie finde ich das Cello schön."

„Das ist aber ein toller Zufall", sagte Oma Otilia, „denn ich habe noch ein Cello."

„Du hast ein Cello hier?", fragte Anna ganz aufgeregt.

„Ja, dein Opa hat Cello gespielt, und zwar sehr gut."

Das hatte Anna nicht gewusst und war nun doch überrascht.

„Können wir uns das später einmal anschauen?", fragte Anna.

„Aber natürlich", antwortete Oma Otilia.

Das Croissant und das Brötchen waren lecker. Der dazugehörende Kakao, am Morgen mochte Anna ihn gern kalt, war immer ein guter Start in den Tag. Anna genoss den Moment und schaute aus dem Fenster in den schönen Garten hinaus.

„Sei immer hilfsbereit und gut", sagte sie leise vor sich hin. Als sie aus dem Fenster sah, konnte sie wieder die wunderschöne Blumenwiese sehen, die jetzt noch größer war als beim letzten Mal.

„Oma, Oma!", rief Anna aufgeregt, „Siehst du auch die schöne Blumenwiese da draußen?"

Oma drehte sich um und schaute zum Fenster hinaus: „Ich sehe keine Blumenwiese."

Und plötzlich verstand Anna, denn es war schon das zweite Mal, dass Oma die Blumenwiese nicht sehen konnte. Diese Blumenwiese war anscheinend nur für sie selbst sichtbar. Was passierten doch nur für seltsame Dinge in den letzten Tagen!

Schnell sagte sie: „Oh, das war wohl nur eine Spiegelung durch das Fenster. Ich dachte, ich hätte da etwas gesehen."

„Also ich jedenfalls", sagte Oma Otilia, „sehe nichts Außergewöhnliches. Du hast doch nicht etwa Fieber, mein Schatz?" Dabei fasste sie an Annas Stirn und sagte: „Definitiv kein Fieber. Das ist gut."

„Nein, Oma, ich habe kein Fieber", lachte Anna und entschloss sich dazu, Oma beim nächsten Mal besser nichts von der Blumenwiese zu erzählen.

„So", sagte Oma, und sie sprach dabei eigentlich mehr mit sich selbst als mit Anna, „was machen wir beide denn heute Morgen? Ahh, ich habe eine gute Idee."

„Okay", sagte Anna gespannt, „ich höre."

„Wir beide schnappen uns gleich das Auto und fahren ins Museum", sagte Oma.

Das fand Anna schön, Museen fand sie wunderbar. Eigentlich! Doch an diesem Tag wollte sie natürlich viel lieber wieder auf den Dachboden gehen und sich den nächsten Schuh anziehen. Sie war doch so gespannt, was passieren und welche Abenteuer sie mit Schlawenskiwonsko erleben würde. Dennoch wusste sie, dass sie natürlich auch Zeit mit ihrer Oma verbringen sollte, und so sagte sie: „Klasse,

Oma, das machen wir. Wann fahren wir denn los? Gleich oder erst heute Nachmittag?"

„Sobald du fertig angezogen bist", antwortete Oma und lachte etwas dabei. Erst jetzt bemerkte Anna, dass sie noch ihr Nachthemd anhatte, und so konnte sie natürlich nicht auf die Straße gehen. Sie musste jetzt auch lachen und sagte: „Gut Oma, ich mach mich schnell fertig. Bis gleich!" Und schon lief sie nach oben.

Oma rief ihr hinterher: „Und Zähneputzen nicht vergessen."

„Jahaa", hörte Oma Otilia Anna von oben rufen.

Als Anna fertig war, stieg sie mit Oma ins Auto, und die beiden machten sich auf den Weg zum Museum. Anna hatte ihren kleinen Rucksack mit dem Proviant in der Hand. Niemals gab es eine Reise mit Oma Otilia, bei der sie nicht etwas zu essen dabei gehabt hätten. Manchmal hatten sie schon wieder Hunger, gleich nachdem sie den Hof verlassen hatten. Das fanden beide immer lustig, und auch jetzt krümelten sie munter mit Keksen und Kräckern vor sich hin, während Oma das Lenkrad in der Hand hielt und sich manchmal die Krümel vom Rock wischte.

Das Museum war etwas weiter entfernt. Ungefähr eine halbe Stunde Autofahrt mussten sie bis dahin zurücklegen. Anna mochte Autofahren und träumte ein wenig vor sich hin.

„Hinterzeit", sagte Anna ganz leise und erinnerte sich an Schlawenskiwonsko in Schlimmland, als sie vor dem Vorzeit-Doppler gestanden hatten.

„Hast du etwas gesagt?", fragte ihre Oma.

„Nein, Oma, nein. Wir werden heute bestimmt etwas Schönes erleben", fügte Anna hinzu.

„Ja, das glaube ich auch", antwortete Oma.

Als Oma Otilia und Anna im Museum angekommen kommen waren, kauften sie zwei Eintrittskarten und gingen hinein. Diesmal kam Anna alles ganz anders vor als beim letzten Besuch.

Der Eingang war groß, die Eingangshalle riesig und der Fußboden aus Marmor. Das alles war ihr beim letzten Besuch gar nicht so aufgefallen. Sofort sah sie auch

schon die erste interessante Sache, auf die sie sofort zulief: In einer großen Halle stand ein alter Eisenbahnwaggon. Dieser war bestimmt hundert Jahre alt und ganz anders als alle Eisenbahnwaggons, die Anna bis dahin gesehen hatte.

Doch was war das? Hinter dem Waggon stand etwas, das fast so hoch wie der Waggon selbst war. Ein, Anna wusste nicht, was es war, ein Tier, ein Mensch war es sicherlich nicht.

„Was ist das große Weiße da?", fragte Anna ihre Oma.

„Was meinst du?", fragte Oma etwas irritiert.

„Na da!" Anna zeigt auf das Ende des Eisenbahnwaggons. Aber da war nichts mehr. Sie zog ihre Oma an der Hand zum Waggon. Doch dort stand nichts. Sie begriff sofort. Das hatte etwas mit ihrer Reise nach Schlimmland, Gutenland und auf alle Fälle mit Schlawenskiwonsko zu tun. Und genau deshalb fürchtete sie sich auch nicht. Denn das Wesen, das sie gesehen hatte, war zwar sehr groß gewesen, aber es hatte dennoch freundlich ausgesehen. Unter normalen Umständen hätte sie sich sicherlich gefürchtet. Aber, he, wer in andere Welten springen kann, indem er sich einen Schuh anzieht, der sollte keine Angst haben, wenn er plötzlich große, weiße Wesen sieht.

Anna wollte gerade in den Eisenbahnwaggon klettern, da sah sie eine alte Dame ins Museum kommen. Der Dame fiel ihr Regenschirm aus der Tasche auf den Boden. Anna zögerte keine Sekunde und rannte zu der alten Dame, hob den Regenschirm auf und gab ihn ihr zurück. Diese war ganz überrascht, dass Anna so schnell zur Stelle war und auch, dass Anna in ihrem Alter so freundlich und aufmerksam war. Die Dame bedankte sich bei Anna. Oma Otilia nahm Anna stolz an die Hand. Sie sagte: „Das hast du aber gut gemacht."

Für Anna war selbstverständlich, das getan zu haben, und sie fühlte sich weder stolz, noch erwartete sie von der alten Dame irgendetwas als Gegenleistung. Die Dame lächelte, und das war Anna genug.

‚Nun aber ab zum Eisenbahnwaggon', dachte Anna, lief durch die große Halle und stand kurz darauf vor dem dunkelgrün angestrichenen, metallenen, wunderbar verzierten Eisenbahnwaggon.

„Du, Oma", sagte Anna, als Oma Otilia Anna eingeholt hatte. „Warum bauen die heute nicht mehr so schöne Eisenbahnwaggons wie früher?"

So genau wusste Oma das leider auch nicht. Irgendwie hatten die Menschen anscheinend verlernt, auf Schönheit zu achten. Alle achteten jetzt anscheinend immer nur auf Geradlinigkeit, Kostenersparnisse und darauf, dass alles, was gebaut wurde, das betraf übrigens auch Häuser, so langweilig wie möglich aussehen sollte. Das war jedenfalls die Theorie von Oma Otilia.

Anna stieg in den Waggon. Von innen war er fast noch schöner als von außen. Alles war aus Holz: die Wände, die Decke, der Fußboden. Da waren Bänke und Tische aus wunderbarem dunklen Holz, alte Lampen und kleine Vorhänge an den Fenstern.

„Was meinst du, Oma, kann ich später mal einen solchen Waggon als Wohnung oder vielleicht einfach einen im Garten stehen haben?"

„Na ja", sagte Oma Otilia, „es wird nicht ganz einfach sein, einen solchen Waggon zu finden, aber vielleicht kannst du einen ganz alten finden, den du dann selbst wieder schön machst."

„Oh ja, dazu habe ich Lust", sagte Anna. Dann schaute sie sich noch ein wenig um, strich mit der Hand über das lackierte Holz und setzte sich auf eine Bank an einen Tisch. Anna blickte hoch zur Decke, dort hingen wunderbare glitzernde Kronleuchter, die aussahen, als bestünden sie aus Tausenden Glasstücken.

‚Die müssen aber ganz schön geklingelt haben, damals beim Fahren', dachte Anna und lachte ein wenig, weil sie sich vorstellte, wie die Menschen sich früher im Zug vielleicht immer die Ohren zugehalten hatten, wenn der Waggon in Bewegung war.

Oma Otilia fragte: „Komm, wir wollen weiter schauen, oder möchtest du noch etwas Bestimmtes hier?"

„Nein", sagte Anna, „wir können ruhig weitergehen."

Als sie aus dem Waggon stiegen, hatte Anna das Gefühl, dass sie sich unbedingt umdrehen sollte. Also tat sie es.

Sie sah wieder dieses große Wesen, das jetzt direkt am Waggon stand, und, es war kaum zu glauben, es winkte Anna zu. Anna tat das, was die meisten tun würden, sie winkte zurück.

Oma Otilia sah sie verwundert an: „Warum winkst du denn?"

Schnell nach einer Ausrede suchend, denn Oma konnte das Wesen ja nicht sehen, antwortete Anna: „Ich wollte mich nur von dem schönen Waggon verabschieden."

Oma lachte: „Na, da wird der Waggon sich bestimmt ganz besonders über deinen Besuch gefreut haben."

Anna sagte nichts, denn sie sah plötzlich viele faszinierende Dinge wie alte Maschinen, die sie überhaupt nicht kannte.

„Was ist denn das?", fragte Anna.

Jetzt musste Oma wirklich lachen. „Aber Anna, das ist eine alte Schreibmaschine", sagte sie.

„Eine alte Schreibmaschine?"

Im gleichen Moment hörte sie Schlawenskiwonsko sagen: „Du wiederholst schon wieder, Anna."

Anna dachte: ‚Das kann doch nicht sein', und ignorierte einfach, was sie gehört hatte. Sicherlich hatte sie sich nur getäuscht. Anna ging ganz nah an die Maschine und wollte natürlich jede einzelne Taste drücken. Sie legte all ihre Finger auf die Tasten und wollte gerade anfangen, da sagte Oma: „Nein, nein, das ist hier verboten. Hier im Museum darf man die Dinge nur anschauen, aber nicht anfassen. Siehst du, hier steht es auch."

In der Tat, Anna hatte das Schild vor lauter Aufregung gar nicht gesehen. Dort stand: Bitte nicht berühren!

„Wie funktioniert das Ding denn?", fragte Anna.

Oma erklärte: „Hier oben spannt man ein Blatt Papier ein, das rollt man dann über diese Walze und dann kann man Buchstabe für Buchstabe mit den einzelnen Buchstabentasten herunterdrücken. Diese Arme bewegen sich dann in Richtung Papier. Trifft das Papier auf das schwarze Farbband hier oben, ergibt das einen Buchstaben auf dem Papier. So haben die Menschen Briefe geschrieben, als ich jung war. Da gab es noch keine Computer oder Drucker."

„Eine verrückte Zeit", sagte Anna. „Das Teil sieht ziemlich kompliziert aus."

„Und das ist es auch. Es ist ein kleines technisches Wunderwerk", antwortete Oma.

Anna fand das ganze glitzernde Metall, all die Schalter, Hebel und Buchstabenknöpfe schön.

Sie fragte Oma Otilia: „Kommt das aus der Zeit von Herrn Bach?"

Oma lachte wieder: „Nein, Herr Bach, ganz genau heißt er Johann Sebastian Bach, hat bis vor ungefähr 270 Jahren gelebt. Diese Schreibmaschine hier ist lediglich 100 Jahre alt. Herr Bach hat seine Musik geschrieben, als es weder Strom noch Schreibmaschinen, kein fließendes Wasser oder Toiletten gab."

„Du, Oma, ich müsste auch mal auf die Toilette", sagte Anna.

„Die sind da oben. Du wirst sie sehen, sobald du die Treppe dort hochgelaufen bist", sagte Oma Otilia und zeigte auf eine riesige Treppe.

Anna ging hinauf. Sie wunderte sich gar nicht mehr, dass auf einer Stufe ein kleiner Japaner mit einem Schwert auf dem Rücken stand, und etwas weiter oben ein Toaster auf einer Stufe saß, der ihr zuzwinkerte. Nein, das alles wunderte sie überhaupt nicht mehr.

‚Diese Sommerferien sind aber wirklich besonders', dachte sie und ging vorbei an den beiden hinauf zur Toilette.

Nachdem Anna erledigt hatte, was zu erledigen war, lief sie, vorbei an den beiden auf der Treppe, wieder zurück zu Oma Otilia. Dann schlenderten sie weiter durch das Museum. Anna sah viele Gemälde. Einige Bilder fand sie schön und einige etwas seltsam. Sie fragte sich, warum die Menschen dafür so viel Geld bezahlen würden. So richtig konnte Oma Otilia das auch nicht erklären, und beide schüttelten beim Betrachten einiger Bilder den Kopf. Es gab aber auch ein paar wunderbare Bilder, die Anna berührten und vor denen sie etwas länger stehen blieb als bei den anderen.

Ganz besonders gefiel ihr ein Bild mit einer Frau in einem goldenen Kleid. Aber nicht nur das Kleid war aus Gold, sondern auch der ganze Hintergrund des Bildes. Das fand Anna toll. Von wem das Bild war, konnte sie auf dem Schild unter dem Bild lesen. Dort stand: „Goldene Adele von Gustav Klimt".

„Gustav Klimt", wiederholte Anna leise, um sich den Namen einzuprägen.

Der Fahrgast

Nachdem sie ein paar Stunden durch das Museum geschlendert waren, stiegen sie wieder ins Auto. Anna durfte schon vorn sitzen. So fand sie es viel schöner, da sie näher bei Oma saß und auch viel mehr sehen konnte. Als sie gerade losfahren wollten, sah Anna, dass da etwas Großes, ja sehr großes Weißes auf dem Rücksitz saß, das mit seinem riesigen Mund lächelte. Es war das Wesen, das Anna zuvor schon zweimal im Museum gesehen hatte.

Anna dachte: ‚Der ist nicht da, der ist in Wirklichkeit gar nicht da.' Zur Bestätigung fragte sie aber vorsichtshalber: „Du, Oma, sag mal, kommt dir das Auto irgendwie schwerer vor als sonst?"

Oma fuhr gerade los, bemerkte aber absolut keinen Unterschied. „Nein, wie kommst du darauf?", fragte sie.

Anna drehte sich wieder um und dachte, dass das Wesen jetzt bestimmt verschwunden sei. War es aber nicht, sondern es lächelte Anna mit seinem breiten Grinsen an.

Anna und Oma waren vom Museum aus noch einkaufen gefahren und hatten jetzt den ganzen Kofferraum voller Leckereien. Der besondere Fahrgast war übrigens mittlerweile nicht mehr da. Er war noch gemeinsam mit Anna und ihrer Oma in den Laden von Frau Zillerman gegangen, dann aber plötzlich verschwunden.

Anna half beim Auspacken der Einkäufe, dann bekam sie langsam ein Kribbeln im Bauch. Sie wollte nun gern wieder auf den Dachboden, das Buch in die Hand nehmen und einen neuen Schuh anziehen. Nach dem Mittagessen, das an diesem Tag eher ein Nachmittag-Essen war, weil es ja schon so spät war, sagte Anna: „Du, Oma, ich muss oben noch weiter aufräumen, ich bin noch gar nicht fertig."

Was dann geschah, überraschte Anna wirklich: Sie hörte Sassis Ich-habe-dichlügen-gehört-Brummen direkt neben sich. Allerdings war Sassi nirgendwo zu sehen.

Anna wusste natürlich, dass sie Oma gerade angelogen hatte. Aber Sassi war doch gar nicht hier. Wie konnte Anna sie dann hören? Dann erinnerte sie sich wieder an die Wesen, die sie im Museum gesehen hatte. Vielleicht war sie durch ihre Reise in die anderen Welten auf irgendeine Art mit Schlawenskiwonsko, Sassi und anderen Wesen verbunden.

Oma blickte sich verwundert um. „Hast du eben auch so ein Summen gehört?"

Anna schüttelte energisch den Kopf. „Nein, ich habe gar nichts gehört."

Und wieder machte Sassi „Bssss".

„Da", sagte Oma Otilia, „da war es wieder", und dabei schaute sie sich in der Küche um. Sie ging zum Herd, horchte, ob da etwas summte, ging zum Kühlschrank und sagte: „Na, das war bestimmt der Kühlschrank."

„Ja", sagte Anna, „der macht manchmal komische Geräusche, das ist mir auch schon aufgefallen."

„Bssss." Da war es wieder.

Bevor Oma Otilia noch etwas sagen konnte, drehte Anna sich schnell um und lief aus der Küche. Währenddessen rief sie: „Bis später, Oma, ich habe noch viel Arbeit."

„In Ordnung, ich rufe dich dann zum Abendbrot", erwiderte Oma Otilia.

Anna rannte die Treppe zum ersten Stock und dann weiter zum Dachboden hinauf. Oben angekommen lief sie hinüber zum Koffer und öffnete diesen. Dann nahm sie das rote Buch in die Hand und las noch einmal die beiden dort stehenden Sätze:

„Schade weder dir selbst noch anderen.

Sei immer hilfsbereit und gut."

Es befanden sich jetzt noch drei Schuhe im Koffer. Anna überlegte, welchen Schuh sie als Nächstes anziehen sollte. Sie freute sich schon darauf,

Schlawenskiwonsko und Sassi wiederzusehen, und würde natürlich fragen, wer der seltsame Beifahrer war, den Anna an diesem Tag immer wieder gesehen hatte.

Anna zog sich den nächsten Schuh an, einen rechten Stiefel. Vorher stellte sie aber sicher, dass sie die vier Springkerne in ihrer Tasche hatte. Jetzt, als sich der Schuh an ihrem Fuß befand, fragte sie sich, was sie denn diesmal tun müsse, um in die andere Welt zu springen. Mit den Springkernen hätte sie zwar nach Gutenland und Schlimmland springen können, aber dort war sie ja schon gewesen. Die Idee der Schuhe war wohl, so dachte Anna jedenfalls, dass ein neuer Schuh auch eine neue Welt und hoffentlich ein neues tolles Abenteuer bedeutete.

Anna stellte sich hin. Sie wusste aber nicht, was sie zu tun hatte, also probierte sie das, was sie beim ersten Mal gemacht hatte: Sie sprang in die Luft und kam wieder auf den Boden. Nichts war geschehen. Dann stampft sie mit dem Fuß auf den Boden. Und wieder geschah nichts. Sie probierte vieles aus, setzte sich auf dem Boden, fuhr in der Luft Rad, tanzte ein wenig und versuchte sogar einen Stepptanz, den sie kurz zuvor in einem Musical gesehen hatte. Doch so sehr sie auch probierte, in eine andere Welt zu gelangen, es gelang ihr nicht.

Nun war sie doch etwas ratlos. Eines hatte sie noch vergessen: sich zu drehen. Sie stellte sich also auf den Schuh und versuchte, sich einmal um sich selbst zu drehen. Sie nahm die Arme nach oben, so wie sie es einmal beim Ballett beobachtet hatte, und machte eine Drehung.

Gefangen in Dunkelland

Als Anna aufhörte, sich zu drehen, stand sie in einer Straße. Es war dunkel, und lediglich ein paar Laternen leuchteten. Irgendwie war hier alles ein wenig unheimlich, und Anna fühlte sich nicht richtig wohl. Vorsichtig sagte sie: „Schlawenskiwonsko?"

Doch niemand antwortete. Das Einzige, was sie hörte, war lauter Krach aus dem Haus gegenüber, in welchem die Fenster hell erleuchtet waren und von wo sie ganz viele Stimmen vernahm. Plötzlich hörte sie ein Summen neben sich. Anna drehte sich um. Da war Sassi.

Anna freute sich natürlich, ihre kleine Freundin bei sich zu haben. Sassi aber schien ganz aufgeregt. Sie summte hin und her, laut, leise und total nervös, und dabei flog sie auf und ab, in Richtung Haus und wieder zurück zu Anna. Anna verstand: Sassi wollte ihr irgendetwas sagen.

„Was ist denn los, Sassi?", fragte sie.

Sassi summte: „Haus, Schlawenskiwonsko, schnell, Schlawenskiwonsko, Haus, schnell helfen, Anna."

„Schon gut, schon gut", sagte Anna, „ich hab's verstanden. Wir müssen Schlawenskiwonsko helfen. Aber sei leise."

Anna überquerte die Straße. Am Haus angekommen schaute sie vorsichtig zum Fenster hinein. Dort drinnen saßen viele Männer, lachten und tranken. Diese Gesellen kamen Anna nicht so ganz geheuer vor. Sie konnte auf den ersten Blick sagen, dass sie diese Menschen wohl nicht sehr sympathisch finden würde. Aber ihr blieb wohl nichts anderes übrig, als hier zu klingeln und zu fragen, ob die Männer im Haus Schlawenskiwonsko gesehen hatten.

Sassi war immer noch ziemlich aufgeregt und brummte: „Nicht gut, nicht gut, das ist keine gute Idee."

Anna überlegte laut: „Anscheinend haben wir keine andere Möglichkeit. Wenn Schlawenskiwonsko wirklich in dem Haus ist und Hilfe braucht, dann müssen wir ihm auch helfen. Was denkst du?"

Sassi bekam nichts anderes zustande als ein wildes und wirres Brummen und flog dabei nach oben, nach unten, nach vorn und nach hinten. Anna akzeptierte das als Zustimmung.

Anna überlegte kurz. In den letzten Tagen hatte sie eine ganze Menge hinzugelernt. „Schade weder dir selbst noch anderen": Das bedeutete, dass sie auf sich selbst aufpassen sollte.

Und „Sei immer hilfsbereit und gut" bedeutete, dass sie freundlich sein sollte. Anna entschloss sich also, möglichst freundlich zu bleiben, auch wenn die Herren im Haus vielleicht selbst nicht die Freundlichsten waren.

Zuvor aber schmiedeten Anna und Sassi einen kleinen Plan. Sassi sollte mit hineinkommen, durchs Haus fliegen und nachsehen, wo Schlawenskiwonsko sich aufhielt. Dann sollte sie Anna berichten. Das war eine leichte Aufgabe für Sassi, denn sie war ja eine Biene, und deshalb konnte sie sehr gut fliegen. Da sie dazu auch noch ihre wunderbare Brille aufhatte, konnte sie auch noch gut sehen. Sassi konnte also gut fliegen und gut sehen. Das war genau das, was Anna jetzt gut gebrauchen konnte: Eine kleine fliegende Spionin.

Anna holte tief Luft und klingelte an der Haustür, das heißt, eigentlich zog sie an einer Art Schnur, die dann eine Glocke in Bewegung setzte, die hinter der Haustür klingelte. Plötzlich wurde es still im Haus, und man hörte jemanden zur Haustür poltern. Die Tür öffnete sich langsam, und jemand schaute durch einen Türspalt nach draußen.

So selbstbewusst, wie sie konnte, sagte Anna: „Schönen guten Abend, mein Herr, ich bin Anna. Ich suche einen Freund von mir, der Schlawenskiwonsko heißt. Haben Sie ihn vielleicht gesehen?"

Der Mann öffnete die Tür jetzt ganz weit, schaute auf Anna herunter und fing lauthals an zu lachen. „Na, du bist ja mutig, hier bei uns zu klingeln. Weißt du nicht, wer wir sind?"

„Nein", antwortete Anna, „aber ich bin mir ganz sicher, dass Sie sehr nett sind und kleinen Mädchen nichts tun und mich zu meinem Freund bringen werden."

„Na, dann komm mal rein", sagte der riesige Mann und öffnete die Tür. Sie gingen zusammen in das große Zimmer, in dem die anderen Männer an Tischen saßen. Die sahen sehr ungepflegt aus, und es stank ziemlich stark im Zimmer. Nach Qualm, Schweiß und Alkohol und wahrscheinlich auch nach Furzen und Rülpsen. Diesen Gestalten war alles zuzutrauen.

Die Männer standen auf, und plötzlich befand Anna sich mitten in einer Runde von ziemlich grimmig aussehenden Herren, die sie alle anschauten.

Anna dachte: ‚Freundlich bleiben, freundlich bleiben.' „Guten Abend, die Herren. Ich freue mich sehr, dass ich hier bei Ihnen sein kann. Dies hier scheint ein netter und lustiger Ort zu sein. Ich hoffe, Sie amüsieren sich alle."

Die Männer hörten Anna erst gespannt zu, dann fingen alle laut an zu lachen.

Einer aus der Gruppe trat jetzt hervor. Er war besonders groß und blickte ziemlich düster drein. „Na du, was hat dich denn hierher verschlagen? Weißt du überhaupt, wo du hier gelandet bist?", fragte er.

„Sicherlich bei sehr netten Menschen", sagte Anna mit fester Stimme. Dabei wunderte sie sich selbst darüber, dass sie gerade so wenig Angst verspürte. Und wieder lachten alle ganz laut.

„Ja, ja", sagte der Mann, der jetzt dicht vor ihr stand, „ganz nette Menschen sind wir." Und wieder lachten alle laut. Es schien ihnen Spaß zu bereiten, sich über Anna lustig zu machen.

Anna ließ sich nicht beeindrucken und sagte: „Ich suche einen Freund. Er heißt Schlawenskiwonsko."

„Ach, das ist also dein Freund. Der ist hier bei uns", antwortete der Mann.

„Was meinen Sie mit ‚bei uns'? Und wer sind Sie überhaupt, mein Herr?", fragte Anna jetzt.

„Ich bin Räuberhauptmann Janson der Niesriese", antwortete der Mann. „Hast

du meinen Namen etwa noch nie gehört?"

„Nein", sagte Anna. „Aber das hat nichts zu sagen", fügte sie schnell hinzu. „Ich komme von sehr weit her, da kennt man Sie noch nicht, und außerdem bin ich ja auch noch ziemlich klein, da kann man eben noch nicht so viele Leute kennen."

„Da hat sie recht", sagte einer der Männer, die im Kreis standen.

Janson der Niesriese schaute den Mann böse an und sagte brummig: „Hab ich dich irgendetwas gefragt, Kralle?"

„Nein", sagte der Mann, der anscheinend Kralle hieß, ziemlich ängstlich.

„Du suchst also Schlawenskiwonsko? Ja, der ist bei uns. Und ich lasse ihn nicht weg, bis ich irgendwas dafür bekomme. Jemand, der so merkwürdig aussieht wie dein Freund, der ist bestimmt etwas wert", sagte Janson der Niesriese.

„Etwas wert?", fragte Anna.

„Ja", antwortete Janson. „Ich will etwas dafür haben, dass ich ihn dir wiedergebe. Aber was, das weiß ich noch nicht, und deshalb werdet ihr beide hier bleiben. Jawohl, ihr beide."

Jetzt wurde Anna ein wenig schwindelig. Plötzlich hörte sie neben sich kurz ein leises Summen. Dicht neben ihrem Kopf schwebte Sassi. Schnell setzte sie sich hinter Annas Ohr, damit niemand sie sehen konnte, und flüsterte ihr leise zu: „Schlawenskiwonsko ist da hinten in einem Raum. Wuuuuh, das stinkt, stinkt, stinkt aber hier."

„Los", sagte Janson der Niesriese zu einem Mann, „bring sie zu ihrem Freund. Ich werde mir inzwischen überlegen, was ich für euch beide haben will. Das wird ja immer besser", rief er laut in die Runde. „Jetzt haben wir schon zwei, für die wir etwas Schönes bekommen können. Und sie kommen auch noch freiwillig hier reingelaufen!"

Wieder lachte die ganze Runde.

Nun platzte Anna der Kragen, und es fiel ihr wirklich schwer, freundlich zu bleiben. „Ich weiß gar nicht, was Sie von uns wollen", schrie sie. „Wenn Sie meinen Freund nicht sofort freilassen, dann werde ich die Polizei rufen, jawohl, die Polizei, und die wird Sie festnehmen und ins Gefängnis stecken, in ein Verlies mit Wasser und Brot. Das haben Sie verdient, Sie sind ein ganz böser Mann."

Anna merkte, dass sie ihre Gefühle plötzlich nicht mehr kontrollieren konnte. Sie machte sich natürlich Sorgen um Schlawenskiwonsko, aber auch um sich selbst. Denn bei solchen bösen Männern sollte man nicht lange bleiben, das sagte ihr Bauch ihr ganz laut.

Plötzlich schaute Janson der Niesriese sie ganz ernst an. Er sagte: „Was fällt dir ein, kleines Mädchen, mich hier vor all meinen Leuten zu belehren über das, was ich darf und was ich nicht darf, und mir mit der Poli ... Poli ... was zu drohen? Und ins Gefängnis werde ich niemals gehen." Janson der Niesriese fing an, sich aufzuregen.

Sein Gesicht wurde rot und seine große Nase ebenfalls. Anna merkte, wie die Männer im Raum plötzlich hektisch auseinanderliefen und sich alle entweder in die Ecke stellten oder sich hinter Sesseln, Vorhängen und Tischen versteckten. Was hatte das nur zu bedeuten?

Janson der Niesriese regte sich immer mehr auf und schimpfte etwas von: „Die werden hier nichts zu essen kriegen", und Anna wurde ein wenig unbehaglich. Nun wurde Janson immer größer und größer und passte kaum noch ins Zimmer. Seine Nase wurde ebenfalls riesengroß und rot. Dann holte er tief Luft. Jetzt wurde es einen Moment ganz still im Raum. Man hörte keinen Mucks.

Dann nieste Janson so stark, dass Anna von einem Ende des Raumes in die andere Ecke flog. Zum Glück stand dort ein dicker Räuber, an dem sie erst abprallte, bevor sie auf den Boden fiel. Das war ein ohrenbetäubender Lärm gewesen, und jetzt wusste Anna ganz genau, warum der riesige Mann mit der großen Nase Janson der Niesriese hieß.

Alle kamen wieder hinter ihren Tischen, Stühlen und Vorhängen hervor und fingen an zu tuscheln. Man hörte etwas wie: „Das ist ja noch mal gut gegangen."

„Das war schon mal schlimmer."

„Man sollte nicht im Raum sein, wenn Janson niest."

Anna klingelten ein wenig die Ohren von dem Riesennieser, den Janson von sich gegeben hatte. Ein unrasierter Räuber half Anna beim Aufstehen und sagte: „Manchmal kommen auch noch Schnotten raus, dann wirds ekelig."

So einen Nieser hatte Anna jedenfalls noch nie gesehen, und auf keinen Fall wollte sie so etwas noch einmal miterleben. Als Janson der Niesriese wieder auf seine normale Größe zusammengeschrumpft war, sagte er zu dem Mann, der Kralle hieß: „Los, Kralle, bring das Mädchen weg. Ich will sie heute nicht mehr sehen."

Kralle packte Anna etwas unsanft am Arm und brachte sie nach draußen in einen anderen Raum. Dort saß Schlawenskiwonsko festgebunden auf einem Stuhl. „Nicht gut, nicht gut, das ist gar nicht gut", sagte Sassi, nachdem Kralle die Tür hinter sich geschlossen hatte.

Schlawenskiwonskos Idee

Die Räuber hatten Schlawenskiwonsko mit dicken Ketten gefesselt, und Anna konnte ihn nicht befreien.

„Wie siehst du denn aus?", fragte Anna, und sie sah sich sein schmutziges Fell und seine komplett zerzausten Haare an.

„Ein Riesennieser", sagte Schlawenskiwonsko. „Janson hat sich wohl irgendwie über mich aufgeregt."

„Geht es dir ansonsten gut?", fragte Anna.

„Ja, eigentlich schon, ich habe ein wenig Hunger, und die Ketten stören natürlich", antwortete er.

Anna fasste in ihre Tasche, aber leider befand sich nichts zu essen darin.

„Okay, Essen werden wir später besorgen", sagte sie, „aber jetzt müssen wir uns erst mal überlegen, wie wir hier wieder wegkommen."

„Wir kommen hier nur weg", sagte Schlawenskiwonsko, „wenn wir herausfinden, was Janson der Niesriese von uns will. Und weil er das selbst noch nicht weiß, werden wir noch lange hier sitzen." Dabei ließ er den Kopf kurz hängen. Dann hob er seinen Kopf wieder und sagte mit einem Lächeln im Gesicht: „Es sei denn, wir unternehmen etwas."

„Aber, was können wir denn unternehmen?", fragte Anna. „Sicherlich können wir weder deine Ketten aufbrechen, noch aus diesem Haus flüchten. Viel zu viele Männer hier, zu groß und zu stark."

„Da hilft nur eine List", sagte Schlawenskiwonsko. Er dachte kurz nach, und Anna bemerkte, dass er sich dabei an sein Ohr fasste.

„Ich hätte da eine Idee", fuhr er fort. „Wir brauchen den Gedankendrucker."

„Den Gedankendrucker?", fragte Anna.

„Ich brauche dir nicht zu sagen, dass du gerade etwas wiederholt hast, aber

ja, den Gedankendrucker. Denn nur damit können wir herausfinden, was Janson der Niesriese von uns will. Wenn wir wissen, was er von uns will, können wir es ihm vielleicht besorgen, und dann kommen wir frei. Anders warten wir hier noch Wochen. Ich habe von Menschen gehört, die hier viele Monate gefangen waren, weil Janson der Niesriese nämlich sehr langsam im Denken ist und deswegen auch ganz viel Zeit braucht, um sich zu überlegen, was er will. Wir müssen es also schneller herausfinden als er selbst."

„Und wie kann uns der Gedankendrucker dabei helfen?", fragte Anna.

„Also, der Gedankendrucker druckt Gedanken. Auch die Gedanken von Janson dem Niesriesen. Wahrscheinlich sehr langsam, weil er so langsam denkt. Aber so könnten wir zumindest sehen, was er sich insgeheim wünscht. Dann sind wir unserem Gegenspieler einen Schritt voraus. Wir präsentieren ihm das, was er sich insgeheim wünscht, als Vorschlag für unsere Freilassung.

„Was ist denn ein Gegenspieler?", fragte Anna.

„Einen Gegenspieler nennt man den anderen, gegen den du gerade spielst."

„Na ja", sagte Anna, „wie ein Spiel empfinde ich das hier nun gerade nicht."

„Da hast du recht, aber trotzdem ist Janson unser Gegenspieler, also der, der auf der anderen Seite steht und gegen uns kämpft oder spielt. Und wenn du schlauer sein willst als dein Gegenspieler, dann musst du eben einen Schritt voraus sein und besser planen als dieser. Nur so kannst du das Spiel am Ende gewinnen."

„Ist das bei allen Spielen so?", fragte Anna.

„Mehr oder weniger. Im Endeffekt kommt fast immer heraus: Wer klüger ist, wird meistens gewinnen."

„Gut, verstanden", sagte Anna. „Aber hast du zufällig einen Gedankendrucker in der Tasche?", fragte sie ein wenig frech.

„Natürlich nicht", antwortete Schlawenskiwonsko, „ich weiß aber, wo einer steht."

„Und wo?", fragte Anna.

„In Schlimmland", antwortete Schlawenskiwonsko. „Aber der Gedankendrucker allein ist nicht das Problem. Was wir außerdem brauchen, ist die Trinketinte. Die Trinketinte verbindet den Drucker mit der Person, dessen Gedanken er drucken soll. Ohne die Trinketinte wird alles nicht funktionieren."

„Und wo kriege ich die Trinketinte her?", fragte Anna.

„Ehrlich gesagt, weiß ich es nicht so genau", antwortete Schlawenskiwonsko. „Ich weiß gar nicht, ob wir noch welche haben, oder ob wir die erst machen müssen. Ach, es ist alles so zum Verzweifeln", sagte er und ließ den Kopf wieder etwas hängen.

So hatte Anna ihren Freund noch nie gesehen. „Nein", sagte sie, um Schlawenskiwonsko aufzuheitern, „wir kriegen das schon hin." Sassi summte, als wolle sie Anna zustimmen.

Anna überlegte kurz, und dann fiel ihr ein, dass sie noch vier Springkerne hatte.

Sie sagte zu Schlawenskiwonsko: „Ich kann doch den Gedankendrucker holen. Ich springe einfach nach Schlimmland, dort schnappe ich die Trinketinte und den Gedankendrucker, und dann springe ich wieder hierher."

Schlawenskiwonsko hob den Kopf, überlegte kurz und sagte: „Ja, das könnte klappen."

„Wo soll ich denn anfangen zu suchen, wenn ich in Schlimmland bin?", fragte Anna.

„Du musst zu Sammlogrim gehen. Da du aber nicht weißt, wo er wohnt, und deshalb nicht dorthin springen kannst, solltest du am besten Sassi mitnehmen. Sie kann dir bei vielen Dingen helfen, da sie sehr klug ist. Und einen kleinen Helfer kann man immer gebrauchen, oder?" Dabei lächelte er Anna an.

„Ja, du hast recht, ich werde Sassi mitnehmen", sagte Anna. „Also Gedankendrucker und Trinketinte. Brauchen wir sonst noch etwas?"

„Ja, ein paar Kekse wären toll. Ich habe jetzt nämlich wirklich Hunger."

„Okay", sagte Anna, „ich werde daran denken."

Anna griff in ihre Tasche und nahm einen Springkern heraus. Dann sagte sie zu Sassi: „Komm, setz dich auf meine Schulter, damit du mit mir nach Schlimmland springen kannst." Sassi setzte sich auf ihre Schulter, und Anna nahm den Kern zwischen ihre Schneidezähne. Sie schaute Schlawenskiwonsko an, dieser nickte ihr zu. Jetzt stellte Anna sich vor, nach Schlimmland, direkt zu Topsons Haus zu springen. Sie biss auf den Kern, es knackte, und tatsächlich landete sie bei Topson vor dem Haus. Da sie keine Zeit hatten, sagte Anna zu Sassi: „Bring mich schnell zu Sammlogrim, wir müssen den Gedankendrucker holen und herausfinden, wo die Trinketinte ist."

Wieder summte Sassi und flog los. Anna folgte ihr, so schnell ihre Beine es vermochten.

Sammlogrim und der Gedankendrucker

Anna und Sassi kamen an vielen Häusern vorbei. Keines davon schien das Haus von Sammlogrim zu sein. Dann kamen sie an einen riesigen Felsen. Sassi flog direkt darauf zu. Anna wunderte sich erst etwas, sah dann aber, kurz bevor sie am Felsen angekommen war, dass dort eine Art Tür zu sehen war.

Sassi flog nervös vor der Tür auf und ab und summte dabei. Die Tür war zwar ein Felsen, trotzdem versuchte Anna, mit ihrer kleinen Hand dagegenzuklopfen. Nichts geschah. „Was nützt es uns, wenn wir hier sind, aber nicht reinkommen?", fragte Anna laut und etwas aufgeregt.

Sassi kannte die Antwort anscheinend auch nicht. Anna musste sich also etwas einfallen lassen. Sie nahm einen Stein in die Hand, und nun klopfte sie mit dem Stein gegen die Felstür. Plötzlich hörte sie ein Grummeln hinter der Tür: „Ja, ja, ich komme ja schon."

Ein Mann, nicht viel größer als Anna, in einem schmutzigen Arbeitsanzug und mit wenigen Haaren, öffnete die Tür und fragte: „Wer seid ihr? Was wollt ihr?"

„Hallo, Sammlogrim, ich bin Anna. Schlawenskiwonsko schickt mich, den Gedankendrucker zu holen. Wir brauchen ihn unbedingt, denn Schlawenskiwonsko ist gefangen in Dunkelland und kann nicht weg. Lange Geschichte", sagte Anna, ohne Luft zu holen.

Sammlogrim öffnete die Tür weit und sagte: „Okay, kommt rein, ihr beiden." Dann liefen Anna und Sassi durch die Felstür in den großen Raum dahinter.

„Wow", sagte Anna, „hier stehen aber viele Dinge rum."

„Ja", sagte Sammlogrim, „alles, was kaputt ist, landet hier bei mir, und ich versuche es wieder heilzumachen. Klappt aber nicht immer."

Dort standen alte Kühlschränke, alte Computer, Wasserkocher, Fernseher und viele tausend Dinge mehr.

„Du versuchst hier, die Sachen wieder zu reparieren?", fragte Anna.

„Ja", sagte Sammlogrim, „wenn ich sie repariere, dann tauchen sie irgendwo wieder auf bei euch, und ihr könnt sie dann weiter verschenken an andere Länder oder Menschen, die gar keine Computer, Fernseher oder Kühlschränke haben."

„Das ist doch eigentlich eine gute Idee", antwortete Anna. „Dann hast du bestimmt immer viel zu tun, oder?"

„Es geht so", sagte Sammlogrim, „denn ich habe viele Helfer."

Er öffnete eine weitere Tür. Dahinter gab es einen Raum, in dem viele kleine Wesen arbeiteten. Einige sahen aus wie etwas zu groß geratene Käfer, andere wie kleine Wichtelmännchen und wieder andere wie Mäuse oder Hamster. So genau konnte Anna das nicht erkennen.

„Oh", sagte Anna ganz erstaunt, „das sieht hier ja toll aus. So viele kleine Helfer."

„Ja", sagte Sammlogrim, „ich brauche kleine Helfer, weil sie kleine Hände haben, und kleine Hände können viel besser Geräte reparieren. Besonders kleine Geräte."

„Das ist schlau", sagte Anna. Plötzlich hörte Anna Sassi etwas in ihr Ohr summen: „Weiter, weiter, Anna, Schlawenskiwonsko, Anna."

Anna war so abgelenkt gewesen von den Dingen, die sie hier gesehen hatte, dass sie Schlawenskiwonsko doch tatsächlich für einen kurzen Moment vergessen hatte. „Wir brauchen einen Gedankendrucker", sagte Anna jetzt zu Sammlogrim.

„Du sagtest es bereits. Ich muss mal schauen, ob ich noch einen da habe. Kommt mit."

Die drei gingen zusammen in einen weiter hinten gelegenen Raum, in dem ganz viele Drucker standen. Sammlogrim ging auf ein Regal zu, das allerdings ziemlich leer aussah. Dort stand lediglich ein etwas merkwürdig aussehendes Gerät.

„Da ist er ja", sagte Sammlogrim.

Es handelte sich bei dem Gedankendrucker um ein sehr kleines Gerät, aus dem anscheinend ebenfalls kleines Papier herauskam, das dafür aber ganz lang war. Ungefähr so wie ein Bondrucker an der Supermarktkasse. Auf dem Bon stehen die ganzen Dinge, die man gekauft hat, und auch die Preise. Grundsätzlich ist es so: Je länger das Stück Papier, desto mehr muss man bezahlen. Deswegen mochte Papa die kurzen Bons immer lieber.

Sammlogrim drückte auf einen grünen Knopf an dem Gerät, und siehe da, es spuckte ein leeres Stückchen Papier aus. Sammlogrim riss dieses ab und sagte: „Na bitte, der scheint zu funktionieren."

„Jetzt brauchen wir nur noch die Trinketinte", sagte Anna.

„Die hab ich nicht", antwortete Sammlogrim.

„Wo bekommen wir die denn her?", fragte Anna ganz verzweifelt. „Wir müssen doch Schlawenskiwonsko schnell helfen. Der sitzt da in Dunkelland, angekettet an einen Stuhl, und hat Hunger."

Tamusine und die Trinketinte

„Trinketinte, Trinketinte", wiederholte Sammlogrim ein paar Mal. „Ich weiß nicht genau, aber vielleicht hat Tamusine noch welche."

„Wo wohnt Tamusine?", fragte Anna.

„Nicht weit von hier, ich bringe euch eben hin", antwortete Sammlogrim.

Und so verließen die beiden die Felsenhöhle und gingen zu Tamusine. Sassi folgte ihnen.

Tamusine war eine etwas ältere Frau, die in einem kleinen Haus lebte. Sie hatte einen schönen Garten mit großen Blumen darin. Es gab viele Bienen und Vögel im Garten, und Anna fühlte sich sehr wohl dort. Hätte sie nicht Schlawenskiwonsko befreien müssen, dann hätte sie sich gern einfach in den Garten gesetzt und die Zeit genossen. Auch Sassi war der tollen Blumen wegen ganz aufgeregt und schnupperte hier und da und probierte den Nektar von fast allen Blumen.

„Sassi, konzentrier dich, wir haben eine Aufgabe", erinnerte Anna ihre kleine Freundin.

Doch diese antwortete nur: „Lecker, lecker, wirklich lecker."

Als Tamusine die Tür ihres kleinen Häuschens öffnete, schaute sie Anna an und sagte: „So, du bist also Anna, ich hab's schon gehört, du brauchst Trinketinte." Anna hatte doch tatsächlich vergessen, dass hier in Schlimmland jeder Gedanken lesen konnte, und so konnte Tamusine natürlich auch die Gedanken von Sammlogrim lesen, der schon von der Felsenhöhle aus an die Trinketinte gedacht hatte.

„Kommt rein", sagte Tamusine. Die drei betraten das Haus, und wieder staunte Anna. Dort standen überall Gläser, Flaschen mit Flüssigkeiten und merkwürdigen Dingen darin. Ebenso gab es ganze Regale voller dicker Bücher und auch einen Fernseher, der seltsame Geräusche und Bilder machte.

„Schau dich nur um. Ich mache hier viele Tees, Kräuter und Tinkturen, und oft

probiere ich einfach Neues aus. Denn nur wer ausprobiert, kann Neues erfinden. Anders geht es nicht. Trinketinte, Trinketinte", sprach Tamusine weiter. „Mal sehen, ob ich noch welche habe. Oh ja, hier ist ja noch ein Fläschchen. Das letzte." Sie griff eine kleine Flasche mit einer grünen Flüssigkeit darin.

„Super", sagte Anna, „dann können wir ja wieder zurück."

„Moment", sagte Tamusine, „nicht so hastig. Ich muss dir doch eben noch erklären, wie das mit der Trinketinte funktioniert."

„Ach ja, natürlich", antwortete Anna.

> Nur wer ausprobiert, kann Neues erfinden.

„Also", fuhr Tamusine fort, „du musst die halbe Flasche Trinketinte in das Glas von demjenigen tun, den du mit dem Drucker verbinden möchtest. Wenn du die Trinketinte in das Glas geschüttet hast, dann wird sie unsichtbar, denn jetzt ist sie ja grün. Die Trinketinte verträgt sich allerdings nicht mit jedem Getränk. Wenn das Getränk nach dem Hineinschütten ebenfalls grün wird, dann wirkt die Trinketinte nicht. Da du ja eine halbe Flasche Trinketinte in das Glas schütten sollst, hast Du also zwei Versuche, danach ist die Flasche leer. Erwischst du beide Male ein Getränk, das nicht passt, dann hast du leider Pech gehabt."

„Mit welcher Flüssigkeit funktioniert es denn auf alle Fälle?", fragte Anna.

„Es funktioniert auf alle Fälle mit Wasser, denn hier in Schlimmland trinken wir nur Wasser. Mit welchem Getränk es sonst noch funktioniert, wissen wir nicht. Das musst du selbst herausfinden."

„Aber", sagte Anna. „Janson der Niesriese trinkt bestimmt niemals Wasser. Der wäscht sich nicht mal mit Wasser, der wäscht sich, glaube ich, überhaupt nicht. Wie soll ich den denn dazu kriegen, Wasser zu trinken?" Anna klang etwas verzweifelt.

„Tja, das weiß ich auch nicht", sagte Tamusine. „Dann musst du vielleicht etwas anderes probieren. Aber denk dran, nicht mehr als das halbe Fläschchen auf einmal", sagte Tamusine.

„Okay, ich habe es verstanden", antwortete Anna.

Dann drehte sie sich zu Sammlogrim und sagte: „Vielen Dank für den Gedankendrucker und vielen Dank, Tamusine, für die Trinketinte. Das war sehr nett von euch. Jetzt müssen wir aber los, damit wir Schlawenskiwonsko schnell befreien können."

Sammlogrim sagte: „Viel Glück, und hoffentlich sehen wir uns einmal wieder."

Dann fiel Anna Schlawenskiwonskos Hunger ein, und sie fragte: „Tamusine, hast du vielleicht noch ein paar Kekse? Schlawenskiwonsko hat wirklich Hunger."

Tamusine schmunzelte ein wenig und sagte: „Natürlich, nimm ein paar von denen da drüben", und sie zeigte auf ein Glas mit Keksen. Anna packte einige davon in ihre Tasche und bedankte sich.

Anna steckte die Flasche mit der Trinketinte ein. Sie nahm den Drucker in die Hand, griff in ihre Tasche und holte einen Springkern heraus. Sassi setzt sich schnell wieder auf ihre Schulter. Diesmal musste Anna sich beim Sprung nach Dunkelland ganz genau konzentrieren, denn sie durfte ja nur im Zimmer von Schlawenskiwonsko landen. Würde sie außerhalb des Hauses in Dunkelland ankommen, würden sich die Räuber fragen, wie sie dort hingekommen sei. Also stellte sie sich jetzt genau das Zimmer von Schlawenskiwonsko vor und biss dann auf den Kern.

Einen Moment später stand sie wieder neben Schlawenskiwonsko. Er freute sich sehr, Anna und Sassi wiederzusehen, und natürlich noch viel mehr, dass sie den Gedankendrucker und die Trinketinte bei sich hatten. Plötzlich hörten sie draußen Schritte. Anna nahm den Gedankendrucker und stellte ihn schnell unter einen kleinen Schrank, der sich im Zimmer befand. Schon öffnete sich die Tür.

Kralle kam herein und hatte zwei Teller mit Essen dabei.

„Hier", sagte er, „wir sind ja keine Unmenschen."

Auf dem Teller befanden sich ein paar Kartoffeln und etwas, das aussah wie

Rotkohl. Schlawenskiwonsko hatte solch einen Hunger, dass er sofort alles aufgegessen hätte, wenn er nur gekonnt hätte. Denn er war ja gefesselt, und so sagte Anna: „Aber Kralle, wie soll Schlawenskiwonsko denn so essen? Kannst du ihn bitte losmachen?"

Kralle schaute ein wenig in Richtung Jansons des Niesriesen, der sich in dem anderen Zimmer befand. Er überlegte kurz, und dann entschied er, Schlawenskiwonsko loszumachen, damit er essen konnte.

„Vielen Dank", sagte Anna. „Das ist sehr nett von dir, Kralle. Überhaupt denke ich, dass du ein netter Mensch bist."

Dann kam Kralle ganz dicht auf Anna zu und sagte: „Übertreib es nicht, junge Dame. Sei ja vorsichtig, Janson der Niesriese kennt keinen Spaß, und ich auch nicht." Anna wurde ein wenig mulmig im Bauch, und noch dazu stank Kralle ganz entsetzlich.

Er verließ das Zimmer und schloss die Tür hinter sich ab. Nun waren die drei wieder allein. Schlawenskiwonsko stopfte sich direkt zwei Kartoffeln in den Mund. Anna hat noch nie gesehen, dass jemand so schnell zwei ganze Kartoffeln hinunterschlucken konnte.

„Mann, kannst du aber essen", sagte sie. Obwohl das, was auf dem Teller lag, nicht gerade appetitlich aussah, rochen die Kartoffeln eigentlich ganz gut. So entschied Anna sich, auch eine Kartoffel zu probieren. Dann holte sie den Gedankendrucker unter dem Schrank hervor und stellte ihn auf den kleinen Tisch.

„So, wie geht's jetzt weiter?"

„Zeig mal die Trinketinte", sagte Schlawenskiwonsko. Anna holte die kleine Flasche aus ihrer Tasche.

„Ich soll eine halbe Flasche davon in ein Getränk schütten, weiß aber nicht, mit welchem Getränk es funktionieren wird", sagte sie.

„Ja, das ist immer das Problem mit der Trinketinte", sagte Schlawenskiwonsko. „Ganz sicher funktioniert sie eigentlich nur mit Wasser. Bei den anderen Getränken hat man entweder Glück oder eben nicht. Du musst also am besten dafür sorgen, dass Janson der Niesriese Wasser trinkt, was wohl schwierig wird. Welcher Räuberhauptmann trinkt schon Wasser?"

„Ja, genau das habe ich Tamusine auch gesagt", antwortete Anna etwas ratlos.

„Wir müssen jetzt bis zum Abend warten. Dann lasse ich mir etwas einfallen, um erst nach draußen zu kommen und dann Janson bei dem abendlichen Saufgelage die Trinketinte zu verabreichen", sagte Anna.

In diesem Moment hörte sie das Summen von Sassi, die vor ihrer Nase schwebte. „Dich nehme ich mit nach draußen. Vielleicht kannst du mir helfen, Janson abzulenken, sodass ich ihm leichter die Trinketinte ins Glas schütten kann. Aber denk daran: Wir dürfen Janson nur kurz ablenken. Wir dürfen die Räuberparty nicht zu sehr durcheinanderbringen. Ich will doch, dass Janson die Trinketinte auch trinkt."

Sassi schwirrte einmal nach oben und nach unten und sagte: „Ja, Ja, Trinketinte trinken."

„Danke, dass du mit mir kommst. Denn wenn ich ehrlich bin, hab ich ein wenig Angst. Ich denke nämlich, dass die Herrn Räuber auch ziemlich böse werden können, und ich bin leider nicht so mutig, wie ich gern wäre." Dabei ließ Anna den Kopf etwas hängen.

Als Schlawenskiwonsko das sah, sagte er: „Du hast recht. Das ist wirklich eine schwierige Situation, und ich glaube, es ist an der Zeit, dir einen Freund vorzustellen."

Hakomi der Mut-Meister

Schlawenskiwonsko rief Sassi zu sich. Dann fing er an, ganz leise mit ihr zu sprechen.

Sassi machte ein bejahendes Summgeräusch und verschwand dann einfach.

„Wo ist sie hin?", fragte Anna.

„Sie holt einen Freund", antwortete Schlawenskiwonsko.

„Kann Sassi denn einfach irgendwo anders hinspringen?", fragte Anna.

„Ja", antwortete Schlawenskiwonsko.

„Ach so", sagte Anna, „dann braucht sie sich gar nicht auf meine Schulter zu setzen, wenn ich springe und sie mitnehmen möchte?"

„Nein, eigentlich nicht", sagte Schlawenskiwonsko mit einem breiten Lächeln. „Aber es ist natürlich viel einfacher und schöner, mit jemand anderem zu reisen, oder? Wer reist schon gern allein?"

Einen kurzen Moment später klingelte es an der Haustür. Ein Räuber öffnete die Tür und schaute zur Straße hinaus. Erst nach links und dann nach rechts. Er sah aber niemanden. Währenddessen betrat ein kleines, mit einem Holzschwert auf dem Rücken bewaffnetes, schwarz gekleidetes Wesen das Haus unbemerkt durch die offene Tür.

Das kleine Wesen ging direkt auf die Tür des Zimmers zu, in dem sich Schlawenskiwonsko und Anna befanden. Dort angekommen, stellt es sich in eine dunkle Ecke neben der Zimmertür. Im Raum unterhielten sich Anna und Schlawenskiwonsko, als plötzlich Sassi erschien.

Sie flog dicht an Schlawenskiwonskos Ohr und summte: „Jetzt, jetzt wäre ein guter Zeitpunkt."

Schlawenskiwonsko verstand sofort. „Hallo, hallo, ist da jemand?", brüllte er laut. Der Räuber, der eben noch an der offenen Haustür stand, schloss diese und drehte sich dann um. Er öffnete nun die Zimmertür von Schlawenskiwonsko und schaute hinein.

Brummend fragte er: „Was wollt ihr?"

„Ich habe Durst und brauche etwas zu trinken. Was ist das überhaupt für ein Laden hier, in dem die Gäste nichts zu trinken bekommen?", fragte Schlawenskiwonsko ärgerlich. Der Räuber schaute ein wenig grimmig drein und brummte etwas vor sich hin, das nicht zu verstehen war. Was er nicht gemerkt hatte: Das kleine, schwarz gekleidete Wesen war inzwischen unbemerkt und zielstrebig durch die offene Tür in den Raum gegangen.

Nachdem der Räuber die Tür wieder geschlossen hatte, sprang das kleine Wesen auf den Tisch. Schlawenskiwonsko sagte: „Hallo, Hakomi. Schön, dass du da bist."

Hakomi verbeugte sich in japanischer Manier und sagte: „Immer gern zu Diensten." Seine Stimme war ausgesprochen tief und laut für ein so kleines Wesen. „Wie kann ich helfen?", fragte er.

Anna staunte. Vor ihr stand ein dreißig Zentimeter großer oder besser gesagt, kleiner Mann in einer Art Rüstung mit einem wirklich merkwürdigen Haarschnitt. Anne erkannte ihn. „Hallo. Dich habe ich schon im Museum auf der Treppe gesehen." Hakomi verbeugte sich wieder.

Schlawenskiwonsko sprach zu ihm: „Unsere Anna hier benötigt ein wenig Hilfe und deine Unterstützung."

„Immer gern zu Diensten", wiederholte Hakomi und verbeugte sich abermals.

Er zog das Holzschwert von seinem Rücken und machte ein paar schnelle Bewegungen damit.

Das beeindruckte Anna zwar, trotzdem sagte sie: „Ha, das ist ja nur ein Holzschwert. Wem willst du denn damit Angst machen?"

Jetzt schaute Hakomi sie grimmig an, und Anna wusste, dass sie etwas gesagt hatte, das sie wohl lieber für sich behalten hätte.

„Weißt du nicht, dass die besten aller Schwertkämpfer früher lediglich

Holzschwerter mit sich trugen? Sie waren damit sehr gefährlich und konnten so gut kämpfen, dass sie ihren Gegnern auch mit diesen Holzschwertern eine höllische Angst einflößten", antwortete Hakomi etwas ärgerlich.

„Ich will dich ja wirklich nicht kränken", sagte Anna, „aber wie könntest du mir schon helfen? Du trägst ein Holzschwert und bist nur so groß." Anna machte dabei eine Handbewegung: mit der rechten und linken Hand zeigte sie den Abstand zwischen den beiden Händen, die der Größe Hakomis entsprach.

Als Anna das gesagt hatte, wuchs Hakomi plötzlich auf Zimmergröße an. Nun stand auf einmal ein riesiger Mann mit einem Holzschwert vor Anna, der bis unter die Zimmerdecke reichte. Anna wich zurück und war sichtlich erschrocken.

„Du bist immer so groß, wie du selbst dich machst", sagte Hakomi.

Anna schüttelte den Kopf. „Aber ich kann mich nicht so groß machen, und deswegen kann ich auch die Räuber da draußen nicht besiegen." Hakomi wurde nun wieder klein, und Anna beruhigte sich etwas.

> **Du bist immer so groß, wie du selbst dich machst.**

„Alles, liebe Anna, geschieht in deinem Kopf. Auch wahre Größe entsteht in deinem Kopf, und eine große Erscheinung ist hierfür nicht wichtig. Wenn ich also sage, du bist immer so groß, wie du selbst dich machst, dann meine ich damit, dass du deine eigene Größe in deinem Kopf bestimmst. Du ganz allein bestimmst also, wie groß du sein willst."

Anna verstand. Das bedeutete, dass Mut und Größe eigentlich immer bei einem selbst im Kopf entstehen. Und auch wenn man nicht über zwei Meter groß war, konnte man mutig sein und Größe zeigen.

Anna schaute Schlawenskiwonsko an. „Können wir denn nicht mit Hakomi in das Zimmer nebenan gehen und den Räubern ganz viel Angst machen? Denn wenn sie ihn so groß sehen, dann werden bestimmt alle ganz schnell weglaufen."

„Nein", sagte Schlawenskiwonsko, „so etwas kann Hakomi nicht. Er darf sich nämlich nicht überall und vor jedem groß machen, das sagt die Regel. Er darf es nur für uns tun, seine Größe aber niemals dazu benutzen, um anderen Angst einzuflößen, auch den Räubern nicht. Und was dir vielleicht sehr merkwürdig vorkommen wird: Hakomi ist auch nicht zum Kämpfen hier. Hakomi ist dein Mut-Meister. Er soll dir Mut machen, und zwar immer dann, wenn dich dieser gerade etwas verlässt. Wie du schon gehört hast: Mut entsteht im Kopf und Angst eben auch. Meistens haben die Ängste, die man hat, nichts mit der Wirklichkeit zu tun. Sie existieren nur in deinem Kopf. Wenn du aber in deinen Gedanken stark bist, an dich glaubst und deine Gedanken gut kontrollieren kannst, dann bist du wirklich groß. Mit dieser Größe kommt auch immer der Mut. Und Mut kann man immer gut gebrauchen. Genau wie in dieser Situation jetzt. Hast du das verstanden, Anna?"

„Ich bin mir noch nicht so sicher", antwortete Anna etwas verwirrt.

„Das ist normal, alles braucht seine Zeit", erwiderte Schlawenskiwonsko. „Jetzt sollten wir aber wirklich sehen, dass wir hier rauskommen."

„Ja", sagte Anna, „du hast recht. Ich glaube, wir warten, bis sie alle anfangen zu trinken und zu feiern. Und dann klopfen wir wieder an die Tür, und ich lass mir etwas einfallen, wie ich Janson die Trinketinte ins Getränk mische."

„Gute Idee", sagte Schlawenskiwonsko. „Aber wir müssen aufpassen, denn wenn die Herren Räuber schon zu viel getrunken haben, sind sie unberechenbar und vielleicht noch gefährlicher als sonst." Das verstand Anna. Sie schaute zu Hakomi, dieser nickte zustimmend und verbeugte sich.

Die Schlaumach-Medizin

Als die Zeit gekommen war und Anna hörte, dass die Räuber draußen anfingen, das übliche abendliche Saufgelage zu starten, wusste sie, dass sie jetzt all ihren Mut zusammen nehmen musste. Sie stand auf, stellte sich vor die Tür und drehte sich noch einmal zu Hakomi um. Dieser nickte ihr aufmunternd zu. „Sei stark und mutig, und denke immer daran, auch die bösesten Räuber haben ihre Schwächen. Vielleicht kannst du eine dieser Schwächen finden und zu deinem Vorteil nutzen. Das hat wieder mit Klugheit zu tun, und klug bist du, das weiß ich. Nun geh." Danach verbeugte er sich wieder.

Anna klopfte an die Tür. Kurz danach hörte sie ein Poltern, und jemand kam angelaufen, um die Tür zu öffnen. Das war Kralle. Er fragte: „Was willst du? Wir sind am Feiern."

Anna hielt ihre Hand auf die Trinketinte, die sie in ihrer kleinen Tasche hatte, und sagte: „Ich will mit Janson reden."

„Na gut, komm mit", sagte Kralle. Sassi saß hinter Annas Ohr, ein guter Platz, um nicht aufzufallen. Als Anna durch die Tür gegangen war, schloss Kralle diese wieder hinter sich zu. Sie gingen beide in den großen Raum, und als Anna mit Kralle eintrat, wurde es ganz leise. Anna dachte an Hakomi: ‚Du bist immer so groß, wie du selbst dich machst.' Anna musste jetzt ganz groß und mutig werden.

Sie sprach Janson direkt an: „Also, Herr Janson, wissen Sie schon, was Sie von uns wollen? Wir können ja nicht ewig hierbleiben bei euch netten Herren."

Alle fingen wieder an zu lachen. Janson der Niesriese stand, auf und sagte: „Na, du bist aber ganz schön mutig, hast du denn immer noch gar keine Angst?"

„Nein", sagte Anna, „nicht die Spur." Ganz leise hörte sie Sassi hinter ihrem Ohr „Bssss" machen. Ihre Aufgabe als Lügenbiene war es ja zu summen, wenn jemand nicht die Wahrheit sagte. Denn natürlich war Anna ängstlich, aber sie hatte diese

Angst ziemlich gut unter Kontrolle.

Anna sah auf die Tische der Räuber, und sie sah, dass alle etwas zu trinken hatten. Genau darauf musste sie sich jetzt konzentrieren: das Getränk. Es sah so aus, als würde Janson Rum trinken. Anna hatte schon in vielen Geschichten gehört, in denen Räuber und Piraten Rum tranken. Hoffentlich würde die Trinketinte mit Rum funktionieren.

„Nun", sagte Anna, „wenn ich schon mal hier bin, würde ich natürlich ganz gerne etwas mit euch trinken, auf euch anstoßen sozusagen und euch alles Gute wünschen. Und natürlich vielen Dank sagen für das leckere Essen."

Janson lachte. „Haha, du willst mit uns trinken? Was denn, etwa Rum?" Wieder lachten alle.

„Wie wäre es denn einfach mit einem bisschen Wasser, oder vielleicht einem Orangensaft?"

„Wasser oder Orangensaft?", fragte Janson der Niesriese entsetzt.

„Ja", antwortete Anna, „Kinder dürfen doch keinen Rum trinken, aber das wissen Sie doch sicherlich, Herr Janson, oder?"

Die ganze Räubergesellschaft begann jetzt zu tuscheln: „Ja, ja, das hab ich auch schon gehört: Kinder dürfen kein Rum trinken", sagte einer.

Ein anderer sagte: „Ganz genau – keinen Rum für Kinder." Und alle nickten zustimmend.

Janson schnauzte: „Ruhe!" Es wurde mucksmäuschenstill.

„Es geht ja schließlich auch um die Idee, nämlich das Anstoßen und nicht darum, was jeder trinkt", sagte Anna schnell.

„Na gut, bringt einen Becher Wasser für das Mädchen", rief Janson der Niesriese. Einer der Räuber rannte wie ein Blitz los und brachte Anna einen Holzbecher mit Wasser. Jetzt musste Anna natürlich irgendwie nah an Janson herankommen. Etwas nervös fasste sie an ihre Tasche, die Trinketinte war noch da.

‚Wie war das noch? Wenn ich die Trinketinte in den Behälter schütte und die Flüssigkeit im Trinkbecher grün wird, dann funktioniert die Trinketinte nicht. Ja, genau so war es', dachte Anna. Darauf musste sie also achten.

Nun benötigte Anna eine kleine List, um die Trinketinte in den Becher von Janson zu schütten.

Sie überlegte kurz und sagte: „Ich habe eine Frage an all die netten Herren hier am Tisch. Ich habe gehört, dass Räuber generell unheimliche Angst in der Dunkelheit haben, ist das wahr?"

Jetzt fingen die meisten an zu lachen. „Angst in der Dunkelheit? Die hat hier keiner!"

Einer der Räuber sagte ganz leise: „Na ja, so ein bisschen Angst vielleicht schon."

„Ruhe", schimpfte Janson wieder. „Was hast du gehört? Räuber haben Angst im Dunkeln? Wir Räuber kommen aus der Dunkelheit zu den Menschen, um sie auszurauben. Wir haben keine Angst im Dunkeln. Wer Angst im Dunkeln hat, kann niemals ein Räuber werden, so viel ist klar."

„Jawohl", stimmten die anderen schnell zu.

„Keine Angst im Dunkeln", brüllte einer.

„Niemand hat hier Angst im Dunkeln, jawohl, niemals nicht", schrie ein anderer.

„Na", sagte Anna skeptisch, „ich finde, das klingt nicht sehr überzeugend. Ich würde das doch gerne einmal ausprobieren und schauen, ob ihr wirklich so furchtlos seid, wie ihr immer tut."

Im Zimmer brannten nur wenige Kerzen und eine kleine Petroleumlampe. Es war schon recht schummrig im Raum. Nun sagte Janson: „Okay, zeigen wir dieser kleinen Dame doch einmal, was wirkliche Räuber sind. Löscht das Licht."

Kralle sprang auf und machte eine Kerze nach der anderen aus, und nach einem kurzen Moment war es wirklich stockfinster im Zimmer.

Anna hatte sich vor dem Löschen des Lichts genau eingeprägt, wo der Becher von Janson dem Niesriesen stand. Sie öffnete nun schnell ihr Fläschchen mit der Trinketinte, schlich leise zum Tisch und schüttete ein wenig von der Trinketinte in den Becher von Janson. Im Zimmer war es relativ ruhig.

Obwohl, irgendwo hörte Anna einen Räuber schluchzen und leise sagen:

„Keine Angst in der Dunkelheit, nein, nein, ich hab' keine Angst im Dunkeln."

„Licht wieder an", rief Janson der Niesriese. Kralle zündete alle Kerzen und die Petroleumlampe wieder an.

„Siehst du", sagte Janson zu Anna, „hier hat keiner Angst vor der Dunkelheit."

„Ja, das stimmt", antwortete Anna, „da habe ich mich wohl getäuscht. Ich dachte, dass bestimmt ein paar von euch Angst haben würden. Nun gut, dann lasst uns auf die mutigsten Räuber trinken, die es auf dieser Welt gibt. Auf dass ihr noch lange leben möget und es euch immer gut gehen soll."

Janson der Niesriese nickte wohlwollend. „Gut gesagt, junge Dame. Lasst uns trinken auf die mutigsten Räuber, die es gibt. Prost!", rief er ganz laut und setzte zum Trinken an. Anna nahm einen kräftigen Schluck Wasser, das übrigens gar nicht schlecht schmeckte, und schaute auf Janson. Als dieser den Becher wieder absetzte, hatte er irgendwie ganz grüne Lippen und einen grünen Bart.

Anna erschrak, weil sie erkannte, dass die Trinketinte in dem Rum nicht funktioniert hatte. Instinktiv legte sie ihre Hand wieder auf die Flasche. Nun fragte Janson der Niesriese: „Was hast du denn da in deiner Tasche? Ich habe heute schon einmal gesehen, dass du deine Hand darauf gelegt hast. Zeig mir, was du da hast!"

„Nichts", sagte Anna, „das ist nur meine … meine Medizin." Da machte Sassi wieder „Bsss".

Kralle horchte auf. „Da, habt ihr das auch gehört?", fragte er in die Runde.

„Ich hab nix gehört", antwortete der Räuber neben Kralle.

„Medizin?", fragte Janson, „was ist denn Medizin?"

„Da, wo ich herkomme, gibt es Medizin für viele Dinge. Trinkt man die Medizin, geht es einem schnell besser, wenn man Kopfschmerzen hat oder Durchfall." Jetzt lachten die Räuber.

„Ach so, ein Heilgetränk, das alles, was weh tut, wieder heil macht. So etwas kennen wir auch. Wie nennst du es?"

„Medizin", wiederholte Anna.

„Und was ist das für eine Medizin?", fragte Janson. „Du siehst doch ganz gesund aus?"

„Das ist meine Schlaumach-Medizin." Sassi summte wieder.

„Da", rief Kralle wieder, „da war es wieder."

„Jetzt habe ich es auch gehört", sagte ein anderer Tischgeselle.

„Schlaumach-Medizin?", fragte Janson der Niesriese. „Schlau wäre ich auch gerne – noch mehr, als ich es sowieso schon bin. Dann kann ich Menschen noch schlauer das Geld abnehmen." Wieder brüllten alle vor Lachen.

„Zeig mal her die Flasche." Zögernd übergab Anna Janson die Flasche.

Er hielt die Flasche in die Luft und sagte zu seinen Leuten: „Seht ihr, das ist die Schlaumach-Medizin. Ich bin zwar schon schlau, aber man kann ja nie schlau genug sein."

Alle lachten wieder laut. „Nun gut, dann mache ich mich mal ein wenig schlauer." Er öffnete das Fläschchen und trank die ganze noch verbliebene Trinketinte auf einmal aus. Dann stellte er die Flasche auf den Tisch, ging zu Anna und sagte: „So, jetzt gehst du wieder in dein Zimmer. Wir wollen hier nämlich noch ein bisschen …" Plötzlich hielt er mitten im Satz inne. Er begann wieder: „Wir wollen noch ein bisschen …" Und wieder stoppte Janson. Plötzlich fing er an zu zittern. Sein Gesicht wurde rot, grün, dann gelb und ganz zum Schluss lila. Er wurde immer größer und größer, und seine Nase schwoll an wie ein Luftballon. Anna ging vorsichtshalber etwas auf Abstand. Die Räuber drehten die Tische auf die Seite und versteckten sich dahinter. So hatte ihn bis zum heutigen Tage noch nie jemand gesehen. Janson wurde weiter größer und größer, und sein Gesicht wechselte ständig die Farbe. Dann holte er tief Luft. Es wurde still im Raum. Fast still jedenfalls, denn Anna hörte einen Räuber leise sagen: „Uih uih uih, Vorsicht!"

Und dann, ja dann, nieste Janson der Niesriese mit einer solchen Wucht, dass allen die Ohren taub wurden.

Das war der mächtigste Nieser, den Anna jemals gehört hatte. Die Fenster flogen auseinander, und einige Scheiben gingen in die Brüche. Tische wurden in die Ecke geschleudert, und die meisten Räuber flogen durch die Gegend. Janson der Niesriese war ebenfalls in eine Ecke geflogen und hinterließ ein riesiges Loch im Boden und in der Wand. Jeder im Raum war umgefallen. Anna hatte Glück gehabt, dass sie sich bei ihrem Flug durch den Raum nicht verletzt hatte. Das war wirklich ein Riesennieser, und er kam mit einer riesigen Ladung grüner Schnotten. Davon hatte auch Anna etwas abbekommen. Auf ihrer Abenteuerhose und den Beinen klebte grüner Schleim.

Plötzlich stand Kralle neben Anna. Er half ihr auf und sagte: „Los, schnell. Es ist besser, wenn du jetzt erst mal wieder zurück in dein Zimmer gehst."

Jansons Geheimnis

„Du siehst ja furchtbar aus. Was ist passiert?", fragte Schlawenskiwonsko, als Anna wieder bei ihm war.

Anna erklärte, dass Janson der Niesriese die Trinketinte leider direkt ausgetrunken hätte und dass es vorher mit dem Rum nicht funktioniert hatte.

Sassi summte: „Nicht gut, das ist nicht gut."

„Sassi", schimpfte Anna jetzt etwas, „du hast mich da drinnen ganz durcheinandergebracht mit deinem Brummen und Summen. Das nächste Mal stecke ich dich in die Schachtel." Sassi schaute jetzt ein wenig traurig drein.

„Es ist nun einmal ihre Aufgabe, Lügen zu entlarven und dann zu summen", mischte Schlawenskiwonsko sich jetzt ein.

„Da hast du recht", antwortete Anna. „Entschuldige bitte, Sassi, du hast natürlich alles richtig gemacht." Sassi flog vor Annas Nase und zwinkerte ihr kurz zu. Entschuldigung angenommen, bedeutete das wohl.

„Tja, dann haben wir wohl jetzt keine Chance herauszufinden, was Janson der Niesriese denkt und was er von uns will", sagte Schlawenskiwonsko.

„Und wir müssen nun wohl ewig und drei Tage hierbleiben", erwiderte Anna ein wenig sauer.

Plötzlich stand Hakomi neben ihr und sagte: „Es ist erst vorbei, wenn es vorbei ist. Wenn das eine nicht funktioniert hat, dann muss uns eben etwas anderes einfallen."

Das machte Anna zuversichtlicher und sie sagte: „Ja, du hast recht. Jetzt ist nicht der Zeitpunkt, um aufzugeben. Uns wird sicherlich etwas anderes einfallen."

Es herrschte einen Moment völlige Stille im Raum, und außer dem leisen Summen von Sassi war nichts zu hören. Plötzlich hörten sie ein Geräusch. Der Gedankendrucker war angesprungen und druckte und druckte. Alle schauten sich an.

Schlawenskiwonsko rannte zum Gedankendrucker und las vor, was auf dem Papier stand:

„Oh, großer Nieser. Oh Kopfschmerzen. Schlau sein tut weh", stand dort auf dem Papier.

„Haha", rief Schlawenskiwonsko, „es funktioniert, es funktioniert! Das sind die Gedanken von Janson."

„Das kann doch nicht wahr sein", sagte Anna, „es funktioniert also auch, wenn man die Trinketinte direkt trinkt."

„Ich würde nicht immer davon ausgehen, aber bei Janson hat es anscheinend funktioniert", antwortete Schlawenskiwonsko. Sie lasen weiter, was das Papier hergab: „Mädchen, grünblauer Freund, ich will, ich will, ich will der größte Räuber aller Zeiten sein, jawohl, der größte Räuber aller Zeiten. Ich will, dass alle sagen, jawohl, auch Könige sollen es sagen, dass Janson der Niesriese der größte Räuber aller Zeiten ist. Der größte Räuber aller Zeiten. Ich bin Janson der Niesriese, größter Räuber aller Zeiten."

„Es wiederholt sich immer dasselbe", wunderte sich Anna.

„Das ist so bei Leuten, die einfach strukturiert sind und einfach denken. Sie drehen sich mit ihren Gedanken im Kreis und können diesen oft nicht entfliehen", erklärte Schlawenskiwonsko.

Anna zog die Augenbrauen erstaunt nach oben. „Aber das bedeutet ja, dass sie den ganzen Tag lang dasselbe denken."

„Ja", antwortete Schlawenskiwonsko, „bei vielen Menschen ist es sogar so, dass das Denken am nächsten Morgen wieder genau dort startet, wie es am Abend zuvor geendet hat. So laufen sie mit den gleichen Gedanken oft monatelang umher und sind nicht imstande, sich davon zu befreien."

„Das ist nicht gut", fand Anna.

„Was wir aber dank des Gedankendruckers gesehen haben, ist, dass Janson der Niesriese sich wünscht, der größte Räuber aller Zeiten zu sein. Dann sollten wir ihm diesen Wunsch erfüllen."

„Wie können wir das denn tun?", fragte Anna.

„Ich weiß es nicht", antwortete Schlawenskiwonsko. „Hat jemand vielleicht eine Idee?"

Anna schaute sich um. Sassi schüttelte sich in der Luft, sie hatte anscheinend keine Idee. Hakomi war nach Annas Gefühl nicht dazu geschaffen, diese Art von Ideen zu haben. So blieb es an Anna, sich etwas einfallen zu lassen.

Annas fast perfekter Plan

Immerhin waren sie Janson jetzt einen Schritt voraus, denn sie wussten, was den ganzen Tag in seinem Kopf vor sich ging. Er wollte Anerkennung, er wollte der größte Räuber auf der ganzen Welt sein.

Plötzlich hatte Anna eine Idee. Sie lief zur Tür und hämmerte kräftig dagegen. Schlawenskiwonsko, Hakomi und Sassi waren überrascht, dass Anna plötzlich so aktiv wurde. Nach wenigen Augenblicken öffnete Kralle die Tür: „Was willst du denn schon wieder?", fragte er. „Ich möchte mit Janson sprechen", antwortete Anna.

„Na gut", sagte Kralle, „komm mit." So gingen beide wieder in den Raum, in dem alle noch beim Aufräumen waren.

Kralle gab Anna ein nasses Tuch. „Hier, wisch dich mal ab. Du bist ja ganz vollgeschnoddert", brummte er.

„Was willst du schon wieder hier?", fragte Janson der Niesriese, dessen Nase noch immer ganz rot war.

„Ich wollte nur nachsehen, ob es dir gut geht und ob die Medizin schon wirkt", sagte Anna. Janson war ein wenig überrascht, dass Anna so freundlich danach fragte, wie es ihm ging.

„Ich denke, dass ich mich jetzt noch schlauer fühle, als ich es vor der Medizin war", antwortete er zufrieden.

„Das ist sehr gut", erwiderte Anna. „Dann kann ich meinem Freund, dem König von Großgoldland, jetzt ja erzählen, dass du nicht nur der furchterregendste, sondern auch der klügste Räuberhauptmann bist. Also eigentlich der größte Räuberhauptmann überhaupt."

„Großgoldland? Gold? König? Du kennst einen König?", fragte Janson ganz aufgeregt.

„Ja, natürlich", antwortete Anna ganz überzeugend. Nach einer kurzen Pause fuhr sie fort: „Ich hätte da eine Idee. Wie wäre es denn, wenn ein König einen Brief an dich schreiben würde, in dem steht, dass du der größte Räuber aller Zeiten und auf der ganzen Welt bist?"

Janson der Niesriese dachte einen Moment nach und sagte: „Selbstverständlich bin ich der größte Räuber aller Zeiten."

„Ja", sagte Anna, „genau das behaupten aber auch andere Räuberhauptmänner von sich."

„Wer zum Beispiel? Sag mir sofort seinen Namen!", fauchte Janson Anna an.

„Den Namen habe ich vergessen, ich bin leider nicht gut mit Namen", sagte Anna etwas erschrocken. „Aber", fuhr sie schnell fort, „wenn ein König, den alle kennen, so etwas sagen oder dir einen Brief geben würde, in dem steht, dass du, Janson der Niesriese, der größte Räuber aller Zeit bist, dann wüsste es die ganze Welt. Und du könntest diesen Brief überall dort zeigen, wo du gerade hingehst."

Janson fasste sich an seine rote Nase, blieb dabei aber ganz ruhig, sodass erst einmal kein weiterer Nieser zu befürchten war. „Und der König aus Großgoldland würde einen solchen Brief schreiben?", fragte Janson der Niesriese.

„Ja, natürlich. Ich kenne ihn gut. Ich müsste nur zu ihm gehen und ihm von dir und deinen starken Männern erzählen. Dann würde ich mit Sicherheit einen solchen Brief von ihm erhalten."

„Ich halte das für eine gute Idee", sagte Kralle.

Janson der Niesriese schaute Kralle böse an. „Hat dich jemand gefragt?", brüllte Janson in Richtung Kralle. Dieser zog schnell seinen Kopf ein. Janson überlegte einen Moment.

Dann sagte er: „Nun gut, wenn du mir einen solchen Brief besorgst, lasse ich euch wieder frei."

„Kann ich mich auch wirklich darauf verlassen?", fragte Anna. „Ist dein Wort als Räuberhauptmann etwas wert?"

Obwohl Anna ein wenig Angst vor dieser Frage hatte, weil sie nicht wusste, wie Janson darauf reagieren würde, stellte sie sie dennoch. Denn sie musste sicher sein, dass, wenn sie diesen Brief an Janson übergeben würde, dieser sie auch alle freilassen würde.

„Ja, mein Wort zählt", sagte Janson der Niesriese ganz entspannt. „Oder, Männer?", fragte er laut in die Runde.

Alle stimmten nickend zu: „Das Wort von Janson ist so gut wie Rum am Abend."

„Abgemacht", sagte Anna, „dann will ich gern diesen Brief besorgen. Ich möchte mich nur eben noch von meinem Freund verabschieden."

Janson nickte. „Aber denke daran, wenn du nicht mit diesem Brief zurückkommst, wirst du deinen Freund nie wiedersehen. Hast du das verstanden?", fragte er und schaute Anna dabei ganz tief in die Augen.

„Ja", sagte Anna, „das ist mir schon klar."

Anna ging zurück ins Zimmer zu Schlawenskiwonsko und berichtete, was geschehen war.

Dieser blickte etwas ratlos drein: „Ja, aber woher willst du diesen Brief denn bekommen? Wir kennen keinen König. Und selbst wenn du einen solchen Brief hättest, könntest du ihn nicht mit in diese Welt bringen. Denn du kannst nur springen mit den Dingen, die du anhast. Du kannst nichts von der Außenwelt mitbringen. Das ist verboten und nicht vorgesehen. Wenn wir das zuließen, würden nämlich alle Leute alle möglichen Dinge mit zu uns bringen, und die würden dann überall rumliegen, und wir haben schon genug rumliegen. Also, wie willst du den Brief, den du übrigens noch gar nicht hast, hierher bekommen?"

„Oh, oh, das ist ein komischer Plan, das ist ein komischer Plan", summte Sassi in der Luft. Wie zu erwarten war, sagte Hakomi gar nichts.

Anna erklärte den dreien ihren Plan: „Ich gehe jetzt hier aus dem Haus. Dann nehme ich einen Springkern und springe zurück zu Oma Otilia. Dort schreibe ich einen Brief an mich selbst. In diesem Brief befindet sich ein weiterer Brief, und in dem wird stehen, dass Janson der Niesriese der weltweit größte Räuber ist. Der

Brief wird so geschrieben sein, dass er aussieht, als würde er von einem König stammen. Diesen Umschlag mit dem Königsbrief stecke ich bei Oma im Dorf in den Briefkasten. Dann warte ich, bis der Brief ankommt. Diesen Brief werde ich nicht aufmachen. Nach ein paar Tagen wird der Brief dann bei Topson in Schlimmland landen. Ich werde also nach ein paar Tagen einen weiteren Springkern nehmen und wieder nach Schlimmland springen. Dort hole ich mir meinen eigenen ungeöffneten Brief von Topson und bringe ihn dann hier her. Also, den Brief natürlich und nicht Topson."

„Moment, Moment", sagte Schlawenskiwonsko, „das geht nicht."

„Warum nicht?", fragte Anna.

„Topson hat die Aufgabe, jeden Brief aufzumachen. Er darf dir den Brief nicht einfach geben, so bringst du das ganze System durcheinander, und das geht nicht. Unser System ist unser System, und wenn wir anfangen, alles anders und Ausnahmen zu machen, dann wird irgendwann nichts mehr funktionieren. Topson muss den Brief also öffnen. Sollte sich dann in dem geöffneten Brief ein weiterer Brief befinden, dann kann er ihn eventuell weiterschicken. Wenn wir Briefe weiterschicken, dann darf nur Lillesol in Gutenland diesen Brief austeilen, denn sie ist ja schließlich die Postbotin."

„Okay", sagte Anna, „ich habe verstanden. Das bedeutet also: Ich brauche einen Dreierbrief."

„Einen Dreierbrief?", wiederholte Hakomi fragend.

„Kann ich jetzt nicht genau erklären", sagte Anna. „Ich muss Topson überreden, den Brief weiterzuschicken nach Gutenland. Danach springe ich nach Gutenland und bekomme den Brief von Lillesol in die Hand. Dann springe ich wieder hier zu dir. Ist das richtig so?", fragte Anna selbst etwas verwirrt.

„Das könnte klappen", sagte Schlawenskiwonsko nach kurzem Überlegen. So ganz überzeugt war er aber nicht, und in der Tat befand sich ein kleiner Fehler in Annas Plan, den sie aber erst einige Zeit später bemerken sollte.

Schlawenskiwonsko zählte etwas an seinen Fingern ab. „Wie viele Springkerne hast du noch, Anna?", fragte er.

Anna griff in ihre Tasche: „Nur noch zwei Stück."

„Du brauchst einen, um zu deiner Oma zu springen, einen weiteren, um von dort nach Schlimmland zu springen. Dann noch einen von Schlimmland zu Gutenland, und den letzten von Gutenland hierher nach Dunkelland. Das sind genau vier Springkerne. Du musst dir also, wenn du in Schlimmland bist, noch Springkerne besorgen. Ist dir das klar?"

„Ja, verstanden. Ich werde daran denken", versprach Anna.

„Gut", sagte Schlawenskiwonsko, „denn sonst werde ich hier wahrscheinlich noch jahrelang gefangen sein." Dann veränderte sich seine Stimme plötzlich: „Wirst du denn auch bestimmt wiederkommen?"

„Was meinst damit?", fragte Anna.

„Na ja", sagte Schlawenskiwonsko, „für dich wäre es ganz einfach, bei Oma Otilia zu bleiben und nicht wieder hierherzukommen und dich dieser doch etwas gefährlichen Situation auszusetzen. Diese Männer da draußen sind gemein und kriminell."

So hatte Anna noch gar nicht darüber nachgedacht. Für sie war es selbstverständlich, Schlawenskiwonsko zu helfen. Sie schaute ihn an und sagte: „Einen Freund lässt man nicht im Stich."

Schlawenskiwonsko lächelte etwas verlegen und sagte leise: „Danke, Anna."

Anna wusste, was sie zu tun hatte. Sie klopfte wieder an die Tür. Kralle öffnete und fragte: „Bist du so weit?"

„Ja, ich bin bereit", antwortete Anna.

Anna ging mit Kralle zur großen Haustür, und dieser ließ sie auf die Straße gehen.

Sie lief zur anderen Straßenseite und bog dort in eine kleine Seitenstraße ein. Hier war sie ganz allein. Anna griff in ihre Jackentasche und holte einen der Springkerne heraus. Sie stellte sich jetzt den Dachboden

> Nur wer bereit ist, sich zu wundern, ist bereit zu lernen.

bei Oma Otilia vor und biss auf den Kern. In ihrem Kopf drehte es sich etwas, doch als sie die Augen wieder öffnete, stand sie tatsächlich auf dem Dachboden. Nun musste sie sich beeilen. Schließlich wollte sie Schlawenskiwonsko so schnell wie möglich befreien.

Sie zog den roten Schuh aus und legte diesen vor den Koffer. Dann nahm sie das rote Buch zur Hand. Sie öffnete das Buch und schaute auf die erste Seite. Dort stand immer noch:Schade weder dir selbst noch anderen. Und: Sei immer hilfsbereit und gut.

Jetzt fragte Anna sich, ob der dritte Satz schon erscheinen würde, wenn sie mit dem Buch sprechen würde. Aber ihr war natürlich klar, dass das Erlebnis mit Schuh Nummer drei noch nicht beendet war und sie erst zu Schlawenskiwonsko zurückkehren müsste.

König Hausenius von Großgoldland

Sie fragte sich auch, ob der dritte Schuh ebenfalls verschwinden würde, wenn sie ihn in den Koffer legte. Sicherer und klüger schien es ihr zu sein, den Schuh erst einmal draußen zu lassen. Deshalb stellte sie ihn unter den Stuhl am kleinen Tisch. Sie zog ihren alten Schuh wieder an und rannte hinunter zu Oma Otilia.

„Na, da bist du ja", sagte Oma Otilia. „Hast du eine schöne Zeit gehabt? Bist du fertig?"

„Ach", seufzte Anna, „so richtig fertig wird man doch eigentlich nie mit dem Aufräumen, oder?"

Oma schmunzelte. „Ja, da hast du recht. Hier im Haus gibt es auch immer etwas zu tun, und irgendwie werde ich nie so wirklich fertig. Bist du denn bereit für den Kakao am Nachmittag?"

„Nein, Oma, ich habe vorher noch etwas sehr Wichtiges zu tun. Dabei könntest du mir helfen."

„Aber natürlich", sagte Oma Otilia.

„Es ist ein wenig komplizierter, als du denkst, Oma. Ich muss dich um etwas bitten, kann dir aber nicht erklären, warum ich es von dir brauche. Ist das in Ordnung für dich?", fragte Anna.

„Ich denke schon", sagte Oma Otilia. „Jeder Mensch muss seine Geheimnisse haben, und ich bin mir sicher, irgendwann wirst du mir bestimmt davon erzählen."

„Das werde ich", erwiderte Anna. „Wir müssen einen Brief schreiben."

„Oh", sagte Oma, „das ist schön. Ich habe schon lange keinen Brief mehr geschrieben. Dann hole ich mal alles, was wir benötigen." Sie ging in ihr Schlafzimmer und holte Briefpapier und ihren Lieblingsfüller. Der schrieb in wunderbarem Blau. Immer, wenn Anna von Oma eine Geburtstagskarte oder eine Weihnachtskarte

bekam, bewunderte sie dieses Blau. Mit der Hand geschrieben sah sowieso alles viel schöner aus als die Briefe, die man von Firmen in Form von Rechnungen bekam. Anna wusste, dass sie gemeinsam mit Oma einen herrlichen und königlichen Brief schreiben würde.

Der Brief, den die beiden gemeinsam schrieben, las sich folgendermaßen:

„Sehr geehrter Herr Janson, der Niesriese,

ich habe von meiner Freundin Anna gehört, was für ein beeindruckender Mann mit einer erlesenen Gefolgschaft Sie sind.
Die räuberischen Geschichten, die ich über Sie gehört habe, haben mich sehr beeindruckt. Deshalb verleihe ich Ihnen hiermit den Titel:
„GRÖSSTER RÄUBERHAUPTMANN ALLER ZEITEN UND ALLER WELTEN"
Dieser Titel ist weltweit gültig und wird Sie überall berühmt machen.
Ich hoffe, dass ich Sie bald persönlich kennenlernen werde.
Bis dahin warte ich gespannt auf weitere Geschichten, die Anna mir hoffentlich von Ihnen erzählen wird.

Hochachtungsvoll und mit aller Ehrerbietung,
König Hausenius von Großgoldland"

Oma schmunzelte, als sie diesen Brief schrieb, stellte aber keine einzige Frage.
„So Oma, jetzt fehlt nur noch eine Unterschrift von König Hausenius von Großgoldland. Kannst du die auch noch irgendwie darunter machen?", fragte Anna.
Oma nickte. „Ich hab sogar noch eine bessere Idee. Wir machen eine Unterschrift und ein königliches Siegel!"
„Ein königliches Siegel? Was ist das denn?", fragte Anna.
Oma holte eine Kiste aus ihrem Schlafzimmer, in der sich viele Stempel aus Metall befanden. Sie hatten entweder einzelne Buchstaben oder Symbole, und

diese konnte man in heißes Wachs drücken. Das hatte Anna schon einmal in einem Film gesehen.

„Hier, such dir einen aus", sagte Oma Otilia zu Anna. Anna schaute sich die Siegel an. Da war einer mit einem Adler drauf, einer mit einer schönen Blume und einige mit einzelnen Buchstaben. Einer dieser Buchstaben passte genau zum Land Großgoldland. Es war nämlich ein großes G mit ein paar Blumen drumherum.

„Dieser hier. Ein großes G wie Großgoldland", sagte Anna.

„Eine gute Entscheidung", sagte Oma. „Warte kurz, ich bereite alles vor."

Oma holte eine rote Kerze und setzte als Erstes eine große geschwungene Unterschrift unter den Brief: König Hausenius von Großgoldland. Dann nahm sie die Kerze, zündete sie an und ließ ein wenig von dem roten Wachs auf das Papier tropfen. Danach drückte sie das Siegel mit dem großen G in das heiße Wachs. Als sie das Siegel wieder hochhob, sah sie das große G mit den Blumen im Wachs eingedrückt. Das gefiel Anna sehr. Nun wirkte der Brief wirklich königlich.

„Das sieht richtig echt aus", sagte Anna. „Vielen Dank, Oma. Das wird uns helfen."

„Uns helfen?", fragte Oma Otilia.

„Ich meine, das wird mir helfen." Anna musste aufpassen, dass sie sich nicht verplapperte. Nun nahm Anna drei Briefumschläge. In den ersten steckte sie den königlichen Brief. Auf den Umschlag schrieb sie: „An den weltgrößten Räuberhauptmann, Janson den Niesriesen. Räubergasse 15. Dunkelland." Dann nahm sie den zweiten Umschlag und schrieb: „An Anna in Gutenland". Dabei achtete sie darauf, dass Oma nicht sehen konnte, was sie schrieb. Sie steckte jetzt den ersten Umschlag in den zweiten. Sie nahm den dritten Umschlag in die Hand und steckte den Gutenland-Umschlag hinein.

Jetzt wurde Oma doch neugierig und fragte: „Was machst du denn da?"

„Das ist ein wenig kompliziert zu erklären", sagte Anna. „Ich muss mir diesen Brief selbst zuschicken, und dafür muss ich ihn in einen weiteren Umschlag stecken."

„In Ordnung", sagte Oma Otilia. „Ich werde keine weiteren Fragen stellen. Du weißt schon, was du tust."

Anna schrieb die Adresse von Oma Otilia auf den letzten Umschlag und sagte: „Wenn dieser Brief ankommt, dürfen wir ihn auf keinen Fall öffnen."

Oma nickte. „Gut. Ich werde mich nicht einmischen, du machst einfach, was du willst."

„Ich laufe jetzt schnell zum Briefkasten und schicke mir diesen Brief selbst zu. So etwas habe ich noch nie getan, aber in diesem Fall muss es genauso sein."

Anna und Oma Otilia klebten eine Briefmarke auf den Umschlag, und Anna rannte zum Briefkasten ins Dorf, um diesen einzuwerfen. Sie wusste, dass der Brief wahrscheinlich bereits am Tag darauf schon wieder bei Oma Otilia ankommen würde. Dann würde sie ein paar Tage warten müssen. Denn erst, wenn sie den Brief nicht öffnete, würde er bei Topson in Schlimmland ankommen. Von dort würde sie sich den Brief dann abholen. Nun aber konnte sie aber erst einmal ein paar Tage gar nichts tun.

Zum Glück war der Briefkasten nicht weit entfernt, sodass Anna noch gerade rechtzeitig kam, bevor der Postbote diesen ausleerte. Oma Otilia hatte einmal gesagt, dass die Post diesen Briefkasten wahrscheinlich bald abbauen würde, da die Menschen heutzutage nicht mehr so viele Briefe schreiben würden.

‚Das ist aber schade', dachte Anna. ‚Es ist doch eigentlich schön, sich etwas Zeit zu nehmen und einen netten Brief an jemanden zu schreiben. Wenn ich groß bin, werde ich immer Briefe schreiben an Menschen, die ich mag', nahm sie sich ganz fest vor.

Nachdem sie den Brief eingeworfen hatte, rannte sie schnurstracks zurück zu Oma Otilia. Anna war jetzt hungrig, und wie immer freute sie sich auf das Abendbrot mit Oma. Als sie am Haus gekommen war, rief Oma ihr bereits entgegen: „Anna, komm schnell her, ich habe Mama am Telefon." Anna lief zum Telefon und nahm den Hörer in die Hand.

„Hallo, Mama, hier ist alles super. Ich habe viel Spaß. Wie ist es bei euch?"

Mama sagte, dass alles prima wäre, und Anna erzählte noch kurz vom Besuch im Museum und von dem schönen Wetter hier. Insgesamt war es aber ein kurzes Gespräch. Was sollte sie denn schon groß erzählen? Zwar hatte Anna sehr viel erlebt, konnte ihr aber natürlich nichts davon erzählen. Zu Hause bei den Eltern gab es auch nichts Neues, und nach ein paar Minuten verabschiedete sie sich von ihrer Mama und gab ihr durchs Telefon einen Kuss.

Anna wusste, dass sie jetzt ein paar Tage Zeit hatte, um tolle Sachen mit Oma zu unternehmen. So richtig gut fühlte sich das aber nicht an, denn sie musste oft an Schlawenskiwonsko denken, der jetzt noch immer bei den Räubern saß. Aber Schlawenskiwonsko hatte ja Hakomi und Sassi bei sich. Das würde bestimmt helfen.

Auf nach Schlimmland

Nachdem Abendbrot fragte Anna, ob sie das Cello von Opa einmal sehen könnte.

Oma holte also das Cello aus dem Schrank im Schlafzimmer und nahm es aus dem großen Koffer, in welchem es wohlbehütet gelegen hatte. Anna hatte auf vielen Bildern schon Geigen und einige Blasinstrumente gesehen, aber in Gutenland hatte sie zum allerersten Mal im Leben ein Cello gesehen. Und dieses hier sah ziemlich genauso aus wie das in Gutenland.

Oma strich einmal liebevoll über das Instrument und sagte: „Dein Opa hat dieses Cello sehr geliebt. Wenn du irgendwann einmal Cellospielen lernen möchtest, werde ich es dir gern geben."

Etwas unbeholfen nahm Anna das Cello entgegen. Sie wusste nicht genau, welche Hand sie auf den Hals des Instrumentes legen musste. Dann war da auch noch der Bogen, den Anna in die andere Hand nahm. Damit strich sie einmal über die Saiten. Das klang ziemlich kratzig und gar nicht schön. Dabei hatte sie doch in Gutenland so wunderbar gespielt.

„Na", fragte Oma, „wie findest du es?"

„Toll", sagte Anna, „nur leider kann ich nicht spielen."

„Du kannst es aber lernen, wenn du willst. Was denkst du?"

„Das ist eine gute Idee. Aber wie fange ich am besten an?", fragte Anna.

„Du brauchst Unterricht", antwortete Oma.

Oma Otilia schaute auf die noch kleinen Hände von Anna und sagte: „Vielleicht müssen wir mit einem etwas kleineren Cello beginnen, deine Hände sind nämlich noch nicht groß genug für dieses Instrument. Aber sei dir sicher, dieses Cello wird nicht weglaufen. Ich werde es für dich aufheben."

„Danke, das ist schön", sagte Anna.

Nachdem Anna sich das Instrument ganz genau angeschaut hatte, legten sie es gemeinsam wieder in den Koffer, schlossen diesen und stellten ihn wieder in den Schrank.

„Du, Oma", fragte Anna, „erzählst du mir noch etwas von Opa? Was hat er denn gemacht? Ich meine, was war er von Beruf, und was hat ihm außer Cellospielen noch Spaß gemacht?"

Oma lachte. „So viele Fragen auf einmal. Komm, wir sehen uns ein paar Fotos an, wenn du magst. Dabei erzähle ich dir von Opa."

So setzten sich die beiden auf das große Sofa, auf dem es immer so gemütlich war. Oma holte ein paar Fotoalben heraus, und sie stöberten gemeinsam darin. Alte Bilder anzuschauen, fand Anna immer schön, denn da konnte sie das tun, was sie am liebsten mochte: viele Fragen stellen und sich viele Antworten anhören. Ihre Oma erzählte Anna von Opa, der ein Ingenieur gewesen war und sowohl das Fahrradfahren als auch das Cellospielen geliebt hatte.

Nach einer gewissen Zeit wurde Oma müde und sagte: „Anna, jetzt ist es aber schon spät, wir können doch morgen noch ein wenig weiter schauen, ja?"

Anna gähnte plötzlich laut und sagte: „Du hast recht, ich habe mal wieder unheimlich viele Fragen gestellt. Entschuldige bitte."

„Nein, nein, du musst dich niemals dafür entschuldigen, dass du Fragen stellst. Nur wer fragt, wird klug. Frag also ruhig weiter. Morgen, meine ich natürlich."

Anna musste lachen. „Ja, morgen. Hoffentlich kommt dann auch mein Brief an."

Am nächsten Morgen wartete Anna sehnsüchtig auf den Postboten. Oma sagte, dass dieser immer zwischen 10 und 11 Uhr kommen würde. Heute schien er sich aber besonders viel Zeit zu lassen, denn es war schon eine Minute nach elf. Dann aber kam er und brachte den Brief für Anna. Als sie den Brief in der Hand hielt, lief sie zu Oma in die Küche und rief: „Hier ist er, aber wir dürfen ihn nicht aufmachen."

Oma verstand zwar immer noch nicht, warum, sagte aber: „Gut, dann lege ich ihn am besten hier oben auf den Küchenschrank. Dann kommt er nicht weg, wird

nicht schmutzig, und ich werde ihn auch nicht aus Versehen aufmachen."

Anna hielt das für eine gute Idee. Die nächsten Tage über war sie sehr nervös, weil sie immer wieder an Schlawenskiwonsko und an Janson dachte. Sie bemühte sich jedoch, die Zeit so gut wie möglich zu verbringen und natürlich möglichst viel mit Oma Otilia zusammen zu sein. Oft waren sie draußen im Garten, was Anna sehr gut gefiel. Dort gab es Tomaten, Bohnen, Erdbeeren, und die Bäume trugen schon einige leckere Früchte.

Vor dem Schlafengehen las Oma Otilia immer eine Geschichte vor. Anna konnte sich aber abends am allerschlechtesten konzentrieren, weil das der Moment war, an dem sie am meisten an Dunkelland und Schlawenskiwonsko dachte. Am nächsten Tag aber würde es endlich so weit sein. Dann hatte der Brief drei Tage auf dem Küchenschrank gelegen, und somit konnte sie den nächsten Schritt wagen und nach Schlimmland springen. Was sie dort nicht vergessen durfte, war, dass sie sich noch Springkerne besorgen musste. Denn Anna hatte nur noch einen Springkern in ihrer Tasche. Und mit diesem würde sie nach Schlimmland springen.

In dieser Nacht schlief Anna wirklich schlecht. Irgendwie hörte sie Schlawenskiwonsko in ihren Träumen. Sie sah Hakomi und Sassi und wusste, dass alle auf sie warten würden. Sie wollte gleich nach dem Frühstück nach Schlimmland springen. Hoffentlich würde alles gut gehen.

Am nächsten Morgen rannte Anna noch vor dem Frühstück nach oben auf den Dachboden. Sie wollte schauen, ob der rote Schuh noch dort stand, wo sie ihn hingestellt hatte. Das war glücklicherweise der Fall, denn sie musste ihn ja noch einmal anziehen, um Schlawenskiwonsko zu befreien.

Nach dem Frühstück sagte Anna zu Oma: „Du, Oma, ich habe heute noch ganz viel zu tun auf dem Dachboden. Weißt du, ich habe eine tolle Idee und möchte versuchen, ob es so klappt, wie ich mir das vorstelle. Ist es in Ordnung, wenn ich jetzt erstmal alleine oben spiele?"

„Aber natürlich", sagte Oma. „Du warst ja in den vergangenen Tagen ziemlich viel mit mir zusammen. Heute kannst du gern mal wieder was allein machen."

Irgendwie hatte Anna sich jetzt gerade etwas gewundert: Sie hatte Oma ja ein wenig angelogen, und eigentlich hätte sie Sassi hören müssen. Das hatte sie jedenfalls erwartet. Sassi war aber nicht zu hören gewesen. ‚Vielleicht wird die Verbindung zu Sassi und den anderen nach ein paar Tagen schwächer?', dachte sich Anna. Es wurde höchste Zeit, wieder nach Dunkelland zurückzukehren.

Sie rannte nach oben, zog sich schnell den dritten Schuh an und nahm den letzten Springkern. Sie stellte sich Schlimmland und das Haus von Topson vor. Dann biss sie auf den Kern. Es knackte laut, und Anna befand sich eine Sekunde später vor dem Haus von Topson. Sie lief schnell hinein und rief laut: „Topson, Topson, schnell, du musst mir helfen."

Topson saß wie immer ganz ruhig auf seinem Stuhl und war dabei, Briefe zu öffnen. Er schaute Anna an und sagte: „Was ist denn los?"

Anna holte erst einmal tief Luft. Dann begann sie: „Wir müssen Schlawenskiwonsko helfen. Er ist gefangen in Dunkelland, und wir können ihn nur mit einem Brief befreien, den ich geschickt habe, an mich selbst für den Räuberhauptmann Janson der Niesriese."

„Nun mal ganz langsam", sagte Topson. „Ich verstehe überhaupt nichts."

Jetzt sah Anna Tobi hereinkommen, der sofort bemerkte, dass Anna ganz aufgeregt war. „Hallo, Tobi."

„Hallo", antwortete Tobi und setzte sich auf einen kleinen Hocker, um Anna zuzuhören.

„Nun erst einmal der Reihe nach. Vielleicht kann ich dir ja helfen", sagte Topson.

„Okay, ich habe verstanden. Ich erzähle dir alles ganz von vorne", sagte Anna.

Und so erzählte Anna, was ihr und Schlawenskiwonsko in Dunkelland passiert war und dass Schlawenskiwonsko sich jetzt in den Händen von Räuberhauptmann Janson dem Niesriesen befand. Dass Schlawenskiwonsko dort Hilfe bräuchte, wurde Topson schnell klar. Er wusste nur nicht, wie er Anna helfen konnte.

„Und was möchtest du jetzt von mir?", fragte Topson.

„Ich möchte, dass du meinen Brief aufmachst, den ich an dich geschickt habe. Ich meine, den ich an mich selber geschickt, aber nicht aufgemacht habe", sagte Anna.

Topson verdrehte ein wenig die Augen: „Aber Anna, jetzt weiß ich schon wieder nicht, wovon du redest."

„Egal, egal", sagte Anna, „such bitte den Brief, den ich vor drei Tagen nicht aufgemacht habe."

Topson musste ein bisschen überlegen und sagte dann: „Drei Tage, drei Tage, warte mal. Tja, die ganzen neu angekommenen Briefe, die landen immer da ganz hinten. Aber bis die hier vorn bei mir ankommen, dauert es wieder einige Zeit, manchmal Wochen oder Monate."

„Was?", rief Anna entsetzt. „So viel Zeit haben wir nicht. Ich muss Schlawenskiwonsko schnell befreien. Bitte suche meinen Brief, dann verschwinde ich auch schnell wieder."

„Eigentlich", sagte Topson, „muss ich die Briefe der Reihe nach aufmachen. Ich kann nicht einfach irgendwelche Briefe nehmen und die wahllos hintereinander öffnen. Jedenfalls habe ich das noch nie getan."

„Na gut, dann wird es Zeit, dass du jetzt mal aus deinem System ausbrichst und etwas tust, was du noch nie vorher getan hast. Das hier ist ja schließlich ein Notfall. Du musst auch mal mutig sein, Topson", sagte Anna ziemlich aufgeregt.

Topson war etwas überfordert. Er verstand aber, dass er besser schnell helfen sollte, sonst würde Anna bestimmt noch eine ganze Stunde so weiterreden.

„Okay, dann gehen wir da rüber und schauen, ob wir deinen Brief finden", sagte er schließlich. „Komm, Tobi, hilf uns beim Suchen."

Der falsche Dreifachbrief und saure Gurken

Die drei suchten und suchten. Da der Brief ja erst vor Kurzem eingetroffen war, musste er irgendwo ganz weit hinten in der Ecke des letzten Zimmers liegen. Schließlich fand Tobi den Brief und rief: „Hier, hier, ich glaube, ich hab ihn."

Topson nahm den Brief und sagte: „Aha, ja, das ist ein Brief an dich, liebe Anna. Den hast du ja gar nicht aufgemacht?"

Anna schaute Tobi an und rollte etwas mit den Augen. Tobi lachte.

„Ich öffne diesen jetzt also", sagte Topson dann.

„Ja, das ist gut", sagte Anna ungeduldig.

Topson öffnete den Brief, und in diesem Brief war ein weiterer Brief. Anna wusste das natürlich, sie hatte ihn ja selbst hineingesteckt. Topson aber hatte das nicht gewusst.

„Oh", sagte er, „das ist schlecht. Ein Doppelbrief, ein Doppelbrief, auweia. Ein Doppelbrief, das hatte ich schon lange nicht mehr. Wie war das noch mit dem Doppelbrief? Was muss ich denn tun? Doppelbrief, Doppelbrief", sagte er immer wieder und er wirkte komplett hilflos.

Tobi schaute Anna an und schüttelte den Kopf.

„Aber", sagte Anna, „das ist doch gar kein Problem. Du nimmst diesen Brief und schickst ihn weiter, sodass ich ihn mir bei Lillesol in Gutenland abholen kann."

„Doppelbrief", sagte Topson jetzt wieder. „Ich weiß nicht genau, ob ich das so darf, oder ob ich diesen Brief jetzt hier auch aufmachen muss. Denn der ist ja auch schon tagelang nicht geöffnet, und mein Job ist es, die Briefe zu öffnen, die tagelang zu waren. Auch einen Doppelbrief muss ich aufmachen."

„In diesem Fall bitte nicht", sagte Anna, „denn der Brief muss, so wie er ist,

in Gutenland ankommen. Dann kann ich ihn wieder öffnen und den sich darin befindenden Brief an Janson den Niesriesen übergeben."

„Wie? In diesem Brief befindet sich noch ein Brief?", fragte Topson jetzt.

„Ja, in Wirklichkeit ist das doch auch kein echter Brief von einem König. Ich tue nur so, als ob das ein Brief von einem König wäre", sagte Anna.

Jetzt war Topson völlig verwirrt. „Ein Dreifachbrief? Sogar ein falscher Dreifachbrief? Das ist ganz schlimm, ganz schlimm. Jetzt weiß ich gar nicht mehr, was ich machen soll", fuhr er aufgeregt fort und rannte hektisch im Zimmer umher. „Meine Gurken, wo sind meine Gurken?"

Tobi lief schnell und holte ein Glas mit sauren Gurken. Topson nahm eine und steckte sie in den Mund.

„Die braucht er immer, um sich zu beruhigen", erklärte Tobi.

„Nein, nein, alles ist gut, Topson", sagte Anna. „Du musst diesen Brief nur weiterschicken an Lillesol. Dann hole ich ihn mir morgen in Gutenland ab. Von da aus springe ich weiter nach Dunkelland und bringe den Brief dann Räuberhauptmann Janson dem Niesriesen."

„Ich weiß gar nicht mehr, was ich tun soll. Deshalb mache ich jetzt einfach das, was du vorschlägst. Sonst kann ich ja heute gar keinen weiteren Brief mehr aufmachen, und das geht ja schließlich auch nicht", sagte Topson mit einer Gurke im Mund.

„Gut so", erwiderte Anna. „Also nimm jetzt bitte diesen Brief und stecke ihn in den Briefkasten. Dann werde ich ihn ja morgen bei Lillesol abholen können, oder?"

„Das sollte klappen", sagte Tobi, während Topson noch ein paar Gurken aß.

Anna und Tobi begleiteten Topson schließlich zum Briefkasten. Dieser steckte den Brief ein und sagte: „Gut, morgen wirst du ihn von Lillesol ausgehändigt bekommen. Und wie kommst du nach Gutenland?"

„Mit den Springkernen natürlich", sagte Anna. „Oh, apropos Springkerne, ich brauche noch welche. Woher bekomme ich die denn?"

„Dort, direkt neben dir", antwortete Topson und musste ein wenig lachen.

„Wie, du meinst, ich kann mir die Springkerne einfach hier aus der Blume nehmen?", fragte Anna.

„Ja", sagte Topson, „natürlich."

Nun war Anna doch wirklich überrascht, dass die Springkerne so einfach zu beschaffen waren. Sie hatte zumindest ein kleines Geheimnis um die Kerne erwartet. So etwas wie: Man kann sie nur bei Vollmond pflücken, oder man muss beim Pflücken einen bestimmten Vers aufsagen. Aber das war anscheinend nicht der Fall. Anna nahm sich jetzt ein paar Springkerne heraus. Diese fühlten sich etwas nass an, aber in ihrer Hand wurden sie innerhalb weniger Sekunden komplett trocken und waren bereit zum Aufknacken.

Anna hatte jetzt ungefähr dreißig Springkerne in ihrer Tasche und dachte, dass das wohl reichen würde.

„Prima, damit kann ich morgen nach Gutenland springen. Aber morgen ist morgen, und heute muss ich noch ein wenig schlafen", sagte Anna, und dabei gähnte sie schon.

„Ja", sagte Topson, „komm mit, ich habe noch ein Zimmerchen frei. Dort kannst du heute bleiben."

Sie gingen zusammen ins Haus, tranken einen Tee und aßen ein wenig Brei, den Topson und Tobi jeden Abend gemeinsam zu sich nahmen. Anna schlief in dieser Nacht tief und fest. Als sie aufwachte, hörte sie, dass draußen die Vögel wie verrückt herumzwitscherten.

„Guten Morgen", sagte Anna zu Topson, „was ist denn da draußen heute los?"

Topson hatte zwei dicke Möhren in seinen Ohren. Als er Anna sah, zog er eine davon heraus. „Heute ist Zwitscher-Tag."

„Zwitscher-Tag?", fragte Anna.

„Ja", antwortete Topson, „heute zwitschern draußen alle Vögel um die Wette, und derjenige, der am lautesten, am längsten und am meisten gezwitschert hat, bekommt abends den Zwitscher-Cup."

„Und was ist der Zwitscher-Cup?", fragte Anna.

„Der Zwitscher-Cup ist ein riesiger großer Blumenstrauß mit ganz vielen leckeren Kernen darin", antwortete Topson.

„Aber die Blumen stehen doch sonst auch hier immer und überall herum, die sind doch nichts Besonderes", sagte Anna.

„Es geht nicht um den Preis, sondern es geht einfach nur darum mitzumachen. Denn an etwas teilzunehmen, macht noch viel mehr Spaß, als den Preis zu bekommen."

„Da hast du recht, Topson, man kann sowieso nicht immer gewinnen, und mitzuspielen macht immer Spaß, egal, ob man gewinnt oder nicht. Aber in diesem speziellen Fall, also mit Janson, dem Niesriesen, muss ich das Spiel gewinnen, weil ich Schlawenskiwonsko befreien muss, und deswegen springe ich jetzt auch nach Gutenland."

„Moment noch", sagte Topson. „Ich habe entschieden, dass du Tobi mitnimmst. Er wird dich nach Dunkelland begleiten. Er ist ebenso klug wie du und hat schon einige Sprünge in andere Welten gemacht. Sicher kann er dir behilflich sein."

Anna freute sich: „Okay, prima. Hilfe ist mir immer willkommen." Tobi lächelte und nickte in ihre Richtung.

Topson kniete sich hin, nahm Anna in den Arm und sagte: „Viel Glück."

Sie schauten sich kurz an, und Anna sagte: „Danke für deine Hilfe und deinen Assistenten." Dann lächelte sie und streckte ihre Hand in Richtung Tobi aus. Dieser nahm die Hand von Anna, und sie waren bereit für den Sprung.

Der Fehler im Plan

Anna nahm einen Springkern zwischen die Zähne und dachte an den schönen Platz vor dem Holzhaus, vor dem sie gesessen hatte, als sie das erste Mal nach Gutenland gekommen war. Dann biss sie auf den Springkern. Es knackte einmal laut, und ehe sie es sich versahen, saßen Anna und Tobi gemeinsam auf der Holzbank in Gutenland.

Hier war es noch ziemlich früh am Morgen, und Anna wusste, dass Lillesol erst ein wenig später kommen würde. So schauten sich die beiden etwas um. Auch heute fiel Anna wieder auf, wie schön es hier war. Die Natur und alles um sie herum fühlte sich wohlig warm an. Die Bäume und Blumen kamen ihr fast wie ein kleines Wunder vor. ‚Wie konnte das alles so ganz von allein entstehen?', fragte Anna sich.

Oma hatte sie schon als kleines Kind immer mit in den Garten genommen und mit ihr über die Blumen, Bäume und Tiere gesprochen. Deswegen hatte Anna eine starke Beziehung zur Natur. Sie mochte Bienen, Vögel, Gras, Maisfelder, und sie mochte es besonders gern, wenn abends im Sommer die Sonne unterging – obwohl sie ja eigentlich nicht wirklich unterging, sondern sich die Erde nur von ihr wegdrehte. So hatte Anna es aus dem Weltatlas von Oma gelernt. Das Licht war jedenfalls abends besonders schön und golden. Dann konnte sie einfach nur dasitzen und zuschauen.

„Hallo", sagte Tobi, „bist du noch da?"

„Oh, entschuldige, ich habe wohl gerade ein bisschen geträumt", antwortete Anna.

Plötzlich hörte sie das bekannte Quietschen. Das war Lillesol. Ja, das war sie ganz sicher. Als Lillesol bei Anna ankam, sagte sie: „Guten Morgen, ihr Lieben, wie geht es euch denn heute?"

„Danke, gut", antwortete Anna. „Hast du vielleicht einen Brief für mich?"

„Ja. Woher weißt du das?"

„Ach, nur so, ich hab's mir halt gedacht, weil du hier raufgekommen bist."

„Das ergibt Sinn", sagte Lillesol. „Es kann aber auch sein, dass ich einfach hier zu dir hochkomme, um dich zu besuchen", fuhr sie lächelnd fort, „und dann habe ich vielleicht keinen Brief bei mir."

„Das fände ich auch schön", antwortete Anna, „aber heute brauche ich diesen Brief."

Lillesol kramte in ihrer Tasche. „Wo ist er denn, ja, wo ist er denn? Er war doch da, ja wo ist er nur?"

Anna wurde langsam nervös.

„Ahhhh", machte Lillesol plötzlich, „hier ist er ja."

Der zweite Umschlag, den Anna jetzt in die Hand bekam, trug Annas Namen. Denn nur so konnte Lillesol ja den Brief an Anna übergeben. Und jetzt bemerkte Anna, dass ihr Plan einen kleinen Fehler hatte. Sie hatte etwas Wichtiges vergessen. Sie hatte zwar den Brief für Janson der Niesriese in der Hand, aber sie konnte den Brief ja nicht mitnehmen nach Dunkelland. Mit diesem Brief, der ja aus ihrer Welt kam, konnte sie nicht weiterspringen, sondern lediglich ohne Brief.

Jetzt musste sie sich schnell etwas einfallen lassen.

Anna überlegte kurz, dann fragte sie Lillesol: „Du, Lillesol, kennst du den Postboten in Dunkelland, der in der Räubergasse die Post ausliefert?"

„Oh ja", sagte Lillesol, „den kenne ich. Ein übler Gesell. Kein netter Mann. Von solchen Leuten solltest du dich am besten fernhalten. Der hat viel zu viel Zeit mit bösen Menschen verbracht. Und das färbt irgendwann ab."

„Was meinst du damit", fragte Anna, „das färbt ab?"

„Na, das bedeutet, dass die Menschen die Gewohnheiten derer annehmen, die um sie herum sind. Und im Fall von Rundkopf sind das ganz schlimme Gewohnheiten."

„Rundkopf?", wiederholte Anna fragend.

„Ja, so heißt er", sagte Tobi. „Ich habe schon einmal seine Bekanntschaft gemacht. Nicht nett."

„Aber ich muss diesen Brief irgendwie nach Dunkelland schicken, und dann muss ich ihn persönlich an Janson übergeben. Wie stelle ich das nur an?", fragte Anna verzweifelt.

„Also", sagte Lillesol, „ich kann diesen Brief hier wieder in einen Briefkasten stecken und ihn nach Dunkelland schicken. Dort musst du ihn dann aber irgendwie abfangen. Er wird dort erst aus einem Postkasten geholt werden, und dann bekommt Rundkopf den Brief, weil er ja schließlich der Postbote ist. Wie du den Brief dann von Rundkopf zurückbekommst, das weiß ich nicht. Ich würde ihn jedenfalls auf keinen Fall danach fragen."

Tobi schüttelte den Kopf und wiederholte leise: „Auf keinen Fall fragen."

Anna musste kurz überlegen. War das klug, sich den Brief nach Dunkelland schicken zu lassen? Wie sollte sie den Brief dann von Rundkopf zurückbekommen? Aber sie hatte wohl keine andere Wahl. Der Brief musste nach Dunkelland, denn ohne ihn könnten sie Schlawenskiwonsko niemals befreien.

„Kannst du mir sagen, wo der Brief ankommen wird?", fragte Anna.

„Ja, in der Poststraße, da ist das große Postamt. Dort werden erst mal alle Briefe auf einen Haufen geworfen und dann in verschiedene Taschen gepackt. Rundkopf und die anderen Postboten müssen dann alle Briefe austragen. Wenn du Glück hast, kannst du den Brief abfangen, bevor er in die Tasche gesteckt wird. Ich bin aber froh, dass ich das nicht machen muss", beendete Lillesol ihren Satz.

Tobi legte die Hand auf Annas Schulter und sagte: „Uns wird schon etwas einfallen, wenn es so weit ist." Anna nickte.

„Mir gefällt Dunkelland überhaupt nicht. Und eigentlich, liebe Anna, solltest du auch nicht dort sein", sagte Lillesol.

„Ja, ich weiß", sagte Anna, „aber ich muss Schlawenskiwonsko befreien. Ich bin die Einzige, die ihm jetzt helfen kann."

Anna öffnete den Briefumschlag. Darin befand sich der nächste Brief, der an

Janson den Niesriesen in der Räubergasse adressiert war. Dann übergab sie den Brief an Lillesol. „Soll ich den Brief jetzt wirklich in den Postkasten stecken?", fragte diese.

„Ja. Wir werden heute Abend noch hierbleiben und morgen ganz früh nach Dunkelland springen."

„Das ist eine gute Idee", sagte Lillesol, „denn nachts solltet ihr wirklich nicht in Dunkelland sein. Wie wär's denn, wenn wir zusammen etwas Musik machen? Ich glaube, das Orchester spielt heute wieder."

„Oh, das ist eine schöne Idee", sagte Anna. Dann machten die drei sich auf in Richtung Musikhaus.

Anna sah ihre Freunde wieder und freute sich darüber, dass sie mit ihnen musizieren konnte. Das Kind, das sonst das Cello spielte, war zwar da, war aber sofort damit einverstanden, Anna das Cello für diesen Tag zu überlassen. Und so spielte Anna abermals wunderbare Musik und wusste, wenn sie wieder bei Oma Otilia sein würde, würde sie sofort anfangen, Cello spielen zu lernen.

Es fühlte sich wunderbar an, dort zu sein, wo alle immer freundlich miteinander waren. ‚Einen besseren Ort gibt es nicht', dachte Anna. ‚Na ja, außer vielleicht bei Oma Otilia.'

Rundkopf und die Post

Am nächsten Morgen war es dann so weit. Lillesol überreichte Anna und Tobi jeweils einen Umhang mit Kapuze. „Mit eurer Kleidung würdet ihr in Dunkelland viel zu sehr auffallen", erklärte sie.

Die beiden bedankten sich und nahmen Abschied. Anna stellte sich die dunkle Gasse gegenüber dem Haus vor, in dem Schlawenskiwonsko gefangen war. Sie fasste Tobi bei der Hand, nahm einen Springkern und biss darauf. Wie erwartet, klappte der Sprung auch diesmal gut.

Jetzt musste sie allen Mut zusammennehmen und dachte noch einmal an Hakomi: ‚Du bist immer so groß, wie du selbst dich machst.'

Sie hatte schon einmal großen Mut bewiesen, nämlich, als sie bei Janson dem Niesriesen im Zimmer gestanden und ihm die Trinketinte ins Glas geschüttet hatte. Jetzt würde sie den nächsten Schritt machen müssen: Sie musste Rundkopf irgendwie austricksen, um an ihren Brief zu gelangen.

„Wir müssen die Post finden. Weißt du, wo die ist?", fragte Anna Tobi.

Tobi schaute aus der Gasse heraus, nach rechts und links und sagte: „Nein, hier kenne ich mich auch nicht aus."

Erst jetzt fiel Anna auf, dass es eigentlich Tag hätte sein müssen in Dunkelland. Aber irgendwie war es hier anscheinend immer dunkel, sogar tagsüber.

‚Na ja, bei dem Namen Dunkelland', dachte Anna, ‚ist das wohl auch kein Wunder.'

Sie überlegte: Wie könnten sie die Post finden? Da sie sich hier nicht auskannte, blieb ihr nichts anderes übrig, als sich durchzufragen. Es waren nicht gerade viele Menschen auf der Straße, die sie nach dem Weg hätte fragen können. Am Ende der Straße sah Anna aber zwei Frauen miteinander reden. Tobi und sie gingen auf die beiden zu, und Anna fragte: „Entschuldigen Sie bitte, können Sie mir sagen, wo

die Post ist?" Die beiden Frauen schauten sie erst an und fingen dann ganz laut an zu lachen. Dabei sah Anna, dass sie komplett kaputte, schwarze Zähne hatten und auch sonst nicht sehr gepflegt aussehen.

„Hast du das gehört?", sagte die eine Frau sehr laut. „Entschuldigen Sie bitte, sagte die Kleine. Wo gibt's denn sowas?"

Anna wusste, dass sie aufgefallen war, weil die Leute hier in der Regel anscheinend nicht so freundlich miteinander umgingen.

„Wisst ihr beiden Dreckvögel jetzt, wo die Post ist, oder nicht?", fauchte Tobi die beiden jetzt völlig unerwartet an.

Das war anscheinend die Sprache, die die beiden Frauen besser verstanden. ‚Das war wirklich klug von Tobi', dachte Anna. ‚Man muss sich den Gegebenheiten anpassen, und wenn man merkt, dass man mit der einen Taktik nicht weiterkommt, dann muss man eben schnell eine andere wählen.'

Nun jedenfalls machten die beiden Frauen ein ernstes Gesicht. Eine sagte: „Da drüben, du dummes Ding." Sie zeigten auf ein riesiges Haus mit einer großen Laterne darüber.

„Gut gemacht", sagte Anna zu Tobi.

„Kein Problem", antwortete Tobi kurz und knapp.

Die beiden befanden sich nun vor der Post, die von einer großen Laterne erleuchtet wurde. Reiter kamen an, und andere ritten wieder weg. Sie brachten und holten anscheinend Post und verteilten diese dann im ganzen Land. So etwas kannte Anna schon aus dem Museum. Dort gab es nämlich auch eine Abteilung, in der man sehen konnte, wie damals die Briefmarken, Stempel und sogar die Postboten ausgesehen haben. Oma hatte ihr beim letzten Museumsbesuch erklärt, wie das früher mit der Post war, als der Postbote die Briefe noch zu Pferd austrug. Plötzlich wurde Anna auch klar, warum hier alles so komisch war: Sie befand sich in einer ganz anderen Zeit, ein paar hunderte Jahre vor ihrer eigenen Zeit. Alles war schmutzig, grau, unhöflich, und es stank hier immerzu.

Jetzt ging es aber darum, den Brief zu finden. Hierzu mussten sie aber in Erfahrung bringen, wie die Briefe in die Post hineinkamen. Sie trauten sich nicht, direkt in die Post zu gehen, und warteten deswegen ein wenig außerhalb, um das Geschehen erst einen Moment lang zu beobachten. Nach einer Zeit kam eine Kutsche angefahren. Diese hatte eine große Kiste aufgeladen. Anna und Tobi sahen, wie zwei Männer die Kiste ins Haus brachten.

Der eine sagte: „Na, heute ist's aber ganz schön viel Post." Das war die Information, die Anna und Tobi benötigten.

Nun musste Anna irgendwie ins Gebäude gelangen und ihren Brief zu fassen bekommen. Da fiel ihr plötzlich ein Mann auf. Er war besonders groß, hatte ein kugelrunden und kahlen Kopf. Das musste Rundkopf sein.

„Rundkopf", sagte Tobi und zeigte dabei auf den Mann.

„Hab ich mir schon gedacht", antwortete Anna.

Haare hatte der Mann keine, dafür aber einen schwarzen Schnurrbart. Rundkopf sah nicht freundlich aus, und Anna dachte an Lillesol und das, was sie über Rundkopf gesagt hatte. Sie entschied, sich so weit wie möglich von ihm fernzuhalten.

„Ich muss in die Post", flüsterte Anna.

„Und dann?", fragte Tobi.

„Mir wird schon was einfallen, wenn ich erst einmal drin bin", sagte Anna.

Anna schlich sich in das Gebäude. Zum Glück hatte sie den Umhang von Lillesol bekommen, ansonsten wäre sie bestimmt sofort aufgefallen. In der Post liefen viele Menschen hin und her. Kinder und Erwachsene kamen mit leeren Taschen herein und gingen mit vollen Taschen hinaus. Jetzt sah Anna die Kiste, die gerade von der Kutsche abgeladen worden war. Zwei Männer nahmen die Kiste, öffnen sie, kippten sie um und schütteten den Inhalt in eine andere große Kiste. Anna hatte Glück, sie konnte ihren Brief schnell entdecken, denn er sah völlig anders aus als all die anderen Briefe.

Die anderen Briefe hatten alle große Umschläge und waren bräunlich. Der Brief von Anna aber war etwas kleiner und steckte in einem weißen Briefumschlag. Das hatte wahrscheinlich mit den verschiedenen Zeiten zu tun, in denen diese Briefe geschrieben worden waren.

‚Gut', dachte Anna, ‚das war ja einfacher, als ich dachte.' Jetzt musste sie nur noch irgendwie an den Brief herankommen. Wieder brauchte sie eine List, denn sie musste die Leute, die jetzt die Briefe sortierten, kurz von ihrem Platz weglocken, damit Anna sich ihren Brief schnappen konnte. Sie hatte aber keine Idee, wie sie das anstellen sollte. Dann sah sie, wie ein Junge die Briefe in die Hand nahm und in eine große Tasche packte. Auf der Tasche stand ein Name: Rundkopf.

Plötzlich hatte Anna eine Idee. Sie nahm all Ihren Mut zusammen und ging zu dem Jungen.

„Hey du, ich bin die neue Hilfe für Rundkopf und soll die Tasche abholen", sagte sie frech.

Der Junge schaute Anna an und fragte: „Wer bist du denn? Ich weiß nichts von einer neuen Hilfe."

„Willst du dich wirklich mit Rundkopf anlegen? Na warte, ich werde ihn eben holen. Dann wird er dir schon erzählen, wer ich bin", antwortete Anna mutig.

Der Junge fühlte sich plötzlich nicht mehr wohl in seiner Haut. Er wich etwas zurück und stammelte: „Na gut, dann nimm die Tasche eben, mir doch egal."

Anna nahm die schwere Tasche und hängte sie sich um die Schulter. Zur Sicherheit und damit der Junge ihr nicht hinterherlaufen würde, schaute sie den Jungen eindringlich an und sagte: „Da hast du aber Glück gehabt, verdammtes Glück."

Anna ging mit der schweren Tasche in Richtung Ausgang. Sie versteckte sich kurz in einer dunklen Ecke, öffnete die Tasche, nahm schnell ihren Brief heraus und steckte ihn ein. Als sie wieder hinter der Ecke hervorkam, sah sie, wie Rundkopf auf den Jungen zuging. Er fragte ihn wütend: „Wo ist meine Tasche?"

Der Junge sagte: „Die, die hab ich deiner neuen Hilfe gegeben. Sie ist da langgelaufen."

„Neue Hilfe?", fragte Rundkopf. „Du Dummkopf", und er versetzte dem Jungen ein Tritt in den Hintern.

‚Ein wirklich unangenehmer Zeitgenosse', dachte Anna in diesem Moment. Sie schoss jetzt wie der Blitz aus der Post, aber Rundkopf lief ihr hinterher.

„Haltet sie, haltet sie fest", lief er laut. Aber Anna konnte hervorragend rennen. Als sie draußen war, flitzte sie direkt um die nächste Ecke, zog ihren Umhang aus und versteckte sich hinter einer Holzkiste. Doch wo war Tobi?

Rundkopf kam wütend aus der Post gelaufen.

Das rief jemand ganz laut: „Da ist sie lang, da ist sie lang." Dieser Jemand war Tobi, und er zeigte bei seinem Ruf in genau die entgegengesetzte Richtung von Anna, sodass Rundkopf jetzt in die falsche Richtung lief.

Tobi lief zu Anna und grinste. „Bis der merkt, dass er in die falsche Richtung läuft, sind wir längst über alle Berge."

„Gut gemacht, Tobi, danke."

Tobi nickte. „Hast Du den Brief?"

„Ja, was hast du denn gedacht?", antwortete Anna. Tobi lächelte.

Dann machten sich die beiden auf den Weg zum Haus von Räuberhauptmann Janson, dem Niesriesen. Rundkopf rannte derweil noch eine Zeit lang in die falsche Richtung und hatte Annas Spur verloren.

‚Das ist ja noch einmal gut gegangen', dachte Anna. Sie war stolz auf sich, denn sie hatte all ihren Mut zusammengenommen, um ihren Freund zu befreien. Sie fühlte sich irgendwie größer als sonst. Obwohl das natürlich Quatsch war, denn niemand wächst innerhalb von ein paar Minuten so, dass er es merken würde. Doch das war eine andere Art von Wachsen. Es geschah mehr in ihr. Als sie den Jungen in der Post angesprochen hatte, hatte sie sich groß gemacht. Das hatte Hakomi also gemeint, als er gesagt hatte: „Du bist immer so groß, wie du selbst dich machst."

Der Moment der Wahrheit

Jetzt erreichten sie das Haus von Janson. Sie klopfte an der Haustür, und nach einem kurzen Moment öffnete Kralle. „Da bist du ja endlich", sagte er. „Und wer ist der da?"

„Das ist ein Freund, der musste mit, anders wäre es nicht gegangen", antwortete Anna knapp.

„Los, rein mit euch. Ich hoffe, du hast, worauf Janson wartet. Er hat heute nämlich keine gute Laune."

„Ja", sagte Anna. „Ich habe alles. Erst will ich aber sehen, ob es Schlawenskiwonsko gut geht."

Kralle brachte Anna in den Raum, in dem Schlawenskiwonsko saß. „Hallo, Anna, hallo, Tobi", sagte Schlawenskiwonsko. „Es geht mir gut, aber ich habe ganz schön lange auf dich gewartet. Hast du alles bekommen? Und hat alles geklappt?"

„Ja", sagte Anna. „Ich habe hier den Brief für Janson. Damit müsste sich alles klären."

„Gut", sagte Schlawenskiwonsko, „viel Glück."

In diesem Moment sagte Kralle: „Bleib noch hier, ich werde Janson eben Bescheid sagen, dass du angekommen bist. Dann werden wir ja sehen."

Kralle schloss die Tür hinter sich, und nun waren Schlawenskiwonsko, Anna, Tobi, Sassi und Hakomi allein. Sassi freute sich sichtlich, dass Anna wieder da war. Hakomi sagte, wie zu erwarten war, gar nichts, sondern verbeugte sich nur.

„Das war wirklich ganz schön schwierig", sagte Anna. „Aber Tobi und ich haben es geschafft. Ich habe einen Brief von einem König, der Janson eigentlich zufriedenstellen sollte. Wenn Kralle gleich zurückkommt, dann sollten wir alle gemeinsam gehen. Irgendwie sagt mir mein Bauch, dass das besser ist."

Schlawenskiwonsko sagte: „Ein guter Plan." Alle waren sich einig und nickten.

Dann flüsterte Anna Schlawenskiwonsko leise etwas ins Ohr. „Du, Schlawenskiwonsko, wir müssen Sassi jetzt gleich in die Bienenschachtel stecken. Ich werde Janson nämlich ein wenig die Unwahrheit sagen müssen, und da kann ich das Gebrumme von Sassi gar nicht gebrauchen."

„Verstehe", sagte Schlawenskiwonsko, „aber du weißt, dass Sassi nicht gern in der Schachtel ist. Und wenn sie hört, dass du nicht die Wahrheit sagst, dann wird ihr das auch nicht gefallen. Aber gut, wir werden es probieren."

„Sassi", rief Anna, griff in ihre Tasche und holte die Bienenschachtel heraus, die Schlawenskiwonsko ihr in Gutenland gegeben hatte. Als Sassi die Schachtel sah, wurde sie ganz nervös, flog zur Zimmertür und kam wieder zurück.

Anna sagte: „Liebe Sassi, ich brauche jetzt deine Hilfe." Sassi flog dicht vor Annas Nase und hörte zu.

„Weißt du, im Moment kannst du mir am besten helfen, wenn du in dieser Schachtel bist und dort drinnen ganz leise bleibst. Wirst du mir helfen?"

Sassi war zwar nicht so ganz damit einverstanden, dennoch flog sie langsam zur Schachtel, setzte sich erst darauf, und dann krabbelte sie in die geöffnete Schachtel. Anna ließ die Schachtel noch offen, bis sie Schritte im Flur hörte und jemand die Tür öffnete. Dann schob sie die kleine Schachtel zu und steckte sie wieder in ihre Tasche.

Die Tür öffnete sich, und Kralle kam herein: „Los, komm raus, er will mit dir sprechen", sagte er unfreundlich zu Anna.

„Ich gehe nur mit meinen Freunden, denn diese Angelegenheit geht uns alle an", antwortete Anna. Schlawenskiwonsko stand von seinem Stuhl auf, und er, Anna und Tobi gingen schnurstracks auf Kralle zu. Dieser machte Platz und wunderte sich darüber, wie mutig die drei einfach durch die Tür marschierten. Als Letzter schlich Hakomi unbemerkt durch die Tür und stellte sich wieder in die dunkle Ecke vor dem Raum. Sassi war ganz still in ihrer Schachtel neben dem königlichen Brief aus Großgoldland.

Sie wurden von Kralle in den großen Raum gebracht, in dem die Herren Räuber wieder wie gewohnt feierten. Als Anna, Tobi und Schlawenskiwonsko eintraten, wurde es ganz still im Raum.

Janson der Niesriese stand auf und sagte: „Ah, da bist du ja wieder. Hast du mir denn etwas Schönes mitgebracht?"

„Ja, das habe ich", sagte Anna und zog den Brief aus ihrer Tasche.

„Das ist ein Brief vom König von Großgoldland. Ich habe ihm von dir erzählt. Er hatte schon oft viele tolle Geschichten über dich gehört, und deswegen war es für ihn ganz einfach, diesen Brief zu schreiben. Er wollte das eigentlich schon seit Langem tun, aber war bis jetzt noch nicht dazu gekommen. Der König von Großgoldland bat mich, dir diesen Brief unbedingt persönlich zu bringen." Sassi brummte in der Bienenschachtel. Anna konnte das spüren, weil die Schachtel nah an ihrem Körper lag.

„Hört, hört", sagte Janson, „ein Brief vom König von Großgoldland."

Ein Raunen und Staunen ging durch die Menge, und alle grummelten leise etwas in ihren Bart.

Zu hören war: „Oh ja, das wurde aber auch Zeit."

„Na, das klingt ja toll. Mal sehen, was drinsteht."

„Ich hab schon immer gewusst, dass er der Größte ist."

„Jawohl, kein anderer ist größer als er."

„Nun gib den Brief schon her", sagte Janson, und Anna überreicht ihm den Brief.

Schlawenskiwonsko schlotterten vor Aufregung ein wenig die Knie. Mit einem langen Messer öffnete Janson der Niesriese den Brief. Dann stach er das Messer mit einer kräftigen Bewegung in den Tisch, schaute einen Moment auf den Brief und sagte: „Kralle, komm her und lies vor."

Kralle gehorchte, stand auf und nahm den Brief in die Hand. So, wie Janson den Brief gehalten hatte, vermutete Anna jedoch, dass er in Wirklichkeit gar nicht lesen konnte. Und weil er sich vielleicht etwas dafür schämte, gab er Kralle den Brief, damit er ihn laut vorlas.

Und das tat er auch:

„Sehr geehrter Herr Janson, der Niesriese,

ich habe von meiner Freundin Anna gehört, was für ein beeindruckender Mann mit einer erlesenen Gefolgschaft Sie sind.
Die räuberischen Geschichten, die ich über Sie gehört habe, haben mich sehr beeindruckt. Deshalb verleihe ich Ihnen hiermit den Titel:
„GRÖSSTER RÄUBERHAUPTMANN ALLER ZEITEN UND ALLER WELTEN"
Dieser Titel ist weltweit gültig und wird Sie überall berühmt machen.
Ich hoffe, dass ich Sie bald persönlich kennenlernen werde.
Bis dahin warte ich gespannt auf weitere Geschichten, die Anna mir hoffentlich von Ihnen erzählen wird.

Hochachtungsvoll und mit aller Ehrerbietung,
König Hausenius von Großgoldland"

Janson wiederholte laut: „Hochachtungsvoll und mit aller Ehrerbietung. Seht ihr, Männer, selbst ein König hat Respekt vor mir."

Einer der Räuber stand auf, hob seinen Becher in die Luft und sagte: „Trinken wir auf Janson den Niesriesen, den größten Räuberhauptmann der Welt." Jetzt standen alle Männer auf, hoben ihre Becher in die Luft und riefen: „Jawohl, auf Räuberhauptmann Janson den Niesriesen. Prost." Sie tranken die halben Becher mit ein paar großen Schlucken leer und setzten sich wieder hin.

Janson schien sehr zufrieden zu sein und genoss den Respekt seiner Männer.

„So", sagte Anna, „das ist der Brief, der größte Anerkennung für Sie zeigt." Anna merkte nebenbei, wie Sassi in ihrer Schachtel immer nervöser brummte und summte. Die ganze Bienenschachtel vibrierte schon, und Anna hoffte, dass Sassi sie nicht allein öffnen konnte. „Dürfen wir jetzt gehen? Ich habe doch Ihr Wort, oder etwa nicht?"

„Mein Wort", sagte Janson der Niesriese. „Mein Wort?", fragte er laut in die Runde. Plötzlich fingen alle Männer laut an zu lachen. „Glaubst du wirklich, dass ich euch so einfach laufen lasse?", fragte er Anna.

„Ein Wort von Ihnen ist so viel Wert wie Gold. Genau das jedenfalls habe ich dem König von Großgoldland erzählt. Das ist doch wahr, oder?", fragte Anna mutig und hörte Sassi wieder laut brummen.

Das brachte Janson in eine schwierige Situation. Eigentlich wollte er Anna, Tobi und Schlawenskiwonsko nicht laufen lassen. Aber nun sah er sich gezwungen, sein Wort zu halten. Er wollte vor all seinen Männern schließlich nicht sein Gesicht verlieren. Denn auch das Wort eines Räuberhauptmannes zählte, und man musste sich auch als Räuber auf das Einhalten von Versprechen verlassen können. Janson der Niesriese überlegte angestrengt.

> Sehr geehrter Herr Janson der Niesriese,
>
> ich habe von meiner Freundin Anna gehört, was für beeindruckender Mann mit einer erlesenen Gefolgsch Sie sind.
>
> Die räuberischen Geschichten, die ich über Sie gehört habe, haben mich sehr beeindruckt. Deshalb verleihe ic Ihnen hiermit den Titel:
>
> "Größter Räuberhauptmann aller Zeiten und aller Welten
>
> Dieser Titel ist weltweit gültig und wird Sie überall berühmt machen.
>
> Ich hoffe, dass ich Sie bald persönlich kennenlernen werde.
>
> Bis dahin warte ich gespannt auf weitere Geschichten, die Anna mir hoffentlich von Ihnen erzählen wird.
>
> Hochachtungsvoll und mit aller Ehrerbietung,
>
> König Hausenius
> von Großgoldland

Rundkopf ist zurück

Plötzlich hämmerte es laut an der Haustür. „Aufmachen, lasst mich sofort rein", hörten sie eine wütende Stimme von draußen rufen.

Janson zeigte mit einer Handbewegung auf Kralle, und dieser wusste, dass er die Tür aufmachen sollte. Kralle ging zur Tür, und alle konnten hören, wie ein großer schwerer Mann ins Haus kam, der unheimlich schimpfte. Die Tür öffnete sich. Kralle und der Mann kamen herein. Es war Rundkopf. Er hatte nicht nur einen runden, sondern jetzt auch noch einen roten Kopf, denn er war anscheinend lange gelaufen, um Anna zu finden.

„Da bist du ja", fluchte er. „Du hast mir etwas aus meiner Tasche gestohlen."

„Ich?", fragte Anna und machte einen kleinen Schritt nach hinten. „Ich habe noch nie etwas gestohlen." Sassi wurde immer nervöser in ihrer kleinen Schachtel.

„Ich habe dich doch eben bei der Post gesehen, mit meiner Tasche. Da hast du etwas rausgenommen."

„Nein", sagte Anna, „ich war nicht bei der Post, nie und nimmer nicht. Was sollte ich denn da auch?"

Die Situation wurde schwieriger und schwieriger, und Anna, Tobi und Schlawenskiwonsko dachten schon, dass sie hier jetzt nie mehr herauskommen würden. Rundkopf kam auf Anna zu, packte sie und stellte sie auf einen Stuhl.

Dann schaute er ihr tief in die Augen und sagte: „Sag mir die Wahrheit: Warst du eben in der Post und hast mir einen Brief gestohlen?" Sie spürte dabei den Atem von Rundkopf, der stark nach Tabak und sonst noch was roch.

„Nein", sagte Anna, „hab' ich nicht. Ich würde doch niemals etwas von Ihnen wegnehmen. Dann wäre ich ja komplett verrückt, oder?" Sassi brummte und summte, und die kleine Bienenschachtel vibrierte jetzt immer stärker in ihrer Brusttasche. Da mischte sich Schlawenskiwonsko plötzlich ein und sagte: „Ich bin

an allem schuld. Ich werde euch jetzt die Wahrheit erzählen. Also, es war so…"

In dem Moment, als er gerade beginnen wollte, das mit dem Gedankendrucker, der Trinketinte und dem Brief vom König aus Großgoldland zu erzählen, öffnete Sassi die Bienenschachtel und flog aus Annas Tasche. Mit einem gewaltigen Summen und Brummen zischte sie völlig aufgeregt durch den ganzen Raum und löste unmittelbar eine Riesenpanik aus.

„Eine Biene, Hilfe, eine Biene!", schrie der Erste.

„Bloß weg, eine Biene!", schrie ein anderer.

Sehr zu Annas Verwunderung fürchteten sich die Räuber zwar kaum in der Dunkelheit, hatten aber anscheinend unheimliche Angst vor einer kleinen Biene.

Alle versuchten, nach Sassi zu schlagen. Sie konnte aber viel zu gut fliegen und somit allen Attacken der Räuber ausweichen.

Die Panik im Raum wurde immer größer. Auch Rundkopf und Janson der Niesriese kreischten um die Wette und versteckten sich vor der kleinen Biene hinter Vorhängen und überall, wo sie nur konnten. Alle rannten durcheinander, rempelten einander um und fielen auf den Boden. Besser hätte es nicht sein können. Denn nun war der Zeitpunkt gekommen, um sich zu verdrücken. Anna, Tobi und Schlawenskiwonsko schauten sich an. Ohne ein einziges Wort zu reden, waren sie sich sofort einig und liefen in Richtung Tür. Sie verließen erst das Zimmer, öffneten die Haustür und rannten hinaus auf die Straße. Hakomi war den dreien gefolgt. Im Haus herrschte immer noch die reinste Panik.

Einer der Räuber hatte in der Panik die Zimmertür geschlossen, und jetzt konnte Sassi nicht mehr hinaus. Anna hatte das gesehen. Sie nahm einen Stein, den sie auf der Straße liegen sah und warf eine Fensterscheibe ein. Das vergrößerte die Panik im Raum nur noch mehr. Sassi aber verstand sofort, was Anna ihr mit dem Steinwurf sagen wollte, und flog durch das Loch in der Fensterscheibe nach draußen auf die Straße.

Nun waren alle wieder zusammen und endlich in Freiheit. Sie liefen, gefolgt von Sassi, bis zum Ende der Straße, an der Post vorbei, aufs freie Feld hinaus und dann in einen Wald hinein. Anscheinend wurden sie nicht verfolgt, denn draußen war es komplett ruhig. Da erinnerte Anna sich an die Kekse, die sie bei Tamusine eingesteckt hatte. Sie gab Schlawenskiwonsko und Tobi von den Keksen und aß selbst auch einen. Hakomi mochte anscheinend keine Kekse.

„Danke, Anna", seufzte Schlawenskiwonsko erleichtert. „Das mit dem Brief war ein guter Plan, und letzten Endes hat es so ja auch geklappt. Es war sehr nett von dir, dass du mir geholfen hast."

„Das ist doch selbstverständlich", antwortete Anna. „Aber bitte lass dich das nächste Mal nicht wieder gefangen nehmen, okay?"

„Gut", sagte Schlawenskiwonsko. „Man sollte sich sowieso am besten ganz von

Dunkelland und allem, was damit zu tun hat, fernhalten. Hier und bei den Menschen, die hier leben, findet man nichts Gutes."

„Stimmt", sagte Tobi nun. „Man findet nichts Gutes und erlebt nicht Gutes. Ich für meinen Teil komme hier auch nie wieder hierher."

„Das sehe ich auch so. Anscheinend hat sich hier alles Böse der Welt versammelt. Ich komme auch nicht mehr hierher zurück", erwiderte Anna. „Komisch, ich werde jetzt plötzlich ganz müde."

„Ich auch", antwortete Schlawenskiwonsko. „Sag mal, Anna, woher hast du denn die Kekse?"

„Die habe ich von Tamusine bekommen."

„Oh", sagte Schlawenskiwonsko, „Kekse von Tamusine sind immer etwas Besonderes. Einmal machen sie müde, manchmal machen sie lustig, ein anderes Mal machen sie dich groß oder klein. Man muss immer aufpassen. Diese hier machen anscheinend müüüde." Schlawenskiwonsko konnte vor Müdigkeit kaum noch sprechen.

„Ja", sagte Anna. „Ich möchte jetzt einfach in mein Bett und schlafen, denn für heute habe ich wirklich genug erlebt. Wie komme ich denn jetzt zurück zu Oma Otilia?"

„Nimm einfach einen Springkern und spring direkt in dein Bett", sagte Schlawenskiwonsko und lachte dabei. Anna umarmte erst Schlawenskiwonsko und dann Tobi. Sie bedankte sich bei ihm für seine Hilfe. Dann verbeugte sie sich vor Hakomi.

Zuletzt sprach sie mit Sassi: „Das hast du sehr gut gemacht, Sassi. Am Ende hast du uns alle gerettet. Obwohl du die Kleinste von allen bist, hast du die größte Tat vollbracht." Sassi zwinkerte ihr zu.

Anna schaute ihre Freunde noch einmal liebevoll an, nahm einen Springkern und biss darauf.

> Obwohl du die Kleinste von allen bist, hast du die größte Tat vollbracht.

Der dritte Satz

Als Anna aufwachte, stellte sie fest, dass sie komplett angezogen und mit beiden Schuhen im Bett lag. Sie hatte wirklich gut geschlafen, stand auf, ging zum Fenster und schaute hinaus. Das Wetter war schön, und Anna fühlte sich zufrieden. Sie hatte das Gefühl, etwas abgeschlossen und etwas gelernt zu haben. Auch machte es sie zufrieden, jemandem geholfen zu haben, nämlich ihrem Freund Schlawenskiwonsko.

‚Glück', dachte sie in diesem Moment, ‚was ist das eigentlich?' Vielleicht würde sie einmal mit Oma Otilia darüber sprechen.

Anna fragte sich gerade, ob es morgens oder nachmittags war. Na ja, eigentlich war sie für Oma, also in Omas Zeit, nicht wirklich lange weg gewesen. Sie entschied sich dafür, schnell die Schuhe auszuziehen und dann auf Socken leise nach oben zum Dachboden zu schleichen.

Oben angekommen, ging sie zum Koffer und legte den roten Schuh hinein. Sie nahm das Buch aus dem Koffer und schaute auf die erste Seite. Dort stand immer noch:

Schade weder dir selbst noch anderen.

Sei immer hilfsbereit und gut.

Jetzt dachte Anna laut nach. Was hatte sie in ihrem Abenteuer mit Janson dem Niesriesen und dem dritten Schuh gelernt?

Sie machte eine kurze Pause und sagte: „Große Nieser sind gefährlich, wenn man in der Nähe steht." Jetzt musste sie über sich selbst lachen. Das war wohl eher nichts, was in das Buch hineingehörte.

Sie sprach weiter: „Nicht nach Dunkelland gehen. Lillesol hatte gesagt: Von solchen Leuten solltest du dich am besten fernhalten. Genau, dass man sich am besten fernhalten sollte von bösen Menschen und von dem, was diese Menschen mit

sich bringen. Nämlich Leiden durch Gewalt und Kriminalität."

Als sie das ausgesprochen hatte, entstand im Buch langsam ein neuer Satz. Dort stand jetzt:

Halte dich fern von Gewalt und Kriminalität.

Anna las diesen Satz noch einmal laut vor: „Halte dich fern von Gewalt und Kriminalität." Das war sicherlich ein guter Rat und passte zu dem, was sie erlebt hatte. Janson der Niesreise und die anderen waren wirklich gemeine Gesellen, und jeder, der mit ihnen zusammen war oder längere Zeit zusammenblieb, würde sich

sehr wahrscheinlich ebenso entwickeln. Am Ende, da war Anna sich sicher, würde man so immer auf einen schlechten Weg kommen. Nun las sie alle drei Sätze noch einmal:

„Schade weder dir selbst noch anderen.

Sei immer hilfsbereit und gut.

Halte dich fern von Gewalt und Kriminalität."

Sie dachte noch einen Moment über das Erlebte nach. Dann legte sie den dritten Schuh wieder in den Koffer und schloss diesen. Das war mit Sicherheit das aufregendste Erlebnis mit Schlawenskiwonsko und den anderen gewesen. Aber es hatte sie auch innerlich am meisten wachsen lassen. ‚War das etwa immer so?', fragte Anna sich. ‚Wird man umso stärker, je größer eine Herausforderung ist?'

Jetzt wollte sie kurz schauen, wo Oma war und was sie gerade machte. Anna lief die Treppe hinunter und fand Oma erst gar nicht. Dann sah sie sie durch das

Fenster im Garten. Anna zog sich ihre Gartenschuhe an und ging hinaus.

„Hallo, Oma, was machst du denn?", fragte Anna.

„Ich muss mich ein wenig um die Pflanzen kümmern", sagte sie. „Willst du mir helfen?"

„Ja, gerne", antwortete Anna.

Anna schaute sich um und sah etwas weiter hinten wieder diese wunderbare Blumenwiese. Diesmal ging sie direkt dorthin und sparte es sich, Oma Otilia zu fragen, ob sie die Blumenwiese auch sehen würde. Sie ging ganz nah an die Wiese, und dieses Mal blieb die Wiese. Und wen sah sie da auf einer Blume sitzen? Sassi. Sassi schaute sie kurz an, und dann flog sie davon. Nachdem Anna im Museum schon andere merkwürdige Gestalten gesehen hatte, war es für sie keine wirkliche Überraschung mehr, dass sie Sassi hier sehen konnte. Anscheinend konnten die Welten, in denen Anna gewesen war, und ihre eigene Welt hier bei Oma, sich auf irgendeine Art und Weise berühren und ineinanderfließen.

Auf dem Weg zu Oma drehte Anna sich noch einmal um. Die Wiese war verschwunden. Anna lächelte, das hatte sie schon erwartet. Als sie ganz nah bei Oma stand, nahm sie sie erst einmal in den Arm.

„Oh", sagte Oma, „das finde ich aber schön. Umarmungen sind immer gut."

„Ja", sagte Anna, „das finde ich auch. Man sollte sich eigentlich viel öfter mal umarmen."

„Richtig, meine Liebe", meinte Oma, „da hast du absolut recht." Dann drückten sich beide noch einmal und lachten dabei. Anna hatte herausgefunden, dass es noch immer Vormittag und sie also in Omas Augen nur ein paar Minuten weg gewesen war. Anna hatte in dieser kurzen Zeit viel Aufregendes erlebt. Das letzte Sprung-Erlebnis war ihr eigentlich schon fast ein wenig zu abenteuerlich gewesen. Trotzdem, am Ende hatte sie mit einer List und viel Mut einen Räuber ausgetrickst. Wer kann schon von sich sagen, so etwas Tolles in den Ferien erlebt zu haben?

Für die nächsten Tage aber, so nahm sie sich vor, würde sie erst einmal auf Abenteuer verzichten. Sie wusste inzwischen mit Gewissheit, dass sie den nächsten

Schuh auch ein paar Tage später anziehen konnte, und deshalb hatte sie keine Eile.

So verbrachten Anna und Oma Otilia zwei schöne Tage miteinander, ohne dass Anna den Wunsch verspürte, den nächsten Schuh anzuziehen. Sie setzte sich mit Oma an den See. Gemeinsam schauten sie aufs Wasser, genossen die warme Sonne und machten ein wunderbares Picknick. Ab und zu dachte Anna, sie hätte Sassi gesehen, die ja zwischen allen anderen Bienen auffiel, weil sie eine Brille trug.

Abends erzählte Oma Otilia ein wenig von Opa und seinem Cellospiel, und dabei hörten sie viel Musik. Einmal schauten sie ein paar Fotoalben an und blätterten gemeinsam in dem großen Atlas. Anna stellte viele Fragen, und Oma antwortete, so gut sie konnte. Einmal sagte Oma seufzend: „Niemand kann alles wissen, und niemand wird jemals alles wissen. Trotzdem solltest du immer versuchen, so viel wie möglich zu lernen und zu verstehen. Das macht das Leben leichter. Klugheit, Hilfsbereitschaft, Mut und Durchhaltevermögen sind die Voraussetzungen für Erfolg und ein glückliches Leben."

> **Klugheit, Hilfsbereitschaft, Mut und Durchhaltevermögen sind die Voraussetzungen für Erfolg und ein glückliches Leben.**

Irgendwann fragte Anna Oma Otilia nach dem Glück. Sie wollte gern wissen, was es damit genau auf sich hatte. Das Thema „Glück" musste aber noch ein wenig warten. Es war nämlich schon spät geworden an diesem Tag, und Oma sagte, dass, wenn man sich über Glück unterhalten möchte, man etwas mehr Zeit bräuchte als nur einen kurzen Moment. Heute sei es dafür einfach schon zu spät.

Auch die Großen haben Angst

Am dritten Tag war Annas Neugier wieder zurück, und sie dachte an die zwei roten Schuhe, die noch im Koffer lagen. Sie spürte ganz genau: Heute war ein guter Tag, um den nächsten Schuh anzuziehen.

Nach dem Frühstück entschied sie deshalb, auf den Dachboden zu gehen. Als sie dann aber dort oben vor dem kleinen Koffer saß, überkam sie die leichte Angst, die ja immer über einen kommt, wenn man vor einer unbekannten Situation steht. Das sei, so hatte Oma Otilia erzählt, auch bei Erwachsenen nichts Ungewöhnliches.

„Auch die Großen sind nicht frei von Ängsten, und viele vermeiden neue, unbekannte Situationen, weil sie sich darin erst einmal nicht wohlfühlen. Und dort, wo man sich nicht wohlfühlt, entstehen manchmal Ängste", hatte Oma einmal erklärt.

So ging es Anna zum Beispiel in der Dunkelheit. Oma Otilia hatte ihr erzählt, dass sich niemand im Dunkeln so wohlfühlen würde wie im Licht. „Deshalb haben die Menschen ja die Lampen und das Licht erfunden. Weil sie eben sehen möchten, wohin sie gehen oder ob sie vielleicht irgendwo gegenlaufen. Diese Angst lässt uns automatisch vorsichtig werden." Ängste, das wusste Anna, sind manchmal auch wichtig: nämlich, um uns vor Gefahr zu schützen.

Doch auch wenn Anna all das wusste, so hatte sie dennoch immer noch Angst. Jetzt wurde ihr aber klar, dass es gar nicht darum ging, ihre Angst loszuwerden, sondern die Angst zu überwinden. Und dazu war sie bereit.

Sie schaute auf die zwei noch verbleibenden Schuhe und fragte sich: „Welchen nehme ich?"

Sie entschied sich für einen rechten roten Halbschuh. Vorsichtshalber schaute sie noch einmal kurz in ihre Tasche. Die Springkerne waren noch da. Gerade war ihr aufgefallen, dass die Springkerne anscheinend das Einzige waren, was sie zwischen den Welten hin- und hertragen konnte. Den Brief aus Großgoldland hatte sie ja nicht mitnehmen können. Jetzt erinnerte sie sich an das Glühlämpchen. Das hatte sie allerdings mit hinausnehmen können.

„Aha", rief Anna laut, „ich darf etwas mit rausnehmen, aber nichts hineinnehmen in die andere Welt. Außer den Springkernen. Die gehen in beide Richtungen."

Die Springkerne gaben Anna die Sicherheit, jederzeit wieder nach Hause springen zu können. Das vertrieb die Angst und machte Lust auf ein neues Abenteuer. Anna zog sich den roten Halbschuh an. Sobald sie das getan hatte, merkte sie, dass sie sofort in eine andere Welt gelangte. Diesmal brauchte sie also gar nichts zu tun, der Schuh machte alles von ganz allein.

Als sie sich umschaute, sah sie, dass sie auf einem weißen Fußboden in einer merkwürdigen Umgebung saß.

In Tristenland

Dort, wo Anna sich befand, war vieles weiß: die Häuser, die Fußwege. Doch etwas weiter vorn sah sie etwas Grünes. Sie stand auf und ging zu der Rasenfläche. Als sie genauer hinschaute und darüber strich, bemerkte sie, dass es sich um etwas Künstliches handelte.

Anna lief weiter und traf ein paar Menschen. Auch die hatten zumeist weiße Kleidung an, und sie sprachen eine unbekannte Sprache. Als sie Anna sahen, nickten sie ihr zu, sagten aber nichts. Anna schaute sich nach Schlawenskiwonsko um. Vielleicht war ja auch Sassi, Tobi oder Hakomi hier. Doch sie sah keinen ihrer Freunde, und deshalb lief sie einfach weiter.

Anna schaute sich genauer um. Es schien hier überhaupt keine Pflanzen zu geben. Sie sah keine Bäume, keine Büsche, keine Blumen, hörte keine Vögel oder andere Tiere. Das kam ihr sehr seltsam vor. Die Häuser, an denen sie vorbeikam, waren alle gleich: quadratisch und weiß.

Plötzlich sah sie eine Gruppe von Menschen, die anscheinend aufgeregt miteinander diskutierten. Anna lief dorthin. In der Nähe stand Schlawenskiwonsko mit Tobi, Hakomi und Sassi, die auf Schlawenskiwonskos Schulter saß. Anna freute sich natürlich sehr, dass ihre Freunde wieder bei ihr waren, und umarmte alle. Bis auf Hakomi. Der verbeugte sich wie immer, und Anna tat es ebenso. Dann fragte sie: „Wo sind wir hier, Schlawenskiwonsko? Und was ist hier los?"

„Wir sind in Tristenland, und da vorn stehen Menschen, die über etwas diskutieren."

„Ich finde es hier sehr merkwürdig", sagte Anna zu Schlawenskiwonsko.

„Ich auch", sagte Tobi, „keine Blumen, keine Tiere, keine Bäume. Seltsam, alles sehr seltsam."

„Keine Blumen, keine Blumen", summte Sassi leise.

Schlawenskiwonsko nickte. „Ja, Tristenland ist wirklich nicht schön. Zumindest empfinde ich es so. Eigentlich ist es ja auch kein Wunder. Schließlich deutet schon der Name darauf hin, denn ‚trist' heißt so viel wie ‚traurig'. Die Menschen hier haben den Kontakt zur Natur komplett verloren. Sie wissen nicht mehr, was Pflanzen sind, und haben sich irgendwann dafür entschieden, alle Pflanzen und Tiere zu vernichten, weil es der Umwelt nicht guttäte, diese zu haben. Seit vielen Hunderten Jahren gibt es hier deshalb keine Natur mehr, also auch keine Tiere. Es gibt keine Bäume, keine Blumen und weder Obst noch Gemüse."

„Aber was essen die Leute dann?", fragte Anna.

„Sie produzieren künstliches Essen. Das funktioniert anscheinend relativ gut, sodass die Menschen auf alles andere verzichten können", sagte Schlawenskiwonsko.

„Das ist bestimmt total ungesund. Und alle Menschen, die ich hier gesehen habe, sehen irgendwie nicht glücklich aus. Ich sehe auch weniger Kinder, und wenn ich welche sehe, dann spielen sie mit irgendwelchen elektrischen Geräten und nicht mit einem Ball draußen im Garten. Es gibt nicht mal einen richtigen Garten", bemerkte Anna.

„Ja", erwiderte Schlawenskiwonsko, „das ist schon seltsam, eben ganz anders als bei uns. Die Menschen hier sind in einer ganz bestimmten Phase angekommen, in der sie oder zumindest einige von ihnen merken, dass sie wieder zurück zur Natur finden müssen, um ein glückliches und gesundes Leben zu führen. Aber lasst uns einmal schauen, was da drüben los ist."

Die kleine Pflanze

Und so gingen die Freunde gemeinsam auf die Menschengruppe zu und schauten, worüber alle diskutierten.

Anna war erstaunt. In der Mitte der Menschenmenge stand ein Blumentopf mit einem kleinen Pflänzchen, das nicht höher als zwanzig Zentimeter war. Anna erkannte an den Blättern, dass es sich um eine kleine Eiche handelte. Sie kannte diese Art Baum gut, denn in der Nähe von Omas Garten standen viele davon. Die Menschen saßen und standen um diese kleine Pflanze herum, deren Blätter ein wenig traurig nach unten hingen, und diskutierten.

Schlawenskiwonsko war von der kleinen Gruppe der Einzige, der verstand, was die Menschen redeten. „Sie beraten sich."

„Worüber?", fragte Anna.

„Na, sie sehen, dass es der Pflanze nicht gut geht. Sie wissen aber nicht, was sie tun sollen, weil sie noch nie eine Pflanze gesehen haben."

„Noch nie eine Pflanze gesehen?", fragte Anna entsetzt.

„Ja, unvorstellbar, aber so scheint es zu sein", antwortete Tobi.

Anna ging näher an die Pflanze heran und sah sofort, dass diese Wasser brauchte. Leise sagte sie zu Schlawenskiwonsko: „Wir müssen sie gießen."

„Ja, das denke ich auch", sagte er, „aber es ist nicht unsere Aufgabe, das zu entscheiden. Sie müssen selber darauf kommen."

„Aber, dann wird die Pflanze vielleicht sterben", sagte Anna darauf.

„Ja, das kann sein", sagte Schlawenskiwonsko. „Diese Menschen sind noch nicht so weit. Sie haben sich ganz viele Jahrhunderte von den Pflanzen entfernt, und jetzt müssen sie sich den Pflanzen erst wieder zuwenden. So ist das bei den Menschen: Sie lernen langsam und benötigen viel Zeit."

Anna wollte das nicht einfach hinnehmen. Sie lief los und suchte Wasser. Wasser müsste es doch in diesem Land irgendwo geben. Die Menschen brauchten ja schließlich auch Wasser. Auch sie mussten trinken, dessen war sie sich sicher. Und sie hatte recht. Etwas weiter von der Gruppe entfernt sah sie einen Tisch, auf dem stand ein Glas, in dem sich ein wenig Wasser befand.

Schnell rannte sie zurück zur Gruppe und machte sich Platz bis zur Mitte. Sie ging zu der Pflanze und wollte das Wasser auf die Erde gießen. Da kam ein aufgeregter Mensch angelaufen, sagte etwas zu ihr, das sie natürlich nicht verstand, und wollte sie unbedingt davon abhalten, das Wasser auf die Erde zu gießen.

> So ist das bei den Menschen: Sie lernen langsam und benötigen viel Zeit.

Ein anderer Mann kam hinzu, und die beiden Männer diskutierten miteinander. Letzten Endes einigten sich beide, dass Anna das Wasser auf die Pflanze gießen durfte, indem sie ihr zunickten und mit der Hand auf die Pflanze zeigten. Anna goss vorsichtig ein wenig Wasser auf die Erde und setzte sich dann direkt neben die Pflanze. Einen kurzen Moment später sah sie, dass sich die Blätter des kleinen Baumes wieder aufrichteten und es der Pflanze besser ging. Alle kamen jetzt näher und schauten erstaunt auf das kleine Bäumchen.

Einige klopften Anna auf die Schulter und sprachen freundlich zu ihr. Schlawenskiwonsko nickte Anna zu, und auch Tobi freute sich sichtlich darüber, dass es der Pflanze besser ging.

Da stand nun der kleine Baum in der Mitte der Menge, und alle bestaunten das kleine grüne Etwas. Anna war sehr verwundert. Für sie war es selbstverständlich, dass überall um sie herum Pflanzen wuchsen. Zumindest bei Oma im Garten war das so. In der Stadt gab es natürlich weniger Pflanzen als auf dem Land, aber grundsätzlich gab es in ihrer Welt viel Grün, viele Bäume, Büsche, Blumen und Tiere wie Vögel und Bienen.

„Oh", sagte Anna plötzlich, „wo ist denn eigentlich Sassi?"

Sassi war die ganze Zeit ruhig geblieben und saß jetzt bei Tobi auf der Schulter. Sie fühlte sich in einer Welt, in der es keine Pflanzen gab, überhaupt nicht wohl. So langsam bekam sie außerdem Hunger. Blumen gab es hier aber nicht. Was sollte sie denn jetzt essen?

Tobi zeigte mit dem Finger auf seine Schulter, und Anna sah Sassi jetzt auch. Tobi hielt seinen Finger vor den Mund und machte damit das Pssst-Leise-Zeichen, damit niemand sah, dass Sassi dort saß. Wer konnte schon wissen, wie die Menschen hier auf eine Biene reagieren würden?! Vielleicht ja wie die Männer von Janson dem Niesriesen. Das wäre sicherlich nicht gut.

Die Schwarzhände

Plötzlich wurde die Menge unruhig. Eine andere Gruppe Männer kam von weiter hinten auf diejenigen zu, die um den Baum saßen. Die Männer trugen alle schwarze Handschuhe und kamen auf die Pflanzenbewunderer zu, die sich schützend vor das Bäumchen stellten. Obwohl Anna nichts von dem Gesagten verstand, wusste sie doch, dass die Schwarzhände die Pflanze mitnehmen wollten.

Sie war entsetzt. Auch Tobi verstand sofort. Aufgeregt fragte er Anna: „Was sollen wir tun?" Anna brauchte nicht lange zu überlegen, um die richtige Antwort zu finden. Schlawenskiwonsko wusste sofort, was Anna vorhatte, und es gefiel ihm gar nicht. Anna schaute Hakomi an und dachte: ‚Du bist immer so groß, wie du selbst dich machst.'

Dann lief sie zu der Pflanze, nahm sie in den Arm und rannte, so schnell sie konnte, los. Erst quetschte sie sich durch die Menschenmenge und lief dann in die Richtung, in der viele Häuser standen.

Schlawenskiwonsko, Tobi, Hakomi und Sassi liefen Anna hinterher. Hinter sich hörten sie die Gruppe der Pflanzenbewunderer mit der Gruppe der Schwarzhände laut diskutieren. Anna lief unbeirrt weiter und hatte keine Zeit, sich umzudrehen. Sie hörte ihre Freunde dicht hinter sich und sah einige Schwarzhände, die ihr aus einer anderen Richtung entgegenliefen. Anna bog in eine kleine Straße ein, aus der es aber, wie sie nach einigen Metern feststellte, kein Entkommen gab. Sie war in einer Sackgasse gelandet. Ihre Freunde bemerkten ebenfalls zu spät, dass sie in eine Sackgasse gelaufen waren. Dort standen sie nun am Ende der Straße, und es war kein Ausweg in Sicht.

Völlig außer Atem fragte Anna: „Was machen wir denn jetzt nur? Die arme Pflanze."

Schlawenskiwonsko antwortete: „Das sieht nicht gut aus. Aber wir sind an einem uns fremden Ort und wissen nichts über die Menschen hier. Ich denke, dass wir ihnen die Pflanze übergeben müssen."

Anna wusste, dass er recht hatte, schaute auf das Bäumchen in ihrem Arm und fing an zu weinen. „Die wollen sie bestimmt kaputt machen, da bin ich mir sicher", schluchzte sie.

„Wir können im Moment nichts daran ändern", sagte Tobi. „Wenigstens haben wir es versucht."

Da kamen die Schwarzhände auch schon in die Straße und gingen geradewegs auf die fünf Freunde zu. „Tu doch was", forderte Anna Schlawenskiwonsko auf.

„Ich weiß nicht, was ich tun kann, Anna", sagte er mit ruhiger Stimme. „Für den Moment müssen wir uns erst einmal fügen."

Anna wurde wütend, so wütend, wie sie es bis jetzt nur einmal gewesen war, nämlich, als ihr Bruder Tomik ihrer Lieblingspuppe den Arm ausgerissen hatte. Da war es mit der Beherrschung vorbei gewesen, und Anna hatte Tomik angeschrien und ihn sogar fast gehauen.

Nun war es wieder so weit. Anna wurde sehr, sehr wütend. Sie umklammerte den Topf mit dem Bäumchen. Schlawenskiwonsko sah, dass Anna vor Wut ganz rot wurde, und wusste, dass Wut in dieser Situation nicht weiterhelfen würde. Er legte seine Handinnenflächen aneinander und öffnete sie wieder. In diesem Moment schienen die Schwarzhände stillzustehen, und etwas Großes, Weißes bahnte sich seinen Weg durch die Gruppe der Schwarzhände. Das Wesen war weit über zweieinhalb Meter hoch, hatte langes Fell und dunkle Augen, die aber fast nicht zu sehen waren, da das Fell sie verdeckte. Anna hatte dieses Wesen schon einmal gesehen. Im Museum und im Auto von Oma Otilia.

Zotto, Tröstus und das Jetzt

Der Riese kam direkt auf Anna zu. Und die Schwarzhände? Die standen still. Nein, jetzt, als Anna genau hinsah, konnte sie erkennen, dass die Gruppe Schwarzhände sich ganz, ganz langsam bewegte. Das riesige Wesen lief durch die Gruppe Schwarzhände und kam Anna näher und näher.

Anna war aber immer noch so wütend, dass sie gar nicht mehr klar denken konnte. Schlawenskiwonsko sagte zu ihr: „Das ist Zotto, dein Wutbremser."

„Wutbremser, so ein Quatsch", antwortete Anna wütend. „Wutbremser", wiederholte sie, „mich bremst niemand, wenn ich wütend bin." Zotto kam näher. Er sprach kein einziges Wort, sondern nahm Anna einfach die Pflanze weg.

‚Was tut er da? Wutbremser? Der macht mich nur noch wütender!', dachte sie. Zotto stellte die Pflanze auf den Boden. Anna schäumte vor Wut. Dann sagte Zotto mit sanfter, tiefer Stimme: „Los, schieb mich, wenn du kannst", und stupste Anna mit seinem riesigen Finger an.

Das kam Anna gerade recht, denn das machte sie noch wütender. Sie stemmte sich gegen den weißen Riesen und versuchte, ihn wegzuschieben. Als das nicht funktionierte,

versuchte sie, ihn am Arm zu ziehen. Alles vergebens. Sie konnte Zotto nicht einen Millimeter vom Fleck bewegen. Er war einfach zu groß und viel zu schwer.

Im ersten Moment wurde Anna noch wütender, doch dann schien sich die ganze Energie, welche die Wut in ihr ausgelöst hatte, erst auf Zotto zu übertragen und sich dann aufzulösen. Nach kurzer Zeit hatte Anna keine Kraft mehr zum Schieben und Ziehen. Sie wurde ruhiger und ruhiger. Zotto sagte: „Du musst mehr im Jetzt sein, Anna. So wird die Wut schnell verschwinden."

„Aber wie?", fragte Anna traurig und etwas verzweifelt.

„Setz dich hin und schließe die Augen. Versuche es doch einfach mal mit einer Meditation. Das funktioniert so: Entspannen, langsam durch die Nase ein- und ausatmen und an nichts denken. Meditation lässt Ärger und Wut schnell verschwinden. Atme jetzt langsam und gleichmäßig ein und aus und denke an nichts", sagte Zotto.

Anna schaute abermals auf die Gruppe Schwarzhände. So langsam, wie die sich im Moment bewegten, hatte Anna noch viel Zeit, bis sie die Freunde erreichen würden. Anna setzte sich auf den Boden. Weil sie es irgendwo einmal gesehen hatte, überkreuzte sie ihre Beine und saß nun in einer Art Schneidersitz. Sie schloss die Augen und atmete langsam ein und aus. Was ihr zuerst schwerfiel, nämlich, an nichts zu denken, wurde nach wenigen Augenblicken immer leichter.

Alles um sie herum veränderte sich. Sie fühlte sich sicher, ruhig und konnte ihre Wut endgültig loslassen.

„Sehr gut", hörte sie Zotto sagen. Er konnte Annas Innerstes spüren. „Steh auf", sagte Zotto. „Du bist so weit."

Anna öffnete die Augen und wusste, was sie zu tun hatte. Sie stand auf, nahm die Pflanze wieder in die Hände und blieb ganz ruhig stehen.

Schlawenskiwonsko schaute sie an und nickte. In diesem Moment lief die Zeit ganz normal weiter. Die Schwarzhände näherten sich und standen nun vor Anna, Zotto, Tobi, Hakomi, Schlawenskiwonsko und Sassi. Apropos Sassi. Anna konnte sie gar nicht sehen, sie hatte doch eben noch auf der Schulter von Tobi gesessen.

Auch Tobi schaute sich verwundert nach ihr um. Schon kam eine Schwarzhand auf Anna zu und streckte die Arme aus. Dabei sagte der Mann etwas für Anna Unverständliches.

Es war deutlich, dass er die Pflanze wollte. Anna sah Zotto an. Dieser hob die Augenbrauen. Anna wusste genau, was er damit meinte, und gab der Schwarzhand die Pflanze.

‚Schlawenskiwonsko hat recht', dachte Anna, ‚wir kennen dieses Land nicht, und wir wissen auch nicht, warum die Menschen sich hier so verhalten. Und solange wir das nicht wissen, ist es klüger, sich anzupassen.' Der Mann mit der Pflanze in seinen Händen drehte sich um und ging. Die anderen Schwarzhände folgten ihm.

Anna sah, wie die Pflanze sich beim Laufen leicht nach links und rechts bewegte. Was Anna nicht sehen konnte: Unter einem Blatt saß ihre kleine Freundin Sassi. Sie war in ihrem geheimen Bienen-Leiseflugmodus unbemerkt von Tobis Schulter zu der Pflanze geflogen und hatte sich von unten an ein Blatt gesetzt.

Die Schwarzhände entfernten sich. Anna fühlte sich etwas hilflos, tun konnte sie im Moment aber nichts. „Was machen wir denn jetzt?", fragte Tobi.

„Ja, und ich frage mich gerade, was ich hier überhaupt mache", antwortete Anna und schaute Schlawenskiwonsko dabei etwas böse an.

„Es ist deine Reise, Anna", sagte Schlawenskiwonsko, „ich bin nur dein Begleiter."

„Was soll ich hier, wo die Menschen keine Pflanzen und Tiere mehr haben und diese anscheinend auch nicht schützen wollen? Das ist doch eine schreckliche Welt." Jetzt begann Anna zu weinen und dachte an den schönen Garten von Oma Otilia.

Zotto griff in eine Tasche an seinem Bauch. Diese konnte man nur schwer sehen, da das lange Fell sie verdeckte. Aus der Tasche holte er einen gelben Toaster. Er stellte ihn auf den Boden. Dort bekam der Toaster zwei Beine und zwei besonders lange Arme. Anna schaute verwundert. Der Toaster legte seine Hand auf ihre Schulter.

„Wer bist du?", schluchzte Anna.

„Ich bin ein Freund", antwortete der Toaster. „Ich bin ein Tröstetoaster."

„Wie sollte ein Toaster mich schon trösten können?", schluchzte Anna.

„Jeder mag warme Hände und eine warme Umarmung", antwortete der neue Freund. Anna verstand und ließ sich in die langen und warmen Arme nehmen. Das fühlte sich gut an, und Anna beruhigte sich langsam.

„Wie heißt du?", fragte sie.

„Wir Tröstetoaster haben keine Namen", antwortete der Toaster.

„Quatsch", entfuhr es dem Mädchen. „Jeder braucht einen Namen."

„Ich habe, glaube ich, noch nie einen gebraucht", antwortete der Toaster.

„Darf ich dich trotzdem Tröstus nennen?", fragte Anna.

Jeder mag warme Hände und eine warme Umarmung.

„Tröstus? Das finde ich gut. Tröstus", wiederholte er. „Ich heiße Tröstus", und er schien glücklich darüber zu sein.

Anna wischte sich die Tränen ab, ging auf Schlawenskiwonsko zu und fragte: „Und, wohin führt meine Reise mich jetzt?"

Schlawenskiwonsko wollte gerade etwas sagen, da hörte er plötzlich ein Summen neben seinem Kopf. Da was Sassi.

„Sassi, wo bist du gewesen?", fragte er.

„Kommt, kommt", brummte sie ganz aufgeregt. „Muss euch was zeigen, was zeigen", und schon flog sie wieder los.

Die kleine Gruppe folgte, so schnell sie konnte. Im Laufen steckte Zotto Tröstus wieder in seine Bauchtasche. Schlawenskiwonsko, Hakomi, Anna und Tobi konnten fast nicht mit Sassi schritthalten. Glücklicherweise schaute diese sich manchmal um und hielt inne, bis alle bei ihr waren. Zotto hatte keine Probleme mitzukommen. Er bewegte sich zwar insgesamt etwas langsamer, dafür machte er Schritte, die dreimal so groß waren wie die der anderen.

Plötzlich stoppte Sassi. Als alle wieder bei ihr standen, schaltete sie, für alle deutlich hörbar, in den Bienen-Leiseflugmodus um. Schlawenskiwonsko hielt seinen Zeigefinger vor den Mund und machte: „Pssst."

Alle verstanden, dass sie ab jetzt etwas leiser sein mussten.

Die Überraschung

Hinter ein paar großen Felsen sahen sie ein riesiges gläsernes Haus. Auf der einen Seite des Hauses standen hohe Kisten. Wenn sie dort hinkämen, könnten sie bestimmt einen Blick in das Haus werfen.

Ohne viel zu reden, war nach ein paar Handzeichen zwischen Schlawenskiwonsko und Hakomi klar, was zu tun war. Auch war klar, dass Zotto nicht mitkonnte, denn er war viel zu groß und auffällig. Zotto verstand das, setzte sich hinter einen riesigen Stein und wartete.

Tobi, Schlawenskiwonsko und Anna schlichen zu den Kisten. Hakomi führte den kleinen Trupp schleichender Gestalten an. Er hatte damit anscheinend viel Erfahrung und brachte alle sicher zu den Kisten. Als sie sich dahinter versteckten, konnten sie einen Blick in das Innere des gläsernen Hauses werfen.

Anna war überrascht. Dort drinnen standen ganz viele unterschiedliche Pflanzen, in vielen Formen und Farben. Schwarzhände gingen durch die Pflanzenreihen und hielten dabei Bücher in der Hand.

Manchmal standen zwei von ihnen zusammen und schienen zu diskutieren. Anna verstand: Die Schwarzhände wollten die Pflanzen nicht zerstören, sondern sie retten. Erstaunt schaute sie Schlawenskiwonsko an.

Dieser nickte und sagte leise: „Vieles ist nicht so, wie es auf den ersten Blick erscheint. Deshalb betrachte immer alles mindestens zweimal."

‚Er hat es gewusst', dachte Anna. ‚Schlawenskiwonsko wusste es die ganze Zeit. Die anderen Menschen hatten keine Ahnung, was sie mit einer Pflanze anfangen sollten, und

> Vieles ist nicht so, wie es auf den ersten Blick erscheint. Deshalb betrachte immer alles mindestens zweimal.

die Schwarzhände sind die Pflanzenärzte.' Es war also komplett anders, als Anna gedacht hatte.

Wieder bei Zotto angekommen, schimpfte Anna wie ein Rohrspatz: „Du hast es gewusst", sagte sie zu Schlawenskiwonsko.

„Ja, natürlich", antwortete er, „es war aber wichtig, dass du es selbst erlebst."

„Also", begann Anna, „es ist so, dass wir hier in einer Zeit sind, in der die Menschen anscheinend nicht mehr so recht wissen, was Pflanzen und Tiere sind. Die paar Pflanzen, die sie noch haben, wollen sie jetzt studieren und wieder vermehren. Ist das richtig?"

„Ja, Anna, das hast du gut erkannt", antwortete Schlawenskiwonsko.

„Und was ist mit den Tieren?", fragte Tobi.

„Es sind auch noch ein paar Tiere hier, aber nicht mehr viele", antwortete Schlawenskiwonsko. Er berichtete, dass er gesehen habe, wie die Schwarzhände auch Tiere in einer großen Halle hielten und diese dort ebenfalls studieren wollten.

„Aber", so erzählte er weiter, „die Menschen hier haben komplett verlernt, welche Zusammenhänge es zwischen Pflanzen und Tieren gibt. Alle Tiere haben wichtige Aufgaben. Bienen", und dabei schaute er Sassi an, „bestäuben Blüten. Vögel bringen Früchte von einem Baum zu einem anderen Ort. Insekten und Würmer sind für komplexe Vorgänge im Boden zuständig. Jedes Tier hat also seine Aufgabe. Wenn die Menschen aber nicht mehr wissen, wie und vor allem dass alles zusammenhängt, können sie die Natur nicht wieder herstellen. Wenn das geschieht, sieht es leider so trist, also traurig, aus wie in dieser Welt. Deshalb wird dieses Land Tristenland genannt."

„Werden sie es schaffen?", fragte Anna. „Ich meine, werden sie es schaffen, alles wieder so zu machen, wie es sein sollte?"

Schlawenskiwonsko schüttelte den Kopf. „Wahrscheinlich nicht. Nicht alles, was einmal zerstört wurde, lässt sich wieder reparieren", sagte er.

Anna hatte einen Kloß im Hals. Da kam eine warme Hand aus der Bauchtasche von Zotto und legt sich vorsichtig auf ihre Schulter.

„Wenn nur ein einziges Tier fehlt, kann es seine Aufgaben, die es von der Natur bekommen hat, nicht mehr ausführen. So entstehen dann Lücken. Ist zum Beispiel eine bestimmte Vogelart

> Nicht alles, was einmal zerstört wurde, lässt sich wieder reparieren.

nicht mehr da, die eine Frucht frisst, die Kerne dieser Frucht herunterschluckt und woanders wieder ausscheidet, wodurch dann dort ein neuer Baum wächst, dann wird das nicht mehr passieren, weil … na, Anna, kennst du die Antwort?", fragte Schlawenskiwonsko.

„Ja, weil der Vogel nicht mehr da ist, um dieses zu tun", erwiderte sie.

„Genau", sagte Schlawenskiwonsko. „Was wird dann bald ebenfalls nicht mehr da sein?", fragte Schlawenskiwonsko weiter.

„Der Baum selber wird irgendwann auch nicht mehr da sein", antwortete Tobi diesmal.

„Ich verstehe, so geht es immer weiter. Denn andere Tiere leben von der Frucht dieses Baumes. Und diese Tiere können dann auch nicht überleben. Das ist wirklich schlimm", sagte Anna traurig.

„Und dieser Prozess kann jederzeit und sehr schnell beginnen, zum Beispiel, wenn in eurer Welt Gifte versprüht werden, die Bienen töten", fuhr Schlawenskiwonsko fort.

Sassi brummte plötzlich wie wild los und flog zehn Zentimeter auf und ab, nach rechts und links, und drehte sich ein paar Mal um sich selbst.

„Ja, Sassi, das ist schrecklich", sagte Schlawenskiwonsko. „Irgendwann wären dann alle Bienen weg, und die Katastrophe würde ihren Lauf nehmen. Genauso ist es den Menschen hier ergangen, und sie haben vor Entsetzen für einige Hundert Jahre ihre Sprache verloren. Erst nach langer Zeit begannen sie langsam wieder zu sprechen und mussten dann eine neue Sprache entwickeln."

„Aber warum haben die Menschen denn ihre Sprache verloren?", fragte Anna.

„Weißt du", sagte Schlawenskiwonsko, „manchmal geschehen so schreckliche Dinge, dass die Menschen einen Schock bekommen. Das heißt, dass der Kopf für eine Zeit nicht mehr so funktioniert wie vorher. So war es, als die Natur verschwand. Die Menschen verstanden nicht, was geschah, als einfach alle Pflanzen und Tiere verschwanden. Schrecklich, wirklich schrecklich."

Der Übergangsbaum

Nach einer kurzen Pause drehte er sich um und sagte: „Kommt, wir müssen weiter und noch etwas anderes anschauen."

„Müssen wir weit gehen?", fragte Anna.

„Nein, gleich hinter dem Übergangsbaum da."

„Ein neues Abenteuer hinter einem Baum", sagte Anna mit einer gewissen Unlust. Alle schauten sich an, und Tobi zog fragend seine Schultern hoch.

Der Baum, auf den sie zugingen, schien ein normaler Birkenbaum zu sein. Anna erkannte eine Birke immer, weil sie so einen schönen schwarz-weißen Stamm hat. Als sie ankamen, wurde der Stamm aber blau und dann blaugrün. Dann wechselte er ins Orangerote.

„Toll", sagte Anna, „wie geht das?"

„Das weiß ich nicht", antwortete Schlawenskiwonsko, „manchmal geschehen Dinge einfach."

Anna und die anderen folgten Schlawenskiwonsko bis zum Baum. Anna berührte diesen und spürte eine Kraft, die vom Baum durch sie hindurchfloss.

„Oh", sagte sie, „das fühlt sich wunderbar an."

„Manche sagen, dass die Kräfte von Bäumen auf uns übergehen können", sagte Schlawenskiwonsko.

Tobi berührte den Baum ebenfalls. Während er das tat, lächelte er Anna an. Beide fühlten dasselbe, und deshalb wussten auch beide, dass das ein sehr besonderer Moment war.

Schlawenskiwonsko schmunzelte und sagte: „Gemeinsam etwas Schönes zu erleben, fühlt sich immer doppelt so gut an. Kommt, nur noch ein paar Schritte."

> Manchmal geschehen Dinge einfach.

Anne schaute hoch und sah eine Wand aus Verschwommenheit vor sich. Etwas, das kaum zu beschreiben war. Eine in sich bewegliche riesige Fläche, durch die man nicht hindurchschauen konnte. Trotzdem war in manchen Augenblicken etwas auf der anderen Seite zu sehen. Die Wand war grün, weiß, manchmal auch grau und schwarz und veränderte ihre Schattierungen ständig.

„Können wir da durchgehen?", fragte Anna.

„Nicht fragen, sondern machen", antwortete Tobi und ging einfach durch die Wand auf die andere Seite. Er wusste natürlich, dass Schlawenskiwonsko sie nicht zu einer solchen Wand führen würde, um dann nicht hindurchzugehen, sondern um hindurchzugehen.

Als Nächstes gingen Hakomi und Zotto mit Tröstus. Sassi flog ebenfalls unbeirrt hindurch. Schlawenskiwonsko schaute Anna kurz an und ging dann ebenfalls.

Plötzlich spürte Anna etwas, das sie merkwürdig fand. Eben, als sie noch alle zusammen auf ihrer Seite gestanden hatten, hatte Anna sich auf dieser Seite wohlgefühlt. Nun, da sie die Einzige auf dieser Seite der Wand war, fühlte sie sich nicht mehr wohl hier. Sie empfand das erste Mal in ihrem Leben Folgendes: Es ist nicht wichtig, wo man ist, sondern mit wem man ist.

> Gemeinsam etwas Schönes zu erleben, fühlt sich immer doppelt so gut an.

> Nicht fragen, sondern machen.

> Es ist nicht wichtig, wo man ist, sondern mit wem man ist.

In der Makasch

Jetzt fiel es Anna ganz leicht, den Schritt durch die Wand zu wagen. Auf der anderen Seite umarmte sie ihre Freunde. Diese wussten nicht genau, warum, fanden es aber trotzdem schön. Dort, wo sie jetzt waren, sah es wild aus, sehr wild, dachte Anna. Hier gab es reichlich Bäume und Pflanzen, und zwar riesengroße.

Schlawenskiwonsko sagte mit leiser Stimme: „Hört mir zu: Wir sind hier an einem besonderen Ort. Die Natur hat in dieser Welt komplett die Kontrolle übernommen. Außer Tieren, wirklich merkwürdigen Tieren, gibt es hier nichts, also keine Menschen. Wir müssen vorsichtig sein." Er sprach mit jedem Satz leiser und leiser, und genau deshalb wussten die anderen, dass er es ernst meinte.

Aber was war hier los? Anna sah Wald, und zwar nur Wald. Unendlich dichtes Grün und irgendetwas, das in der Luft umherschwirrte und Sassi ganz nervös machte. Plötzlich bewegte sich die Erde. Einmal und noch einmal. Ganz leicht, aber deutlich stärker werdend kam da etwas sehr Großes auf sie zu. Alle schauten sich an.

„Schnell, hierunter!", rief Schlawenskiwonsko und zeigte auf einen dicken Baumstamm, der samt Wurzeln umgestürzt auf dem Boden lag. Alle krochen darunter, nur Zotto nicht, er war einfach zu groß.

„Zotto, du musst dich ganz klein machen, komm!" Anna deutete auf einen Platz neben sich. Zotto schaute Anna an und lächelte. Dann stand er auf, ging zu einem Baum und umklammerte diesen.

„Na toll, das nenne ich mal Verstecken!", sagte Anna. „Ein weißer Riesenbär an einem braunen Baum fällt ja auch gar nicht auf." Dann sah sie, dass Zottos weißes Fell mehr und mehr verschwand. Es passte sich exakt dem Baum an, und nach einem kurzen Moment konnte sie Zotto und den Baum nicht mehr voneinander unterscheiden. So etwas hatte sie noch nie gesehen.

Schlawenskiwonsko flüsterte ihr zu: „In jedem schlummert eine Fähigkeit, die man nicht immer sofort erkennen kann."

Anna wollte gerade etwas erwidern, da flogen plötzlich drei vogelartige Wesen, so groß wie Tauben, nur schlanker und unglaublich hässlich, direkt vor dem Baumstamm durch die Luft. Obwohl Anna nicht wusste, um was für Tiere es sich handelte, ahnte sie, dass ihr Besuch nichts Gutes zu bedeuten hatte. Eines von ihnen schnappte nach Sassi. Die Biene konnte ausweichen. Doch schon schnappte der zweite Vogel nach ihr. Jetzt wurde Sassi deutlich, dass man sie anscheinend zum Fressen gernhatte und die drei wohl dachten, dass Sassi ein Frühstück sei.

> In jedem schlummert eine Fähigkeit, die man nicht immer sofort erkennen kann.

Sassi wusste, hier unter dem Baumstamm würde es ihr nicht gelingen, die drei Biester loszuwerden. Sie wusste, wie gut sie fliegen konnte. Ja, Fliegen war ihre große Stärke. Deshalb verließ sie den Baumstamm. Die drei fremden Vögel folgten ihr sofort und versuchten immer wieder, nach ihr zu schnappen. Aber Sassi hatte einen riesigen Vorteil: Sie konnte nämlich sowohl vorwärts als auch rückwärts fliegen und dabei genau schauen, wann eine von den drei Gestalten nach ihr schnappte. Natürlich musste sie sich ab und zu drehen, um nicht irgendwo gegenzufliegen. Genau das tat sie nun ständig, sie drehte sich vor und zurück, flog nach oben und nach unten und verwirrte so ihre drei Verfolger, die viel langsamer flogen als sie selbst.

Doch Sassi wollte es nicht darauf ankommen lassen, solange mit den Verfolgern durch die Luft zu fliegen, und so tat sie das, was sie immer tat: Sie suchte sich ein kleines Loch und flog in einen Baum. Dort konnten die drei ihr nichts anhaben. Auch mit ihrem relativ spitzen Schnabel konnten sie Sassi nicht erreichen. Nun musste sie lediglich warten, bis die drei Fressviecher, wie sie sie nannte, wieder wegflogen und das Interesse an ihr verloren.

Eine Zeit lang schwebten sie noch vor dem Loch, dann hörten sie anscheinend ein anderes Geräusch und folgten diesem. Sassi blieb still und leise in ihrer kleinen Höhle und sah auf der anderen Seite ein weiteres Loch, durch das sie den Baum verlassen konnte. Schnell huschte sie zu einem anderen Baum und versteckte sich dort.

Das war ein guter Schachzug, denn schon kamen die drei Fressviecher zurück und schauten wieder nach Sassi. Als sie jedoch begriffen hatten, dass Sassi nicht mehr dort war, suchten sie endgültig das Weite.

Jetzt flog Sassi zurück zu Anna und sagte: „Nicht gut, nicht gut, gefährlich, böse Tiere hier."

„Ja", sagte Anna, „gut gemacht, Sassi." Doch das große Etwas, das die Erde beben ließ, kam immer näher und näher. Als sie nun unter dem Baum hervorschauten, konnten sie es sehen. Dort stand ein riesengroßes Tier, mit riesengroßen, weißen Zähnen. Anna wusste sofort, dass dieses Tier die großen Zähne nicht hatte, um freundlich damit zu lächeln.

Das Tier lief auf vier breiten Pfoten, war hoch wie ein Haus und hatte einen langen, platten Schwanz, der ständig durch die Gegend schwang. Es blieb jetzt stehen und schnupperte in der Luft. Obwohl Anna sich ein wenig fürchtete, war sie gleichzeitig fasziniert. So etwas hatte sie noch nie gesehen.

Schlawenskiwonsko zog Anna zu sich, und das Tier drehte sich um. Es kam in die Nähe des Baumstammes, schnupperte und leckte am Stamm. Unter dem Baumstamm waren alle ganz still und hielten die Luft an. Dann erhob sich das Tier und drehte sich um. Der Schwanz strich über den Baumstamm und berührte Tobi dabei ganz kurz, wirklich nur ganz kurz und ganz leicht. Das Tier blieb stehen, stieß einen lauten Schrei aus, drehte sich um und schob mit einem kräftigen Kopfstoß den Baumstamm beiseite. Alle saßen da wie gelähmt. Hakomi hatte seine Hand an sein Schwert gelegt, blieb aber noch ganz ruhig.

„Nicht gut, gar nicht gut", summte Sassi leise.

Das Tier schaute Tobi, Anna, Hakomi und Schlawenskiwonsko an. Es kam

näher, schnupperte an jedem Einzelnen, hob den Kopf, und dann, es war kaum zu glauben, dann lief es einfach weg.

Anna, Tobi, Schlawenskiwonsko und selbst Hakomi, ließen sich ins Gras fallen. „Mir ist fast das Herz stehen geblieben", sagte Anna.

„Mir auch", antwortete Tobi, „gut, dass es uns nicht fressen wollte."

Da stand plötzlich Zotto neben den Freunden und sagte: „Wahrscheinlich stinkt einer von euch einfach zu doll."

Alle fingen jetzt erst an zu kichern, doch kurz darauf lachten sie so laut, dass sie fast Bauchweh bekamen.

Das Erlebnis mit dem Riesentier hatte die kleine Gruppe sehr wachsam werden lassen. Auch Sassi schaute sich auf dem Weg durch den Dschungel ständig aufmerksam um. Sie hörten bei ihrer Wanderung durchs dichte Grün immer wieder seltsame Geräusche und sahen merkwürdige, meist übergroße Käfer und andere Insekten. Anna fühlte sich nicht wohl an diesem Ort, und deshalb ging sie zu Schlawenskiwonsko, der anscheinend ganz gezielt irgendwo hinwollte.

„Wo gehen wir hin? Ich fühle mich hier wirklich nicht sicher und überlege, ob ich mit einem Springkern einfach wieder zu Oma Otilia springe", sagt sie zu Schlawenskiwonsko.

Schlawenskiwonsko stoppte und schaute sie an: „Das würdest du wirklich tun, uns hier alleinlassen?", fragte er.

„Aber wir können doch einfach alle zusammen an einen anderen Ort springen", erwiderte Anna.

„Anna", sagte Schlawenskiwonsko, „das hier ist deine Reise, nicht meine. Willst du wirklich zurück, oder willst du herausfinden, warum du hier bist?"

Anna brauchte nicht lange für ihre Antwort und sagte: „Nein."

„Was meinst du mit Nein?", fragte Schlawenskiwonsko

„Nein, ich würde euch hier nicht alleinlassen, und nein, ich werde nicht zurückspringen. Aber", fuhr sie fort, „versprich mir wenigstens, dass wir nicht aufgefressen werden."

„Das kann ich leider nicht", antwortete Schlawenskiwonsko. „Versprechen dienen immer nur der Beruhigung anderer. Wenn es dich aber beruhigt, sage ich es gern: Wir werden nicht aufgefressen. Ach, was ich noch sagen wollte, von hier aus könntest du ohnehin nirgendwo hinspringen, weil du in der *Makasch* bist, einer Zwischenwelt. Eine Welt in der Welt sozusagen. Von hier aus kannst du nicht springen, du kannst sie lediglich durchqueren." Als er das sagte, wurde seine Stimme wieder leiser. „Sag's am besten nicht den anderen, sonst machen sie sich womöglich Sorgen."

„Wo gehen wir hin?", fragte Anna jetzt ebenfalls ganz leise und etwas beunruhigt.

„Ich will dir nur etwas zeigen", flüsterte Schlawenskiwonsko zurück.

Furchtbar schöne Natur

So lief sie also jetzt gemeinsam mit ihren Freunden durch den dichten grünen Wald. Dann wurde es plötzlich heller. Sie kamen an eine Lichtung. Eine grüne Wiese lag jetzt vor ihnen, und von dort aus blickten sie in ein wunderschönes Tal, bestehend aus unendlichen Wäldern, Seen und Flüssen. Anna und ihre Freunde staunten.

„Ohhh, wie schön!", sprach Tobi aus, was alle dachten.

In diesem Moment hörte man, dass ein scheinbar großes Tier im Wald unten ein anderes gepackt hatte, und ein Überlebenskampf begann. Bäume und Büsche bewegten sich schnell hin und her, bis es ruhig wurde und kurz ein merkwürdiges Knacken und Schmatzen zu hören war.

„Na ja, vielleicht doch nicht so schön", sagte Tobi. „Und auf alle Fälle gefährlich."

„Das ist ja furchtbar, was da unten passiert", stimmte Anna ihm zu.

Schlawenskiwonsko begann zu erzählen: „Das hier ist die Erde von einigen Millionen Jahren. Diese herrliche Natur, schaut doch nur!" Er streckte den Arm aus und zeigte auf das Tal. Wieder hörten alle irgendwo unten Kampfgeräusche, sodass die schöne Natur auch deutlich ihre unschöne Seite zeigte.

Anna dachte laut nach: „Ich weiß nicht, so richtig Platz für Menschen scheint hier nicht zu sein. Zu viel Natur ist dann wohl auch nicht das Richtige. Also ich jedenfalls freue mich darüber, dass ich weiß, dass es bei Oma Otilia nichts und niemanden gibt, das mich fressen will."

„Geht mir in Schlimmland auch so", stimmte Tobi zu

„Gefressen werden nicht gut, gar nicht gut", summte Sassi.

„Hier ist zwar alles auf seine Weise fantastisch schön, für Menschen ist diese Art der Umgebung aber ungeeignet. Trotzdem müssen wir die Natur als das respektieren, was sie ist: ein Ort, an dem es, so schön er auch wirkt, immer ums

überleben geht. Wer überleben oder in seinem Leben etwas erreichen will, wird immer dafür kämpfen müssen. Auch für uns gibt es nichts umsonst. Immer werden wir auf eine Art und Weise für das, was wir uns wünschen, kämpfen und es uns verdienen müssen. Das ist ein Gesetz der Natur", erwiderte Schlawenskiwonsko.

„Aha", rief Anna. „Wenn ich also etwas haben möchte, dann muss ich auch dafür kämpfen, also etwas dafür tun? Wie zum Beispiel leckere Kartoffeln, ein neues Fahrrad oder ein schönes Haus wie Oma Otilia?"

„Richtig", bemerkte Schlawenskiwonsko. „Die Kartoffeln musst du vorher pflanzen und dann pflegen – oder zumindest einkaufen gehen. Möchtest du ein anderes Fahrrad als das, das du schon hast, wirst du dafür arbeiten müssen, um es bezahlen zu können. Und ein Haus zu kaufen, ist möglich, wenn du vorher viel lernst, klug wirst und dann mit einer guten Idee viel Geld verdienst."

„Ich glaube, ich verstehe. Aber zu viel Natur wie hier finde ich dann doch nicht gut, für Menschen jedenfalls nicht. Wir brauchen also etwas in der Mitte. Etwas zwischen Tristenland ganz ohne Pflanzen und diesem doch recht wilden und gefährlichen Ort", schlussfolgerte Anna.

„Kennst du einen solchen Ort?"

„Ich denke, dort, wo wir jetzt leben, also in meiner Zeit, ist doch alles gut mit der Umwelt, oder?"

„Okay", rief Schlawenskiwonsko etwas unerwartet, „haltet euch alle bei jemandem fest, wir machen einen Sprung."

„Moment", wandte Anna ein. „Du hast gerade gesagt, dass ich von hier aus nicht springen kann, da wir in einer Zwischenwelt, der Makasch sind."

„Richtig", sagte Schlawenskiwonsko, „du kannst nicht springen, ich schon." Er zwinkerte Anna dabei zu.

Alle hielten sich jetzt aneinander fest: Anna an Schlawenskiwonsko, Tobi an Anna, Zotto und Hakomi an Tobi, und Sassi hatte sich diesmal auf Annas Schulter gesetzt.

„Bereit?", fragte Schlawenskiwonsko.

„Bereit", riefen alle im Chor. Mit seiner noch freien Hand warf Schlawenskiwonsko jetzt einen Springkern hoch in die Luft und fing ihn mit dem Mund so auf, dass der Kern genau zwischen seinen Schneidezähnen landete. Die anderen staunten, und Anna dachte sofort: ‚Wow, das werde ich beim nächsten Mal auch ausprobieren.'

Kaum hatte sie diesen Gedanken zu Ende gedacht, standen sie mitten im ... Moment mal, sie waren ja immer noch im Wald!

Alle ließen sich los und schauten sich um. Wieder Wald, nichts als Urwald. Hatte es etwa nicht geklappt mit dem Sprung? Und da war es wieder, das Geräusch.

Etwas dröhnte entsetzlich laut, die Erde wackelte, und etwas Schweres kam auf die kleine Gruppe zu. Plötzlich fiel in unmittelbarer Nähe ein riesiger Baum um, und Schlawenskiwonsko schrie: „Lauft, schnell, lauft!" Zotto umarmte einen Baum und wollte sich wie beim letzten Mal wieder verstecken. Doch Schlawenskiwonsko zog an seinem Fell und rief: „Rennen, habe ich gesagt, nicht verstecken!" Dann krachte der nächste Baum um, und Zotto verstand: Sich an einem Baum festzuhalten, war in dieser Umgebung keine gute Idee.

Sie rannten los. Bloß schnell weg von den herabstürzenden Bäumen und dem lauten Dröhnen. Begleitet wurden sie auf ihrer Flucht von vielen Tieren des Waldes. Tiere, die Anna noch nie zuvor gesehen hatte und die sie nicht hätte bestimmen können. Nur in den Baumwipfeln konnte sie ein paar laut kreischende Affen auf der Flucht erkennen. Anna hörte Maschinengedröhn, und jetzt verstand sie: Das waren keine Ungeheuer, vor denen sie gerade flüchteten, das waren Maschinen, die Bäume umsägten.

Nachdem sie tiefer in den Wald gelaufen waren, stoppte Schlawenskiwonsko und sagte: „So, jetzt können wir einen Moment Pause machen."

„Das war aber knapp! Hättest du beim Springen nicht besser aufpassen können?", schimpfte Tobi, nachdem er ein paar Mal tief Luft geholt hatte.

„Ich kann nun mal nicht immer genau kontrollieren, wo wir landen werden", antwortete Schlawenskiwonsko relativ entspannt.

„Wo zum verdattelten Trippelfurz sind wir hier?", fragte Anna.

„Verdattelter Trippelfurz?", wiederholte Tobi und lachte.

„Den verdattelten Trippelfurz hab ich mir ausgedacht. So kann ich schimpfen, und die Erwachsenen können nichts dagegen sagen", antwortete Anna etwas stolz. „Wo also sind wir hier?"

„Wir sind in deiner Zeit und deiner Welt. Das hier ist der Urwald von Indonesien."

„Und warum sägen die hier die Bäume ab?", fragte Anna jetzt.

„Um andere Bäume anzubauen, die ein wertvolles Öl liefern. Damit verdienen einige Leute dann viel Geld", antwortete Schlawenskiwonsko.

Jetzt fing Anna langsam an, sich aufzuregen: „Aber das geht doch nicht, man kann doch nicht einfach alles kaputt machen. Die Tiere, der schöne Wald, das ist doch wichtig für die Menschen, oder?"

„Ja, Anna", antwortete Schlawenskiwonsko. „Absolut richtig. Die Gier der Menschen ist aber so groß, dass es sie nicht interessiert, wer darunter leidet. Sie wollen lediglich möglichst schnell viel Geld verdienen."

Anna wurde wütend und ballte die Fäuste zusammen. Jetzt stand Zotto auf und schaute Anna an, wahrscheinlich, weil er erwartete, dass sie im nächsten Moment einen Wutbremser gut brauchen konnte. Doch Anna beruhigte sich wieder und fragte: „Wie können Menschen nur so dumm sein?"

„Das, liebe Anna, versuche ich auch schon eine lange Zeit herauszufinden", antwortete Schlawenskiwonsko.

Tröstus aus der Felltasche von Zotto und umarmte Anna. Schön warm war das, und es fühlte sich gut an, einen Moment festgehalten und gedrückt zu werden.

„Leider müssen wir noch weiter", sagte Schlawenskiwonsko.

„Was meinst du damit?", fragte Anna.

„Das war noch nicht alles, was ich dir zeigen muss", fuhr er fort. Gemeinsam machte sich die Gruppe auf den Weg und ging dabei langsam aus dem Wald heraus.

Sie kamen an einen großen, trostlosen See. Um den See herum gab es weder Bäume noch irgendwelches Grün. Es sah aus wie in einer Wüste. Alle fragten sich, was das für ein unwirklicher Ort sei. Noch nie hatten sie einen See gesehen, der so traurig und grau aussah.

„Hier wurden bestimmte Metalle aus der Erde geholt, die die Menschen benötigen, um damit umweltschonende und fortschrittliche Maschinen und Geräte zu bauen. Nachdem sie alles umgegraben und die Erde komplett durchgespült hatten, blieb nur dieser See übrig, dessen Wasser nun komplett verschmutzt ist. Früher war hier alles grün bewachsen. Es gab spielende Kinder, Fische im Wasser und viel Freude um den See herum. Nun sind die Menschen weggezogen", erklärte Schlawenskiwonsko.

Das Herz am falschen Fleck

„Moment, Moment", fragte Anna, „das kann ich jetzt wieder nicht verstehen. Was ergibt das denn für einen Sinn, erst die Natur an einer Stelle zu zerstören, um sie dann an einem anderen Ort zu beschützen?"

Schlawenskiwonsko antwortete: „Das ergibt natürlich keinen Sinn. Oder vielleicht doch? Jeder muss sich diese Fragen selbst beantworten, jeder muss selbst über diese Dinge nachdenken und dann die richtigen Schlüsse daraus ziehen."

„Aber wir brauchen die Bäume doch zum Leben. Wie kann es dann also sein, dass man die Umwelt, die Bäume und all das zerstört?", fragte Anna und sie fühlte eine große Hilflosigkeit in sich aufsteigen.

„Das kommt daher, weil viel zu oft leider nicht die klugen Menschen die Entscheidungen treffen, die das Leben auf dieser Erde betreffen. Oft haben diejenigen, die die Entscheidungen treffen, auch ihr Herz am falschen Fleck."

„Dagegen muss ich was tun", sagte Anna energisch. „Aber was?", fragte sie dann etwas deprimiert.

„Erst einmal musst du so klug wie möglich werden. Später dann, wenn du erwachsen bist, solltest du alle Entscheidungen mit Liebe und Bedacht treffen. Diese Entscheidungen sollten immer im Interesse aller Menschen und der Natur sein. Die Natur ist nämlich viel klüger als alle Menschen zusammen, und wir sollten das unbedingt respektieren."

„Das verstehe ich nicht", sagte Anna. „Was meinst du damit?"

„Die Natur ist ein zusammenhängendes, klug organisiertes Gebilde, und wir alle sind ein Teil davon. Sie ist sehr stark und findet immer wieder Möglichkeiten, sich an neue Bedingungen anzupassen. Dennoch haben die Menschen auch die Möglichkeit, sie komplett zu zerstören. Genau deshalb sollten wir möglichst keine Veränderungen an ihr vornehmen. Wir hatten das ja schon besprochen: Ist die

Biene nicht mehr da …"

„Ja genau, dann kann sie keinen Nektar sammeln und dem Obst beim Wachsen helfen", sagte Anna.

„Richtig, und dann nimmt das Unglück, wie du in Tristenland gesehen hast, seinen Lauf."

„Und Tristenland ist nun wirklich nicht das, was ich mir für mein Leben wünsche", sagte Tobi jetzt.

„Nicht schön, keine Blumen, nicht schön", summte Sassi.

„Gut, wir müssen noch einmal springen, haltet euch fest", rief Schlawenskiwonsko.

Wieder hielten sich alle an den Händen. Schlawenskiwonsko nahm einen Kern zwischen die Zähne, und sie sprangen zu einem Ort, gar nicht weit entfernt von Annas Heimatstadt.

Dort sahen sie eine riesige leere Fläche, auf der vorher einmal ein Wald gestanden hatte. Anna sah große Maschinen und viele Männer, die immer mehr Bäume fällten und sie dann wegbrachten. Die kleine Gruppe war nach dem Sprung direkt in die Nähe der Bauarbeiter gelandet. Als Anna sah, was dort geschah, wurde sie wütend und brüllte: „Halt, stopp, was macht ihr da, hört sofort auf damit!"

Um ihn zu stoppen, wollte Anna einen der Arbeiter umrennen. Sie lief auf ihn zu und direkt durch ihn hindurch, so, als wäre er nur Luft und Rauch. Dann drehte sie sich um und probierte es noch einmal. Doch auch diesmal lief sie wieder durch den Mann hindurch. Auch schien dieser Anna gar nicht zu sehen. Zotto schaute sie an und schüttelte den Kopf.

Schlawenskiwonsko erklärte: „Sie können uns nicht sehen. Wir sind zwar hier, aber gleichzeitig sind wir auch nicht hier. Wir sind nur Beobachter und können nicht eingreifen. Kinder können ein solches Geschehen sowieso nicht aufhalten, und die meisten Erwachsenen wollen es anscheinend nicht."

Jetzt fing Anna an zu schreien und wurde wütend. Sie rannte auf Zotto zu und schob diesen, zog ihn, rüttelte an seinem Arm und versuchte, ihn wegzuschieben, um die Wut aus ihrem Bauch zu bekommen. Nach einiger Zeit ließ sie von ihm ab, und langsam beruhigte sie sich etwas. Dann brach sie in Tränen der Hilflosigkeit aus. Sassi setzt sich auf ihre Schulter, und Tröstus umarmte sie.

Nachdem Anna sich etwas beruhigt hatte, fragte sie Schlawenskiwonsko: „Warum machen die Menschen so etwas?"

„Hier wird bald irgendetwas aus der Erde geholt, das die Menschen mit Energie versorgen soll. Die können sie dann für die neuen Elektrogeräte und Maschinen verwenden. Wie das Material heißt, weiß ich aber nicht. Und ob das klug ist oder nicht, die Erde so kaputt zu machen, werden wir erst nach vielen Jahren sehen."

Anna verstand das nicht: Wie konnte es sein, dass die Menschen nicht wussten, ob das, was sie taten, richtig oder nicht richtig war, und sie dafür dann aber trotzdem die Umwelt zerstörten?

„Hätte man das nicht vorher ausprobieren und etwas üben können, um sicher zu sein, bevor man die Umwelt so zerstört?", fragte sie laut.

„Das wäre sicherlich eine gute Idee gewesen", antwortete Schlawenskiwonsko.

„Jetzt will ich aber nicht mehr", seufzte Anna. „Ich möchte zurück zu Oma Otilia. Die hat einen schönen Garten, und dort möchte ich einfach sitzen und alles genießen."

„Gut", sagte Schlawenskiwonsko, „haltet euch alle fest."

Allerdings sprangen sie diesmal nach Gutenland vor das Holzhaus, in dem Anna schon gesessen hatte. „Aber das ist nicht Omas Garten", bemerkte Anna.

„Da hast du recht, aber ich denke, dass wir uns hier alle erst einmal ein wenig beruhigen sollten", antwortete Schlawenskiwonsko. „Komm, lass uns ein Stückchen gehen."

Die beiden gingen über die schöne Wiese vor dem Haus.

Sie setzten sich ins Gras. „Siehst du die bunten Blumen? Alle sind verschieden, und jede Blüte ist ein Meisterwerk an Schönheit und Vollendung. Und so ist es mit der ganzen Natur. Sie hat wunderbare Dinge hervorgebracht, die wir unbedingt beschützen sollten, aber auf eine kluge Art und Weise. Und hierzu braucht es

Menschen, die ebenfalls klug sind und die nicht aus Eigennutz handeln", erklärte Schlawenskiwonsko.

„Kann ich selbst auch etwas Gutes für die Umwelt tun?", fragte Anna.

„Ja, es gibt viele Kleinigkeiten, wie du die Umwelt beschützen kannst. Und ich weiß, dass du mit der Zeit selbst herausfinden wirst, welche das sind. Ich setze, was das betrifft, mein volles Vertrauen in dich. Jetzt aber lass uns einfach den schönen Tag hier genießen. Schau dir die anderen an." Er zeigte auf Tobi, der im hohen Gras hinter Zotto herlief und versuchte, ihn zu fangen, auf Hakomi, der sich anscheinend dazu entschlossen hatte, wild mit dem Holzschwert herumzufuchteln und die Luft zu zerschneiden. Dann war da noch Sassi, die, völlig mit Pollen behaftet, aufgeregt und wild summend von Blume zu Blume flog.

Anna lächelte und fand es schön, ihre Freunde so glücklich zu sehen.

Schlawenskiwonsko ließ sich nach hinten auf die Wiese fallen und schaute in den Himmel. Anna tat es ihm gleich. Sie lag mit dem Kopf im Gras und schaute zum Himmel hinauf. Links und rechts kitzelten ein paar Grashalme ihr Gesicht. Der Himmel sah wunderbar aus, und alles roch herrlich nach den verschiedensten Blumen. Sie schloss kurz die Augen, holte tief Luft und atmete langsam wieder aus.

Als sie die Augen wieder öffnete, befand sie sich auf dem Dachboden von Oma Otilia. Schlawenskiwonsko hatte sie von Gutenland einfach wieder zurückgeschickt.

Als Anna das bemerkte, dachte sie etwas enttäuscht: ‚Schade, diesmal habe ich mich gar nicht richtig von den anderen verabschieden können.'

Was für eine wichtige Reise das gewesen war! Vieles, das Anna bis zu dieser Reise gedacht hatte, hatte sich nun komplett verändert. Sie war sich darüber klar geworden, dass sie nicht nur in dieser Welt lebte, sondern dass sie Teil eines großen Gebildes war, das sich Umwelt nennt. Hierzu gehörte es dann auch, sich Gedanken über die Natur zu machen und dafür zu sorgen, dass die Menschen, die nach ihr kämen, ebenfalls noch so schöne Dinge wie Blumen, Bäume und Tieren sehen und mit ihnen zusammenleben konnten.

Der vierte Satz

Jetzt zog Anna den roten Schuh aus, legte ihn in den Koffer und nahm das Buch in die Hand. Dort standen die drei ersten Sätze. Anna kannte sie schon fast auswendig, aber trotzdem las sie sie noch einmal laut vor:

„*Schade weder dir selbst noch anderen.*

Sei immer hilfsbereit und gut.

Halte dich fern von Gewalt und Kriminalität."

„Wie könnte der vierte Satz lauten?" Sie sprach wieder laut mit sich selbst, denn sie wusste, dass der nächste Satz nur so entstehen würde.

„Also etwas mit Umwelt, wir müssen auf die Umwelt aufpassen, sie beschützen. Und die Menschen sollen die Umwelt so respektieren, wie sie ist. Wir dürfen nicht einfach alles kaputt machen, auch nicht, wenn wir dafür die Umwelt in der Zukunft retten wollen."

Jetzt erschien ein neuer Satz im Buch:

‚Ja, das passt', dachte Anna.

Nun standen vier Sätze auf der Seite:

Schade weder dir selbst noch anderen.

Sei immer hilfsbereit und gut.

Halte dich fern von Gewalt und Kriminalität.

Respektiere und beschütze unsere Umwelt.

Anna hatte für jeden dieser Sätze eine weite Reise gemacht und viel dabei gelernt. Diese Sommerferien hatte sie sich zwar etwas anders vorgestellt, auf jeden Fall aber nicht so erlebnisreich.

Sie schaute aus dem Fenster und sah, dass es schon etwas dunkel wurde. Anna schlug das Buch zu und legte es wieder in den Koffer. Dann rannte sie hinunter und fand Oma im Garten.

Respektiere und beschütze unsere Umwelt.

„Na, da bist du ja wieder, mein Schatz, hast du schön gespielt?", fragte Oma.

„Ja, ich war oben auf dem Dachboden. Oma, weißt du, dass du es hier sehr schön hast?", fragte Anna.

„Ja", antwortete Oma, „ich habe ja auch hart dafür gearbeitet. Dieser Garten ist schließlich schon viele Jahre alt, und fast jeden Tag muss ich darin arbeiten, damit er schön bleibt. Aber das wusstest du schon, oder?"

„Ja", antwortete Anna. „Ich war ja schon oft hier, aber heute gefällt mir dein Garten ganz besonders. Auch dass du so viele verschiedene Pflanzen hast, gefällt mir sehr gut. Wusstest du, Oma, dass überall auf der Welt gerade die Natur kaputt gemacht wird?"

„Ja", sagte ihre Oma, „das weiß ich. Und wir sollten uns gemeinsam so gut dagegen wehren wie wir können."

„Ich glaube, das hat irgendwie mit Geld zu tun", sagte Anna.

„Ja, da hast du recht", sagte Oma Otilia. „Es ist beeindruckend, dass du das schon verstanden hast. Denn es ist wichtig zu begreifen, dass viele schlimme Dinge auf dieser Welt nur dadurch geschehen, dass zu viele Menschen gierig sind und auf jede erdenkliche Art Geld verdienen wollen."

„Halte dich fern von Gewalt und Kriminalität", sagte Anna leise.

„Wo hast du denn das gehört?", fragte ihre Oma. Sie lächelte ein wenig dabei, aber das bemerkte Anna nicht.

„Das habe ich von Schlawen...", und dann unterbrach sie ihren Satz. „Ach, das hab ich irgendwo gehört."

„Das ist aber ein kluger Satz", sagte Oma.

„Ja, finde ich auch", sagte Anna. „Und ich habe noch einen: Respektiere und beschütze unsere Umwelt."

„Der ist ja auch klasse", sagte Oma überrascht.

„Ich werde ab jetzt jedenfalls noch besser auf die Umwelt aufpassen. Vielleicht können wir ja gemeinsam schauen, wie ich das machen kann?", fragte Anna.

„Das ist eine gute Idee", antwortete ihre Oma. „Das machen wir."

Anna verbrachte den ganzen Abend gemeinsam mit Oma, und sie suchten nach Möglichkeiten, wie das Mädchen die Umwelt beschützen konnte. Weniger Plastik zu verwenden und Müll aus der Landschaft zu sammeln, standen ganz oben auf der Liste.

Später spielten sie dann „Mensch ärgere Dich nicht". Anna bemerkte, dass sie sich diesmal viel weniger ärgerte als sonst. Und wenn der Ärger hochkam, dachte sie an Zotto: „Du musst mehr im Jetzt sein, Anna", hatte er gesagt.

Immer wenn der Ärger zu entstehen begann, weil Oma gerade eine ihrer Spielfiguren hinausgeworfen hatte, schloss sie kurz die Augen und blieb einen kurzen Moment für sich. In ihrem Kopf wurde es dann ganz still. Wenn sie die Augen danach wieder öffnete, fand sie alles nur noch halb so schlimm.

Oma Otilia schaute Anna aufmerksam an. Sie hatte die Veränderungen bei Anna bemerkt und freute sich darüber. Nachdem sie ein paarmal gespielt hatten, stand es zwischen Oma Otilia und Anna unentschieden. So gut hatte Anna noch nie gegen Oma gespielt.

Nach dem Spiel war Anna ziemlich müde und wollte einfach nur noch ins Bett. Sie schlief schnell tief und fest ein, träumte von ihren Freunden und dass sie im Urwald Cello spielte.

Die große Blumenwiese

Als Anna am nächsten Morgen direkt nach dem Aufstehen aus dem Fenster schaute, sah sie unten im Garten wieder die Blumenwiese. Diesmal war die Wiese riesengroß. Anna lief noch im Nachthemd hinunter in die Küche. Oma war nicht da, stattdessen lag ein Zettel auf dem Tisch: „Bin kurz Milch holen, Oma", stand darauf.

Anna sah noch einmal zum Fenster hinaus, die Blumenwiese war noch da. Sie zog sich ihre Gartenschuhe an, lief zur Wiese, und diesmal verschwand diese nicht. Da waren Blumen, so wunderschön, wie sie sie hier bei Oma im Garten noch nie gesehen hatte. Sie leuchteten und glitzerten, und wenn Anna sie berührte, funkelten sie noch mehr als zuvor. In der Mitte gab es einen kleinen Platz mit sattem grünem Gras. Anna setzte sich darauf und bestaunte die Blumen, auf denen sich kleine Insekten und natürlich Bienen tummelten. Da sah Anna Sassi. Sie flog an ihr vorbei und rief: „Guten Morgen, guten Morgen!"

„Guten Morgen", antwortete Anna. Aber Sassi war schon wieder weg. ‚Zu schnell, die Kleine', dachte sie.

Als Anna wenig später wieder in Richtung Haus ging und sich umdrehte, schaute sie noch einmal zurück. Jetzt war die Wiese wieder verschwunden. Da kam Oma ihr mit einer Flasche Milch in der Hand entgegen, die sie aus dem Dorf bei Frau Zillerman geholt hatte. Denn nur dort gab es immer noch Milch in Flaschen.

„Ah, du bist ja schon wach", sagte Oma Otilia. „Was machst du denn im Nachthemd im Garten?"

„Oh, das ist mir gar nicht aufgefallen", antwortete Anna und schaute an sich herunter. „Ich bin gerade aufgewacht."

Oma lachte. „Na, dann lass uns mal frühstücken."

„Ja", sagte Anna. „Darf ich heute mal im Nachthemd frühstücken?"

Oma nickte. „Aber klar, es sind doch Ferien."

So saßen sie am Frühstückstisch und genossen das Zusammensein. Anna war weit weg von der Stadt und ganz weit weg von der Schule und dem morgendlichen Stress, wenn alle sich gleichzeitig fertigmachen mussten. Was war das zu Hause jeden Morgen für ein Tumult! Hier bei Oma war es viel entspannter.

Es fiel ihr mittlerweile schwerer und schwerer, nicht über die Erlebnisse in Schlimmland, Gutenland, Dunkelland und Tristenland zu reden. Aber sie wusste ja, dass Oma nichts von dem glauben würde, was sie zu erzählen hatte. Dennoch kribbelte es in ihrem Bauch, weil sie mit niemandem darüber reden konnte, was sie erlebt hatte.

Wie ist das mit dem Glück?

„Du Oma, hast du jetzt Zeit, mir zu erklären, was Glück ist?", fragte Anna.

Oma Otilia begann mit einem langen: „Hmmm, mal sehen", und fuhr dann fort. „Das ist eine gute Frage, und die Antwort ist nicht einfach, da Glück für jeden Menschen etwas anderes bedeuten kann. Außerdem ist das Wort Glück noch dazu vielseitig verwendbar. Es kann in Situationen verwendet werden, die zwar etwas mit Glück, aber nicht mit *glücklich sein* zu tun haben."

„Das verstehe ich nicht", sagte Anna.

„Warte, ich muss kurz überlegen", antwortete ihre Oma und fasste sich dabei ans Ohr. Jetzt musste Anna schmunzeln und wurde ein wenig nachdenklich. Genau das hatte sie auch bei Schlawenskiwonsko gesehen, und zwar dann, wenn er nachdachte. Seltsam!

„Ein Beispiel könnte das Folgendes sein", erklärte Oma Otilia weiter. „Wenn du auf dem Nachhauseweg bist, dort ankommst und es kurz darauf ganz doll zu regnen beginnt, dann hast du Glück gehabt, dass du nicht nass geworden bist. Das hat in diesem Fall aber nichts mit dem *Glücklichsein* zu tun. Glück zu haben, bedeutet also nicht automatisch, glücklich zu sein. Dich glücklich fühlen, also glücklich sein, kannst du ganz einfach in dir selbst. Zum Beispiel, wenn du etwas Schönes erlebst und die Dinge um dich herum im Gleichgewicht sind."

Anna schaute Oma etwas nachdenklich an.

„Ich weiß, so ganz einfach ist das nicht zu verstehen", sagte Oma Otilia. „Komm, wir gehen kurz nach draußen."

Anna folgte ihr. Die Sonne schien, es gab einen leichten Wind, und Oma sagte: „Lass uns die Schuhe ausziehen." Anna schlüpfte aus ihren

> Glücklich sein, kannst du ganz einfach in dir selbst.

Gartenschuhen, und Oma machte es ihr nach. Jetzt gingen beide zu einer großen Eiche, und Oma sagte: „Nun umarme den Baum. Das gibt gute Energie und fühlt sich schön an."

Anna und ihre Oma umarmten den Baum mit weit ausgestreckten Armen, die Gesichter an den Stamm gedrückt. So standen sie einen Moment, bis Anna flüsterte: „Das ist wunderbar."

„So einen Moment könnte man als Glücksmoment beschreiben", sagte Oma Otilia. „Kannst du ein wenig fühlen, was ich meine?"

„Ich denke, ich weiß, was du meinst", antwortete Anna.

„Genieße den Augenblick und halte dabei das gute Gefühl in deinem Inneren fest", sagte Oma Otilia.

Anna stand einfach da und genoss das schöne Gefühl. ‚So also fühlt sich Glück an', dachte sie.

Beide ließen den Baum fast im selben Moment wieder los und umarmten sich. Auch das machte Anna glücklich.

Jetzt hatte sie aber noch eine Frage: „Du, Oma, wenn es so einfach ist, sich glücklich zu machen, warum sind dann so viele Erwachsene nicht glücklich?"

„Das kommt, weil viele die traurigen Momente ihres Lebens nicht loslassen können. Sie denken immer wieder daran, was geschehen ist, und sind deshalb im Jetzt traurig. Das Jetzt war der Moment, als du den Baum umarmt hast und an nichts anderes als an die Umarmung gedacht hast", antwortete ihre Oma.

„Ach so, und wenn ich in einem solchen Moment, also wenn ich den Baum umarme, an etwas denke, das mich traurig macht, dann bin ich nicht im Jetzt, sondern in der Hinterzeit."

„Hinterzeit?", fragte Oma erstaunt.

„Ähm, ich meinte, Vergangenheit", korrigierte Anna sich schnell.

„Genau, dann bist du in der Vergangenheit. Die meisten Menschen leben immer mit den Gedanken in der Vergangenheit, da sie sich nicht davon lösen können."

„Ist es denn wichtig, glücklich zu sein?", fragte Anna.

„Aber ja, unbedingt. Es ist das Wichtigste auf unsere Reise hier auf der Erde. Jeder sollte versuchen, glücklich zu werden und es zu bleiben", antwortete Oma Otilia.

> Jeder sollte versuchen, glücklich zu werden und es zu bleiben.

Da tauchte plötzlich der Postbote an der Gartenpforte auf. „Guten Morgen", rief er laut.

„Guten Morgen, wie geht es Ihnen heute?", antworte Anna für Oma etwas überraschend.

„Alles bestens. Ich habe Post für euch."

Anna lief zur Gartenpforte und nahm die Post entgegen, die der leicht schwitzende Herr in der Hand hielt. „Ich hoffe, es sind nicht nur Rechnungen", fuhr der Postbote fort, bevor er sich umdrehte und sich wieder auf seinen Weg machte.

„Vielen Dank und einen schönen Tag wünsche ich noch", rief Anna ihm hinterher.

Anna gab Oma die Briefe. „Bitte", sagte sie.

„Danke", erwiderte Oma Otilia. „Leider doch wieder einmal nur Rechnungen", sagte sie, als sie die Briefe durchgeschaut hatte.

„Rechnungskasten müsste es eigentlich heißen und nicht Briefkasten", sagte Anna und lachte dabei.

„Da hast du recht. Rechnungskasten, sehr gut." Oma schmunzelte.

Das Zeitkatapult

Beide gingen wieder ins Haus. Oma machte sich daran, in der Küche das Mittagessen vorzubereiten. Anna zog sich ihre Abenteuerhose an, putzte die Zähne, kämmte schnell einmal durch ihre Haare und lief dann hinauf zum Dachboden. Dort lag der Koffer. Anna öffnete ihn und sah, dass auch der vierte Schuh verschwunden war. Sie schaute auf den letzten Schuh, der noch im Koffer lag. Sie wusste: Auch diesen musste sie noch anziehen, sonst würde ihre Reise nicht beendet sein. Sie nahm das Buch heraus und schaute sich die Seite mit den vier Sätzen noch einmal an:

Schade weder dir selbst noch anderen.

Sei immer hilfsbereit und gut.

Halte dich fern von Gewalt und Kriminalität.

Respektiere und beschütze unsere Umwelt.

„Welcher Satz könnte der nächste sein?", fragte sie sich. „Wohin wird mich der nächste Schuh bringen?"

Sie nahm den Schuh in die Hand. Es war ein linker, ganz leichter, eine Art Turnschuh mit Schnürsenkeln. Anna wusste, dass der Schuh ihr lediglich Antworten geben würde, wenn sie ihn anziehen würde. Trotz des etwas mulmigen Gefühls im Bauch war sie bereit für die nächste Reise. Sie dachte an Hakomi: ‚Du bist immer so groß, wie du selbst dich machst.'

Anna wusste inzwischen, dass sie über sich selbst hinauswachsen konnte. Durch ihre Reise mit Schlawenskiwonsko und den anderen war sie mutiger geworden und hatte gelernt, dass Ängste einen Teil des Lebens ausmachten. Beherrschen lassen wollte sie sich davon aber auf keinen Fall.

Und so tat sie, was sie tun musste: Sie zog den Schuh an und stand auf. Erst einmal geschah nichts, aber das kannte sie ja schon. Nun sprang sie hoch, landete wieder auf dem Boden, doch es geschah immer noch nichts. Sie probierte einen Stepptanz, eine etwas schwierige Pirouette, und dann versuchte sie, den Schuh mit der Spitze auf den Boden aufzutippen. Doch nichts geschah. Nun hatte sie keine weitere Idee. ‚Was will der Schuh denn nur von mir?', fragte sie sich.

Irgendetwas in ihrem Bauch forderte sie dazu auf, die Dachbodentreppe hinunterzugehen.

Sie öffnete also die Tür und ging hinunter. ‚Komisch', dachte Anna, als sie die Treppe hinuntergegangen war, ‚hier lag doch sonst ein anderer Teppich.' Sie ging die nächste Treppe hinunter, und ihr fiel auf, dass an der Treppenwand plötzlich ganz andere Bilder hingen. Das Foto von ihrem Opa auf dem Rad war zum Beispiel gar nicht mehr da.

‚Hier stimmt etwas nicht', dachte Anna. Und sie sollte recht behalten. Als sie in die Küche kam, traute sie ihren Augen nicht. Dort stand eine Frau und machte einen Tee. Am Tisch saß ein Mann, der ein Buch las. Aber beide waren leicht verschwommen und flimmerten ein wenig – so wie warme Luft vor einer Hauswand. Sie waren zwar da, aber Anna konnte fast durch sie hindurchsehen.

„Na, weißt du, wer die beiden sind?", fragte plötzlich eine Stimme neben Anna.

„Schlawenskiwonsko!", rief Anna laut und sah ihren Freund neben sich stehen. Sie umarmten sich herzlich.

„Was ist hier los?", fragte Anna. „Wer sind die beiden?"

„Schau genau hin", antwortete Schlawenskiwonsko. Anna tat es und kam aus dem Staunen nicht mehr heraus. Das war Oma Otilia, nur viel jünger, als sie es jetzt war.

„Das ist Oma", sagte Anna laut. „Und der Mann, wer ist der Mann, der dort am Tisch sitzt?"

„Na, was denkst du, wer könnte das wohl sein?" Schlawenskiwonsko schaute Anna mit einer hochgezogenen Augenbraue an.

„Das ist Opa", sagte Anna erstaunt.

„Ja. Mit dem letzten Schuh bist Du in das Zeitkatapult gelangt. Das hier sind deine Oma und dein Opa in der Hinterzeit vor 20 Jahren. Du hast heute die Möglichkeit, die beiden zu beobachten. Was sie reden, wie sie Essen machen und was sie sonst noch so den ganzen Tag unternehmen. Das ist eine Besonderheit, die nur wenige Menschen zu sehen bekommen. Und du solltest das als ein

großes Geschenk sehen."

„Das ist ja irre", rief Anna, „absolut irre!"

„Warte ab und lerne", riet Schlawenskiwonsko. „Du wirst die beiden jetzt an drei verschiedenen Tagen sehen können. Danach gelangst du automatisch wieder in deine Zeit."

„Okay, ich schaue also jetzt ein paar Tage einfach zu?", fragte Anna.

„Ganz genau", antwortete Schlawenskiwonsko. „Du schaust einfach nur zu und lernst. Denn nur darum geht es ja bei deiner Reise."

Anna horchte auf. „Ach ja, darüber wollte ich schon die ganze Zeit mit dir reden. Was soll das mit meiner Reise? Wer hat den Koffer mit den Schuhen und dem Buch für mich bereitgelegt? Und warum komme ich an all diese seltsamen Orte? Was hat das alles zu bedeuten?"

„Warte es ab, liebe Anna", sagte Schlawenskiwonsko. „Du wirst schon noch dahinterkommen. Vorerst musst du aber noch ein bisschen Geduld haben."

Anna war zwar nicht zufrieden mit dieser Antwort, doch sie wusste, dass sie im Moment keine Bessere erhalten würde, egal, wie oft sie fragte. „Können Oma und Opa uns sehen?"

„Nein, das können sie nicht. Und deshalb kommen Tobi und die anderen nachher auch noch hierher. So können wir heute Abend den schönen Garten genießen und noch ein wenig zusammen sein."

Irgendwie hörte sich das nach Abschied an, fand Anna.

Sie setzte sich an den Küchentisch, Opa gegenüber. Dieser studierte eifrig ein Buch, etwas über Maschinen. Opa war ein Ingenieur, und obwohl er schon etwas älter war, lernte er anscheinend immer weiter. Anna hatte immer gedacht, dass erwachsene Menschen, also auch die, die so alt waren wie ihr Papa, schon alles wüssten und gar nichts mehr zu lernen bräuchten. Anscheinend war das nicht so, denn Opa übte offensichtlich etwas für eine Prüfung. Anna sah das, weil er neben sich einen Fragebogen liegen hatte. Dass Opa lernte, gefiel Anna. Auch sie lernte gern neue Dinge.

Oma machte den Tee fertig und stellte eine Tasse davon für Opa auf den Tisch. Er bedankte sich und warf gleich zwei Stückchen Zucker in die Tasse. Oma ging ins Wohnzimmer, holte ein dickes Buch aus dem Regal und setzte sich an den großen, recht alten Holztisch. Es war ein Heilpflanzenbuch und eines von Omas Lieblingsbüchern. Damit lernte sie alles über Pflanzen, nämlich, welche die waren, die man essen konnte, und aus welchen man Salben, Cremes und Tees herstellen konnte. Sie studierte also all die Pflanzen, die einen wieder gesund machten, wenn man einmal krank war.

‚Ein bisschen so wie Tamusine', dachte Anna.

So saßen Oma und Opa, studierten und lasen, und es schien ihnen gut dabei zu gehen. Jeder war anscheinend zufrieden, und jeder tat das, was er wollte. Obwohl sie in verschiedenen Räumen saßen, waren beide einander auf eine besondere Weise nahe. Anna saß eine Zeit bei Oma und dann wieder einige Augenblicke bei Opa.

Nach ein paar Stunden trafen sich beide in der Küche und aßen gemeinsam zu Abend. Oma und Opa sprachen über den Tag, darüber, was sie Neues gelernt hatten und was sie am nächsten Tag vorhatten. Anna konnte spüren, dass die beiden glücklich miteinander waren. Das gefiel ihr gut und machte sie ebenfalls glücklich. Am Abend setzten sich die beiden dann nach draußen in den Garten. Auch dort lasen sie Bücher. Später schrieb Oma noch einen Brief mit dem schönen Füller. An wen der Brief war, konnte Anna nicht erkennen.

Der Besuch

Damit ihr abends die Zeit im Garten nicht zu langweilig wurde, bekam Anna Besuch von ihren Freunden. Jetzt waren sie alle zusammen und genossen die gemeinsame Zeit. Anna saß im Gras, Zotto legte sich ausgestreckt auf den Rasen und kaute auf einem Blumenstängel. Tröstus war es etwas zu warm, und so fächerte er sich mit einem großen Blatt etwas Luft zu. Sassi schwirrte fröhlich von Blume zu Blume. Dann spielten Anna und Tobi ein wenig Federball. Hakomi ubte im Garten etwas mit seinem Schwert. Er wiederholte immer dieselben Bewegungen, anscheinend waren diese wichtig für ihn. Das Schwert sauste durch die Luft, sodass man sogar das Zischen hören konnte. Anna war sichtlich beeindruckt, wie schnell Hakomi sich bewegen konnte.

Sie fragte ihn: „Musst du das immer üben?"

Hakomi antwortete: „Ja, jeden Tag. Und das mache ich schon viele Jahre. Nur so kann man ein Meister werden. Wiederholung ist sehr, sehr wichtig. Sich selbst jeden Tag besser zu machen, ist ein sehr guter Plan fürs Leben."

Als es später wurde, verabschiedeten sich die Freunde von Anna. Anna sagte: „Ich gehe auch gleich schlafen." Schlawenskiwonsko lachte: „Na, wenn du dich da mal nicht täuschst."

Anna wusste in diesem Moment noch nicht, was Schlawenskiwonsko damit meinte. Aber als sie wieder ins Haus ging und ihr Zimmer betreten wollte, war es komplett anders eingerichtet. Dann fiel ihr natürlich ein, dass sie und ihr Bruder Tomik in der Zeit, in der sie sich jetzt befand, noch gar nicht geboren waren. Genau deshalb gab es bei Oma und Opa noch kein Kinderzimmer.

Sie sah Oma und Opa vorbeigehen, und Anna ging die Treppe hinunter ins Wohnzimmer. Dort legte sie sich auf das große, blaue, etwas kratzige Sofa. Das war nicht ganz so bequem wie ihr Bett, musste aber ausreichen. Zum Glück lag dort auch noch eine Wolldecke. Sie deckte sich zu und war neugierig, was sie am nächsten Tag erleben würde.

Als Anna wach wurde, sah sie, dass sich das Zimmer wieder etwas verändert hatte. Möbel waren hin und her gerückt worden, und an den Wänden hingen andere Bilder. Am Sofaende saß Schlawenskiwonsko. „Guten Morgen", sagte er.

„Guten Morgen", antwortete Anna noch etwas müde, so richtig gut hatte sie nämlich nicht geschlafen.

„Sind Oma und Opa schon aufgestanden?"

„Sie sind in der Küche", antwortete Schlawenskiwonsko.

Anna ging in die Küche. Dort sah sie Oma und Opa. Diesmal waren beide aber viel älter. Noch nicht so alt, wie Anna Oma jetzt in Erinnerung hatte, aber auf alle Fälle erheblich älter als am Tag zuvor.

„Was ist hier los?", fragte Anna.

„Du siehst heute einen anderen Tag im Leben deiner Großeltern. Schau genau hin."

Anna bemerkte, dass Opa blass aussah, und dunkle Schatten unter den Augen hatte.

„Ist Opa krank?", fragte Anna.

„Ja", antwortete Schlawenskiwonsko.

Anna hatte nicht viel Erfahrung mit Krankheiten, nur mit Grippe, Husten und Schnupfen. Von anderen Krankheiten, die gefährlich für die Menschen waren und die häufig auch im Alter kamen, wusste sie noch nicht viel. Dennoch ahnte sie, dass ihr Opa vielleicht nicht mehr lange auf dieser Welt sein würde. Sie wollte es aber auch nicht so genau wissen und fragte deshalb nicht weiter.

Jetzt standen Oma und Opa auf. Opa bewegte sich sehr langsam, ging dann in den Flur und machte eine Tür unter der Treppe auf. Er steckte den Kopf hinein und griff mit einem Arm in die Dunkelheit. Was er dort herausholte, erstaunte Anna. Es war der Koffer. Der Koffer mit dem roten Griff.

Opa nahm ihn mit in die Küche, öffnete den Deckel und schaute gemeinsam mit Oma hinein. Im Koffer lagen das rote Buch und die fünf roten Schuhe, die Anna angezogen hatte. Oma und Opa lächelten sich an und umarmten sich. „Das wird gut sein für sie", sagte Opa.

„Ja, ganz bestimmt", sagte Oma. „Sie ist ein kluges Mädchen."

Das Versteck

Als Opa den Koffer wieder geschlossen hatte, klingelte es an der Haustür. Er öffnete die Tür, und dort stand Frau Zillerman mit einem n. Sie fragte: „Moin, wie geht's dir heute?"

„Danke, es geht so", antwortet Opa. Frau Zillerman ging in die Küche, und die drei tranken Tee. Nach einiger Zeit schlug Frau Zillerman vor: „Lasst uns doch ein Foto draußen machen, es ist so schön heute."

„Das ist eine prima Idee", fand Oma. Opa nickte und holte seine Kamera. Er schraubte diese auf ein Stativ, und die drei stellten sich für das Foto draußen vor die Haustür. Und was stand neben Opa? Der Koffer mit dem roten Griff.

Jetzt erinnerte Anna sich an das Bild. Genau dieses Bild hatte sie bei Frau Zillerman im Laden gesehen. Frau Zillerman drückte auf den Auslöseknopf für die Kamera und lief dann schnell zurück, um sich zu Oma und Opa zu stellen. Dann warteten sie noch ein paar Sekunden, bis die Kamera erst piepte und danach, wie von Geisterhand, das Foto machte.

Als Frau Zillerman sich wenig später verabschiedete und sich auf dem Weg nach Hause befand, ging Opa mit dem Koffer nach oben in den ersten Stock. Er öffnete die Treppe zum Dachboden. Dann machte er das Licht an und stapfte, mit dem Koffer in der Hand, die Treppe hinauf. Anna folgte ihm.

Oben angekommen, schaute er sich um. Er suchte anscheinend einen passenden Ort für den Koffer und machte einen Schritt. Dabei stolperte er fast über das Vorderrad und den Sattel, die dort lagen. Er schüttelte den Kopf und sagte: „Warum hab ich den Kram denn bloß hier rauf gebracht? Das gehört doch in den Schuppen."

Anna musste lachen, als sie das hörte, denn genau das hatte sie auch gedacht, als sie diese Dinge dort oben gefunden hatte.

Opa ging zu dem Bereich des Dachbodens, in dem schon die anderen Koffer standen, und schob einige von ihnen beiseite. Dann atmete er einmal tief ein und aus und umarmte den kleinen Koffer mit beiden Armen. Irgendetwas murmelte er dabei ganz leise. Was das war, konnte Anna aber nicht verstehen, obwohl sie ziemlich nahe bei Opa stand.

Nun schob er den kleinen Koffer mit dem roten Griff bis nach hinten an die Wand. Und zwar genau dorthin, wo Anna ihn viele Jahre später finden sollte.

Jetzt wusste Anna endlich, wer den Koffer dort hingelegt hatte. Und noch etwas war ihr klar geworden: Oma Otilia wusste von dem Koffer. Dann wusste sie natürlich auch von den roten Schuhen und dem Buch darin. Und somit wusste sie auch von Schlawenskiwonsko.

Opa ging wieder die Treppe hinunter, und Anna lief neben ihm. Dann machte er das Licht aus, verschloss die Tür und ging wieder in die Küche. „Alles erledigt", sagte Opa, in der Küche angekommen.

„Sehr gut", antwortete Oma Otilia. „Wenn der richtige Moment gekommen ist, wird sie ihn finden."

Oma und Opa verbrachten einen ruhigen und gemütlichen Tag miteinander. Anna saß oft direkt neben den beiden und beobachtete einfach, was sie sprachen und taten. Ach, wenn ich doch nur mit den beiden reden könnte, dachte sie manchmal. Die beiden lachten viel zusammen und machten Späße. Opa spielte an diesem Tag ein wenig Cello, und zwar genau das Stück, das Anna mit ihren Freunden in Gutenland gespielt hatte. Anna hätte Opa noch stundenlang beim Spielen zuhören können, doch dann rief Oma zum Abendbrot.

Opa biss beim Essen Figuren in die Käsescheibe und Oma knetete kleine Figuren aus Brot, und beide lachten darüber. Opa las überhaupt immer noch sehr viel, löste Rätsel in der Zeitung und lernte anscheinend, eine andere Sprache zu sprechen. Soweit Anna erkennen konnte, sah sie das an der japanischen Flagge auf dem Buch, das er in der Hand hielt. Lernte Opa etwa Japanisch? Vielleicht wollte er ja noch eine Reise nach Japan machen?

Oma las immer dann, wenn sie gerade nichts anderes zu tun hatte. „Wichtig ist", sagte Oma, als die beiden wieder zusammensaßen, „dass man sich jeden Tag etwas besser macht, als man es am Tag davor war. Man sollte keine Zeit mit unwichtigen Dingen verlieren und so viel lernen wie möglich." Opa lächelte, und die beiden waren sich einig darüber, dass es so genau richtig war. Oma gab Opa einen Kuss und nahm ihn in den Arm.

Nach dem Abendbrot setzten sich die beiden wieder nach draußen in den Garten. Opa fand die untergehende Sonne am Abend schön, und so saß er einfach da und genoss den Anblick. An diesem Abend gingen die beiden zeitig schlafen. Anna legte sich, müde vom vielen Zuhören und Schauen, wieder auf das etwas kratzige Sofa und deckte sich zu.

Opas Reise

Am nächsten Morgen, als sie aufwachte, sah sie Oma Otilia neben sich im Sessel sitzen. Am Ende des Sofas saß Schlawenskiwonsko.

„Was hat Oma, sie sieht so traurig aus?", fragte Anna.

„Heute Nacht bist du wieder in das Zeitkatapult gekommen und ein paar Monate in die Vorzeit gesprungen", antwortete Schlawenskiwonsko.

„Wo ist Opa?", fragte Anna.

Schlawenskiwonsko zögerte etwas mit der Antwort. „Dein Opa ist nicht mehr da, deshalb ist deine Oma traurig."

Anna verstand, dass Opa diese Welt verlassen hatte und sie ihn nicht mehr sehen würde. Sie begann zu weinen und sagte wütend: „Aber er war doch gar nicht so alt und wollte noch nach Japan." Jetzt wurde sie noch wütender. Da kam auch schon Zotto durch die Tür, und Anna rannte direkt auf ihn zu. Anstatt aber zu versuchen, ihn zu schubsen oder zu schieben und ihre Wut an Zotto auszulassen, denn dafür war er ja gekommen, umarmte sie Zotto einfach. Plötzlich spürte sie auch die warmen Arme von Tröstus, der mit seinen langen Armen beide umarmte.

Anna brauchte etwas Zeit, bis sie sich beruhigt hatte. Dann schaute sie Oma an, wie sie dort im Sessel saß. Merkwürdig war, dass sie zwar traurig, aber gleichzeitig auch glücklich und dankbar aussah. Sie fragte Schlawenskiwonsko: „Oma vermisst Opa bestimmt ganz doll, oder?"

„Ja. Vermissen ist etwas, das für immer bleibt", antwortete Schlawenskiwonsko.

Oma hatte ein Bild von Opa neben sich auf den Tisch gestellt und schaute darauf. Jetzt hörte Anna ein ihr ganz bekanntes Geräusch, das Summen von Sassi. Sassi kam durch das offene Fenster herein und setzte sich auf das Bild von Opa. Hakomi kam gemeinsam mit Tobi durch die Wohnzimmertür. Tobi setzte sich neben Schlawenskiwonsko aufs Sofa, und Hakomi stellte sich auf den Tisch, direkt neben das Bild.

> Vermissen ist etwas, das für immer bleibt.

Jetzt waren alle beieinander: Anna, Schlawenskiwonsko, Zotto, Tobi, Tröstus, Sassi, Hakomi, Oma Otilia und Opa. Oma schaute sich um und lächelte. Ja, es schien einen Augenblick so, als könne sie alle Anwesenden sehen.

Dann aber stand sie einfach auf, ging in die Küche und machte Tee.

Alle sahen Anna an, und Sassi erhob sich summend in die Luft. „Es ist so weit, oder?", fragte Anna.

„Ja", sagte Tobi leise, „wir müssen uns verabschieden."

„Ich werde euch vermissen", sagte Anna.

„Und Vermissen bleibt für immer", sagten alle gemeinsam. Dann nahm Anna Zotto und Tröstus in den Arm. Sassi setzte sich kurz auf die Nase von Anna und gab ihr einen Kuss darauf. Dann summte sie davon.

„Danke, dass ihr bei mir gewesen seid und mir geholfen habt", sagte Anna mit einem Kloß im Hals.

Eigentlich wollte sie nicht weinen, wusste aber nicht, wie lange sie es noch aufhalten konnte.

„Denk immer an die Wiederholungen und daran, dass du immer so groß bist, wie du dich selbst machst", sagte Hakomi und verabschiedete sich auf japanische Art mit einer Verbeugung. Anna verbeugte sich ebenfalls.

„Das war eine spannende und abenteuerliche Zeit mit dir. Vielleicht sehen wir uns ja mal wieder?", sagte Tobi, als er vor Anna stand. Anna bedankte sich bei Tobi für die Hilfe in Dunkelland und dafür, dass er sie begleitet hatte. Dann gab sie Tobi einen Kuss auf die Wange, und Tobi wurde etwas rot.

Nun drehten sich alle um und verließen das Zimmer. Nur Schlawenskiwonsko saß noch auf dem Sofa.

Der fünfte Satz

„Deine Reise ist fast zu Ende", sagte er zu Anna. „Du hast gesehen, wer dir den Koffer hingestellt hat, oder?"

„Ja", antwortete Anna, „das war Opa. Aber woher hatte er den Koffer mit den Schuhen und dem Buch?", fragte Anna.

„Von der Reise, die er selbst gemacht hat, vor vielen Jahren. Auch du kannst diesen Koffer später weitergeben, wenn du jemanden findest, den du für geeignet hältst", fuhr Schlawenskiwonsko fort.

„Moment", sagte Anna aufgeregt, „wie soll ich das verstehen? Wenn ich jemanden für geeignet halte?"

„Ich sehe, du hast noch viele Fragen. Ich werde sie dir alle beantworten, aber später."

Anna wollte gerade eine weitere Frage stellen, da passierte es auch schon: Sie befand sich plötzlich wieder auf dem Dachboden und war allein.

„Schlawenskiwonsko?", rief sie fragend in den Raum. Doch niemand antwortete. Sie ging zum Koffer, zog den Schuh aus, legte ihn hinein und nahm das Buch in die Hand.

Als Anna die erste Seite öffnete, standen dort wie erwartet die vier Sätze:

„Schade weder Dir selbst noch anderen.

Sei immer hilfsbereit und gut.

Halte Dich fern von Gewalt und Kriminalität.

Respektiere und beschütze unsere Umwelt."

Sie wusste, was sie zu tun hatte, und so dachte sie laut darüber nach, was sie mit dem letzten Schuh erlebt hatte. Diesmal fiel es ihr wegen der Sache mit Opa schwerer, die Dinge auszusprechen. Aber sie hatte das Gefühl, dass der nächste Satz gar nicht direkt mit Opa zu tun haben sollte, sondern damit, wie Opa und Oma zusammengelebt und gedacht haben.

So begann sie laut zu überlegen: „Du sollst viel lesen." Doch nichts geschah, kein einziges Wort kam neu hinzu. „Weiter: Ich soll jeden Tag üben und schlauer werden." Wieder geschah nichts. Dann dachte sie an Opa beim Cellospielen und sagte: „Ich mache mich heute besser, als ich es am Tag davor war."

Als Anna das ausgesprochen hatte, erschien langsam der nächste Satz im Buch: „Mach dich heute besser, als du es gestern warst."

Mach dich heute besser, als du es gestern warst.

Jetzt hatte Anna fünf Sätze im Buch und las diese noch einmal laut vor:

„Schade weder dir selbst noch anderen.

Sei immer hilfsbereit und gut.

Halte dich fern von Gewalt und Kriminalität.

Respektiere und beschütze unsere Umwelt.

Mach dich heute besser, als du es gestern warst."

**Schade weder dir selbst noch anderen.
Sei immer hilfsbereit und gut.
Halte dich fern von Gewalt und Kriminalität.
Respektiere und beschütze unsere Umwelt.
Mach dich heute besser, als du es gestern warst.**

Als sie zu Ende gelesen hatte, geschah etwas Sonderbares. Es wurde windig, und die Seiten des Buches bewegten sich wild auf und ab. Anna sah, dass Wörter von allen Seiten und allen Ecken des Dachbodens in das Buch geflogen kamen. Ihre Haare wirbelten wild durcheinander, und sie hatte Mühe, das Buch festzuhalten, so windig war es geworden. Es dauerte einen Moment, bis der Sturm der Wörter vorüber war.

Dann wurde es still. Anna schlug die erste Seite des Buches auf. Dort stand folgender Text:

Unsere außergewöhnliche Geschichte beginnt in einem etwas rumpeligen Kinderzimmer, an einem ganz gewöhnlichen Ort, in einer gewöhnlichen Stadt. Durch einen Spalt in der Gardine wanderte die Morgensonne mit ihrem hellen Strahl durchs Zimmer. Sie schlich sich dabei ganz langsam die Wände entlang, unaufhaltsam in Richtung Bett.

In diesem Bett lag, tief und fest schlafend, ein kleines Mädchen. Na ja, so klein war sie nun auch nicht mehr. Sie hatte schon ihren eigenen Kopf und wirkte oft ziemlich erwachsen, viel erwachsener, als es ihren Eltern lieb war. Kinder sind ja bekanntlich nicht immer ganz einfach. Sie wollen ständig etwas wissen, Neues hinzulernen und jeden Tag Fantastisches erleben. Sie stellen viele Fragen – und das auch dann, wenn die Eltern abends eigentlich schon längst viel zu müde für kluge und vor allem richtige Antworten sind. Genau so war es auch bei diesem Mädchen, das dort noch so friedlich schlief. Wie gesagt, noch, denn der Sonnenstrahl wanderte langsam immer weiter, erreichte jetzt das Bett und kitzelte in diesem Augenblick die Nase von – Anna.

Das war ja ihre Geschichte, die dort stand! Anna hielt ein Buch über sich selbst in der Hand und blätterte völlig verblüfft darin herum. Dort stand alles, was sie gemeinsam mit Schlawenskiwonsko, Tobi, Sassi, Zotto, Hakomi und Tröstus erlebt hatte. Sie sah Janson den Niesriesen und Kralle sogar mit Bildern, Topson, die Postbotin Lillesol und Rundkopf, einfach alles, was sie erlebt hatte, stand hier drin.

„Gefällt es dir?", fragte eine wohlbekannte Stimme aus der Mitte des Raumes.

„Ja, Schlawenskiwonsko, das Buch gefällt mir sehr!", antwortete Anna und schaute sich nach Schlawenskiwonsko um. Der saß im Stuhl neben dem Tisch. Anna stand auf, holte sich ebenfalls einen Stuhl und setzte sich neben ihren Freund.

Sie hielt das Buch in der Hand und fragte: „Darf ich es behalten?"

„Eine gewisse Zeit schon. Wenn du den Koffer aber irgendwann für jemand anderen bereitmachst, dann musst du es zurücklegen", sagte Schlawenskiwonsko.

„Verstehe", sagte Anna, „sonst hätte derjenige ja kein Buch im Koffer."

„Oder diejenige", sagte Schlawenskiwonsko und lächelte dabei.

„Gut, verstanden. Aber eine Frage habe ich noch", sagte Anna. „Warum habe ich diese Reise gemacht? Sollte ich all diese Regeln, also die fünf Sätze lernen?"

Schlawenskiwonsko schaute Anna an und dachte kurz nach, bevor er erklärte: „Kinder wie du, deine Oma, dein Opa und auch Sofie Zillerman, brauchen diese Prinzipien nicht zu lernen. Sie haben sie von Natur aus schon immer in sich."

„Aber wenn ich schon alles wusste, warum dann meine Reise?", fragte Anna jetzt weiter.

„Weil du eine von denen bist, die diese Sätze an andere weitergeben sollen. Das zu tun, könnte, wenn du magst, von nun an deine Aufgabe sein. Und hierzu musstest du die damit zusammenhängenden Dinge erleben, um sie selbst noch besser zu verstehen", fuhr Schlawenskiwonsko fort. „Befolge die fünf Prinzipien in diesem Buch, lebe danach und erzähle anderen davon. Besonders denen, die es nötig haben. Denn viel zu viele Menschen haben selbst keinerlei Prinzipien, die der Gesellschaft, also den anderen Menschen etwas Gutes bringen. Das war der Sinn deiner Reise, und das war die Idee, die dein Opa für dich hatte."

‚Danke, Opa', dachte Anna und wurde kurz traurig. Dann hob sie den Kopf und fragte: „Soll ich den anderen Kindern von meiner Reise erzählen?"

„Das würde ich eher nicht tun, denn glauben würde es dir bestimmt niemand. Viel besser ist es, wenn du ihnen vorlebst, wie gutes und kluges Verhalten sein sollte. Dann verstehen es die anderen viel schneller, und so wird gutes Verhalten auch für sie eines Tages einfach normal. Vielleicht schreibst du die fünf Prinzipien, die in deinem Buch stehen, auf und gibst diese weiter. Oder du hängst sie groß in dein Zimmerfenster, damit jeder, der bei euch am Haus vorbeigeht, sie lesen kann."

Anna nickte. „Ich verstehe. Je mehr Menschen die fünf Sätze kennen und danach leben, desto besser können wir alle zusammenleben."

„Richtig, dann entstehen Gemeinsamkeiten, die sich eigentlich alle Menschen für sich und ihre Kinder wünschen. Und diese Gemeinsamkeiten werden die Menschen miteinander verbinden", erklärte Schlawenskiwonsko.

„Danke für deine Hilfe und Begleitung auf meiner Reise", sagte Anna.

„Es war mir eine Freude", antwortete Schlawenskiwonsko. „Du bist ein kluges Mädchen. Wenn du dich weiterentwickelst und älter bist, wirst du für andere und diese Welt Großartiges erreichen können. Halte dich an diese fünf Prinzipien, und du wirst ein glückliches und gutes Leben führen."

„Ich habe verstanden", antwortete Anna etwas traurig. „Was mache ich aber jetzt ohne euch? Ich habe keinen Zotto mehr, den ich so gut gebrauchen kann, wenn ich wütend werde, keine Sassi, die mir hilft, Lügen zu erkennen, und keinen Tröstus, der mich umarmt."

„Du musst die Antworten in dir selbst finden, denn du trägst alles, was du benötigst, bereits in dir. Wenn du einmal wütend bist, könntest du vielleicht beide Hände an eine Wand legen und versuchen, diese mit all deiner Wut im Bauch wegzuschieben. Dann kommst du wieder zurück ins Jetzt, indem du dich einen Moment hinsetzt und die Augen schließt.

Du kannst auch deine eigene Lügenbiene sein. Wenn du ein wenig aufmerksamer schaust, wirst du mit der Zeit immer besser erkennen, welche Menschen dir eine Lüge erzählen und welche nicht. Und für eine Umarmung hast du immer Menschen in deiner Nähe, die dich lieben und dich immer gern in den Arm nehmen. Manchmal musst du nur fragen."

„Und Hakomi und Tobi und du?", fragte Anna aufgeregt.

„Einen Mut-Meister wie Hakomi kannst du mit viel Klugheit und Selbstvertrauen in dir wachsen lassen, indem du versuchst, dich immer wieder von deinen Ängsten zu befreien. Und, das ist ganz wichtig: Lass dir von niemandem Angst machen. Von Menschen, die anderen Angst machen, halte dich fern. Denn auch Angst ist eine Form von Gewalt.

Mit etwas Glück triffst du einen freundlichen und klugen Menschen wie Tobi

in dieser Welt. Es gibt einige wie ihn, du musst nur genau hinschauen. Und auch wenn ich nicht mehr da sein werde, so hast du deine Oma. Sie ist mindestens genauso klug, wie ich es bin, und sie kann dir deshalb immer einen Rat geben, wenn du einen benötigst."

„Ich verstehe", erwiderte Anna. „Es wird sicherlich schwer ohne euch, aber ich werde es schaffen."

„Sehr gut, liebe Anna. Es wird Zeit, ich muss jetzt gehen."

„Werden wir uns wiedersehen?", fragte Anna.

„Alles ist möglich, wenn das Herz groß ist", sagte Schlawenskiwonsko. Er nahm das Medaillon mit dem perlmuttartigen Stein ab, das er trug, und hängte es nun Anna um den Hals. „Das ist ein Geschenk für dich, damit du dich immer an deine Reise erinnern wirst." Dann nahm er Anna in den Arm.

Die beiden hielten sich einen Moment fest, und als Anna ihre Oma plötzlich von unten rufen hörte, ließen sie sich los. „Anna, kommst du runter?"

Anna sah unwillkürlich zur Dachbodentür. Als sie sich wieder umdrehte, bemerkte sie, dass Schlawenskiwonsko verschwunden war. Sie lief die Treppen hinunter und rannte direkt in Omas Arme. Dann begann Anna zu weinen, und Oma Otilia hielt sie ganz fest.

> **Alles ist möglich, wenn das Herz groß ist.**

„Na, was ist denn los?", fragte Oma.

Anna wollte jetzt gar nichts erzählen, sondern nur einen Moment weinen und sich umarmen lassen.

Nach einiger Zeit sagte Oma Otilia: „Komm, wir setzen uns vor die Tür und trinken einen leckeren Kakao. Ich habe auch Schokoflocken gemacht."

Kakao und Schokoflocken

Nachdem Anna sich wieder etwas gefangen hatte, saßen die beiden nebeneinander draußen auf der Treppe der Eingangstür, jede eine Tasse Kakao und eine große Schokoflocke in der Hand.

„Du hast die ganze Zeit von Schlawenskiwonsko gewusst", sagte Anna etwas vorwurfsvoll zu Oma Otilia und schaute sie dabei von der Seite an.

Oma Otilia sah Anna ebenfalls an und nickte lächelnd.

„Und du konntest die ganze Zeit die Blumenwiese, Schlawenskiwonsko und die anderen sehen?"

Wieder nickte ihre Oma.

„Hat Mama auch die Reise gemacht?", fragte Anna.

„Nein, nicht jeder oder jede ist dazu bestimmt", antwortete Oma. „Dein Opa, Frau Zillerman und ich hatten Glück und durften diese Reise als Kinder machen. Später, als wir etwas älter waren, haben wir dann durch Zufall herausgefunden, dass wir die Reise alle drei gemacht hatten, und wurden dann für immer Freunde."

„Oder habt geheiratet", sagte Anna lachend.

„Ja, richtig", antwortete Oma und lachte jetzt ebenfalls.

„Und woher kommt der Koffer?", fragte Anna.

„Das weiß niemand genau. Es gibt anscheinend mehrere Koffer, aber auch das weiß niemand so ganz genau."

„Oma", fragte Anna mit einem Kloß im Hals, „wie ist das eigentlich: Ist Opa jetzt ganz weg?"

„Nein. Dein Opa ist immer hier bei mir, und er ist auch bei dir. Genau wie ein Baum, der irgendwann erst alt wird und dann umstürzt, ist auch das Teil eines Neuanfangs. Denn ganz unten am Baum wartet schon das nächste kleine Bäumchen, das wachsen will, und für genau dieses Bäumchen hat der große Baum Platz

gemacht. Dieses kleine Bäumchen bist du. Denn auch du hast einen Teil von Opa in dir, weil wir ja eine Familie sind."

„Opa ist also gar nicht richtig weg?"

„Nein", sagte Oma ganz erstaunt, „er ist nur anders da als vorher."

„Trotzdem vermisst du ihn, oder?"

„Ja, natürlich. Denn nun muss ich oft allein Tee trinken oder im Garten sitzen. Aber ich habe so viele schöne Erinnerungen, die mich immer glücklich machen. Und ich habe natürlich dich. Das hilft sehr beim Vermissen."

Anna lächelte ihre Oma an und sagte: „Jetzt bin ich nicht mehr so traurig und verstehe alles etwas besser."

„Gut", antworte Oma und nahm Anna in den Arm. „Dann lass uns mal ins Dorf gehen, wir müssen mal wieder etwas einkaufen."

Sie machten sich fertig und brachen auf. Anna schaute wie üblich in die kleinen Häuschen, und irgendwie, ja irgendwie hatte sie das Gefühl, dass sie einmal Zotto sah, der dort im Wohnzimmer bei fremden Menschen saß. Dann sah sie auch kurz Schlawenskiwonsko und Tobi. Und so sollte es auch noch ein paar Tage weitergehen. Oma erklärte ihr später: „Loslassen dauert manchmal etwas länger."

Als sie im Dorfladen bei Frau Zillerman angekommen waren, gingen Oma und Anna hinein.

„Hallo, Sofie", sagte Anna laut zu Frau Zillerman. Diese lachte, denn sie wusste, dass Anna diesen Namen sehr wahrscheinlich von Schlawenskiwonsko gehört hatte. Und heute, ja, heute konnte Anna den roten Griff des Koffers auf dem Bild, das da an der Wand im Laden hing, wieder sehen. Anna erinnerte sich genau an den Moment, denn sie war ja schließlich dabei gewesen, als die drei Freunde das Foto aufgenommen hatten.

Loslassen dauert manchmal etwas länger.

Als sie vor dem Foto stand, rief Anna: „Oma, Oma, komm mal schnell her!"

Oma und Frau Zillerman kamen angelaufen. Anna zeigte auf das Bild und sagte: „Eindeutig ein roter Griff."

Oma Otilia antwortete: „Ja, du hast recht. Der Koffer hat eindeutig einen roten Griff."

Und Sofie Zillerman sagte: „Ja. Jetzt, wo du es sagst, sehe ich es auch."

Nach einer kurzen Pause sahen sich die drei an, fingen laut an zu lachen und umarmten sich.

Auf dem Rückweg kam Anna und ihrer Oma eine Gruppe Kinder entgegen. Anna, die ihr Medaillon von Schlawenskiwonsko bei Oma gelassen hatte, sah, dass ein Junge, der ihr entgegenkam, ein ähnliches Medaillon trug. Da der Junge der Letzte in der Gruppe war, konnte Anna ihn gut abfangen.

Sie stellte sich etwas frech vor ihn und sagte: „Hallo, ich bin Anna. Sag mal, woher hast du denn dieses schöne Medaillon?"

Der Junge, der etwa so alt war wie sie selbst, schaute etwas skeptisch. Dann antwortete er freundlich: „Lange Geschichte."

„Ich habe Zeit und mag Geschichten", antwortete Anna. Der Junge blickte ihr in die Augen, überlegte kurz und nickte.

Oma Otilia sah die beiden, wie sie sich aufgeregt unterhielten und in Richtung Dorfladen gingen. Sie schaute ihnen kurz hinterher, lächelte und machte sich auf den Weg nach Hause.

- ENDE -

Dieses Buch gehört:

		Datum	Wer hat gelesen?
①	„Anna und die roten Schuhe" komplett gelesen ✓		
②	„Anna und die roten Schuhe" komplett gelesen ✓		
③	„Anna und die roten Schuhe" komplett gelesen ✓		

Kennst Du die fünf Prinzipien, die Anna auf ihrer Reise gelernt hat, schon auswendig?

JA! Die fünf Prinzipien lauten:

1 _____
2 _____
3 _____
4 _____
5 _____

,, Schade weder dir selbst noch anderen

Sei immer hilfsbereit und gut

Halte dich fern von Gewalt und Kriminalität

Respektiere und beschütze unsere Umwelt

Mach dich heute besser, als du es gestern warst "

DER AUTOR

Mario Hartmann, Jahrgang 1964, absolvierte ein Studium als Musikpädagoge in Bremen. Danach folgten weitere Ausbildungen in den Bereichen Fachinformatik und Finanzanlagen. Als Musik- und Kampfsportlehrer inspirierte er mehr als 20 Jahre Kinder und Jugendliche in ganz Norddeutschland.

Hartmann ist Gründer von sobe5, einem Sozialprojekt, das Kreativität und Empowerment bei Kindern und Jugendlichen fördert.

Sein Schreiben reflektiert Vielfalt, Stärke und soziales Engagement.

Seit 2022 lebt Hartmann mit seiner Familie in Dänemark.

DIE ILLUSTRATORIN

Iryna Yakovlieva, Jahrgang 1975, schloss ihr Studium an der Universität für Kultur in Mykolayiv (Ukraine) mit den Schwerpunkten Pädagogik und Kunsthandwerk ab. Nach dem Studium arbeitete sie als Boutaphor-Dekorateurin im Chkalov Drama Theater.

Iryna ist freischaffende Künstlerin und Buchillustratorin. Einer ihrer Spezialbereiche ist das Zeichnen von Aquarellen mit echtem Farben und Papier.

Iryna lebt seit 2022 in Nienburg (Weser) und ist dort längst ein wichtiger Teil der Kulturszene.